看见
鲸鱼座的人

糖匪 著

上海文艺出版社

序：
一个译者和一个作者的故事

我认识糖匪是通过她的小说。

看了《黄色故事》之后，我心情很久不能平静下来。小说用撩拨的手段不断带领读者走向理解歧道，从一个都市小说的开头走入赛博朋克风格的虚实叙事，然后越走离类型小说越远，直到我自己开始怀疑这到底是科幻小说，超幻小说，后现代主义哲学小说，还是一种新类型文字。唯一可以确定的是我与小说主角情感上的共鸣，一种孤独而又充满希望的，生活在现代社会的感受，尽管她和我几乎没有任何共同点。但这就是文学的力量。有时候这种共鸣不是来自和我们生活方式近似的同事或邻居，而是来自在虚构世界里，过着和我们完全不同生活的小说人物。

我决定将这篇小说翻译成英文来与其他英美读者分享。那时候我没有多少翻译经验，每一句话都要想很久才能找到我自以为最合适的译文表达，最后花了一个多月才定稿。翻译是一种表演艺术（这是著名翻译家 William Weaver 的说法），与演奏或戏剧表演很相似，也需要一定的创意。但我

序：一个译者和一个作者的故事

觉得最难的部分是成功的翻译必须要表达出一种人工智能现在还不能表达的东西：原作者的声音。我看过很多不成功的文学翻译，无一例外最大的弊病就是把原作者的声音毁掉了。这不是所谓的信达雅，也不是讲翻译要接地气。作者的声音是一种摸不着抓不住的语境，但是敏感的读者都知道这是什么。一个称职的译者必须捕捉作者的声音，然后构思出如何在一个完全不同的语言、完全不同的文化和完全不同的文学传统里重构这个声音。

所以作为一个译者，如果想要把工作做好，必须变成被翻译作者最细心，最忠诚，最批判性的读者。只有这样才有可能抓到那无影无形的声音。《黄色故事》的英文译文后来被选进美国年度最佳选集，也收到了不少赞许和读者反馈。如果用译文成功来衡量的话，可能我想我可以算是一个比较理解糖匪的读者。

我花了很久来解析糖匪的声音，但后来发现最有效果的做法就是浸泡在她的文字里，像那些《黄色故事》里的客户一样，让小说的语言一句一句重塑我的小说神经网络，直到我可以下意识地用英文来接近她的声音。并不是所有小说作家都可以这样做的——有些小说家根本没有独特的声音可言，而另外一些作家的声音需要不断的解剖分析。这种不同可能和糖匪崇尚"讲故事"有关。她的小说经常用口语的节奏和呼吸唱歌的张弛来表达一些不能点破的感觉，有时候重要的不是角色在说什么，而是他们在语言之下，文字之下，更原始的交流界面上是否能连接上。我们生活在一个铺天盖地充满文字和对话的世界——估计一个现在的小学生一年中从网上手机电视书本游戏等各种渠道中吸收的文字和对话比以前最勤政的皇帝一生中看到的文字都多。但是这种超信息化时代并没有给我们带来更深刻理解彼此的感觉。说的写的码的越多，反而觉得一切更不真实。糖匪的小说，通过强调语言之下的语言，似乎正在探索一种不再被语言符号迷宫囚禁起来的生活。

在翻译的过程中我问了糖匪很多问题，这样逐渐在脑子里有了她的形象。等到我们后来终于在北京见面时，发现她和我想象的一样，文若其人。糖匪是一个喜欢走自己的步骤的人，她不会被一般习俗所约束，也不会为了销量而写得更通俗。与其写出像快餐食品一样甜腻的文章（或者往上边撒大把大把的盐），她更喜欢写出只有专心致志的读者才会喜欢的文字，那种需要看好几次才能品出味道的故事。对我来说，每次看糖匪的小说都需要完全注意才能看出故事背后的故事，听懂语言之下的语言。

这次看糖匪的选集又有了新的体验。这些小说尽管题材和叙事方法不同，但总是有一个共同之处：用类型小说的语言来讲类型小说讲不出的故事。不管是外星人还是时间旅行，不管是都市恐怖还是虚拟现实技术，糖匪的小说擅长用这些科幻小说常见的比喻来表达以及质疑我们作为人的洞察。这也是我们这个科幻世界的特征：现实比小说更科幻，而科幻

序：一个译者和一个作者的故事

思维反而变成了说实话的方法。在这些小说里我们可以看到自己的影子，以及超越自己后带来的自由。这些来自未来的便条同时也在描述我们这一时刻的不定性：我们是在表演喜剧还是悲剧？

　　沉浸在这些小说里也许不一定会让你看到宇宙的源码，但是你会感到"讲故事"的快感以及一种欲罢不能的叙事力量拉着你往前走。不要抵抗，等你走到尽头记住寄给我一张明信片，告诉我你看到什么。

刘宇昆

（"雨果奖"、"星云奖"双奖得主）

目录

序：一个译者和一个作者的故事

碎星星 001

博物馆之心 029

被里美忘记的乐园 051

蒲蒲 073

荷兰间谍 091

黄色故事 117

镜上微尘 129

看见鲸鱼座的人 147

面孔 169

三季一生 199

我最爱的那朵玫瑰 225

夏日之蝉 247

象骨书 257

羞耻 285

宇宙故事之哀歌 297

自由之路 321

碎 星 星

认真想起来，天上的星星并没有安排这样的命运。

可是星星碎了，最后的凭据随之消失。此时此刻，时间塌陷的节点。左边是过去，右边——右边本来应该是将来的。

可是星星碎了。

再有就是，遇见了张小波。

一

那天她没有带伞。天气预报说晚上有阵雨。吃过晚饭出门时经过鞋架旁，她没看见那把特意放在那的伞。马路上零零散散走着和她穿着一样校服的学生，慢慢汇聚成一道微不足道的稀疏人流，穿过马路进了学校。唐嘉茗推开后门走进阶梯教室，刚好是晚自习铃声响过第一声。水银灯下乌压压坐了不少人。高二下半学期，学校把那些还有可能考上大学的学生组织起来编成强化班，每天晚上七点开始集体强化补课。根据模拟考试成绩，四个班两百个人最后凑到三十人。其余的白天正常上课，晚上被安排在一楼的阶梯教室夜自习。

唐嘉茗看见朱音在后排冲她招手。她给她留了个靠窗的位置。

"今天人真齐。台球厅还在装修？"

"晚上要下大雨。"朱音口齿不清地说道。她的嘴里正叼着橡皮筋，双手围绕长发蝴蝶般穿梭。朱音能编各种好看的辫子。那双手很少能停下来做其他事。

"这题怎么做，你字写得太草，我都抄不下去。"朱音抬下巴指着桌上两本作业本。

"复数的正向加法。"唐嘉茗把她们的作业本推回给朱音。

她有时会帮朱音抄作业。有时不。

朱音沉下脸编辫子。她还在为那件事生气。

"唐嘉茗我是你最好的朋友对吧，最好的？"她问。

"嗯。"唐嘉茗的视线在教室里游来游去。

"和所有人比起来？"

"是啊。"

"为什么？"

唐嘉茗笑了。她转过脸看着朱音——这个女孩真漂亮。"因为我想和你一样。"她说。

"骗人。"朱音又高兴了。乌黑的瞳仁闪着光，黑镜子一样将眼前的景象事无巨细地倒映在上面。唐嘉茗真心喜欢朱音，喜欢她那种很快就能高兴起来的劲儿。

她打了个哈欠。要下雨了。一定是大雨。天黑得这么不寻常。教室里没有一个人注意到。

打掌机，抄作业，看漫画或者八卦杂志，睡觉抽烟傻笑吃东西。和丢来丢去的纸条一起穿梭不停的是换座位的人。喜欢安静的人集中坐在前两排，整整三小时心无旁骛，做着课外补习题。每天都是如此。在水银灯光下失去温度棱角分明的鲜艳物件，衣服下鼓胀躁动着的年轻身体，浑浊低频率的噪音，偶尔有更强音飙出，混合着小浣熊干脆面、火腿肠、定型水、雨鞋的气味。她喜欢无所事事地深陷于他们之中。

她对他们满含深情。

"没睡好？"朱音问。

"吃太饱。"她回答。

"待会我给你重新梳下头，你怎么能让头发那么乱。"

"好啊。"

忽然砰地一下，门被重重地摔上。还没来得及反应，从外面吹来沙子小石子结结实实地打在身上，伴随着掀飞的作业本和尖叫，教师里一团混乱。起风了。暴雨前的强风猛烈肆虐，满不在乎地横扫一切。窗户吱呀乱摇，上面的玻璃摇摇欲坠。

唐嘉茗起身关窗，就是目光一转的事情。

她看见了张小波。

张小波站在学校水泥围墙上，随时会被风吹下来的样子。

学校的墙很高，而且一年比一年高。从唐嘉茗站着的位置很难看清楚他是不是准备往下跳，可是她觉得他会。不一定是现在，也许是将来某一天里。尽管她当时还不知道他的名字。

她看着张小波弯腰坐下，掏出打火机，打着火却什么也不点燃，就那么看着火苗，用手护着它不让大风吹灭。火苗烧疼了他的手心。火苗也照亮了他的脸。

唐嘉茗面前的玻璃模糊了。

严格的说，张小波不是唐嘉茗喜欢的类型。他太白，太瘦，眼睛太大，还有黑眼圈。但他恰好在那天晚上出现在学校的墙上。

1998年的夏天，风从海上吹过，带来温热咸腥的味道。树木变换着它们的身影。唐嘉茗从来没有见过它们这样渴望舞蹈。她贴在教室的窗玻璃上望着它们黑黝黝的身影。也许哪一天它们就会起来，飞快地奔跑，逃离这个地方。

就在那个时候，恰好在那个时候，张小波出现在唯一一块没有被树荫遮掩的墙头上。他手上的火苗疯狂颤动，照亮白衬衫上褐色的血渍。从远处传来非洲密林的鼓声，借着潮湿暴烈的狂风直击在唐嘉茗的身上。

火灭了。

雨浇注而下。

"你在看什么？"朱音在身后问。

"好大的雨。"

"我带伞了。你先送我回家……"

"嗯。"唐嘉茗说。

"哪里来的伞?"

"同学的。"

"先去换衣服。"

唐嘉茗进房间换上干净衣服。湿衣服好像蜕下的蛇皮堆叠在脚下。这么大的雨,伞根本没什么用。

回到客厅,电视里跳动着无声画面。她拿起遥控器每个频道停留了一会。这个家里没有人会取消电视静音,也没有人会关掉电视。

"没作业?"声音从一堆建筑设计图纸后传来。

"做完了。"

"后天我早下班,我们出去吃饭。"

唐嘉茗对着电视里数十枚MK82通用炸弹从弹舱投掷而出,在高空向下坠落的镜头沉默了一秒钟。下个镜头,田野在燃烧。她想起来了。

"后天你生日。"

"你想要什么?"

"你生日却要送我礼物太奇怪了吧?是有事要跟我说吗?"

男人没有理她。

"莎拉布莱曼的CD。"

"你写下来。该睡觉了。"男人起身从厨房端出一杯牛奶，递到唐嘉茗跟前，看着她全部喝完。

　　每天临睡前，爸爸都会给她喝一杯热牛奶，为了让她好好睡。

　　"真难看。这么难看会有人买吗？"白女人吃惊地看着手上的发圈。

　　"卖得很好，好多种颜色，学校里的好多女生戴。"

　　她们交换了一个眼神，同时笑了。

　　"长头发太麻烦。"

　　"我还是喜欢你长头发的样子。特别乖。"白女人抚摸着唐嘉茗的短发。她的手真白，好像一道月光照进唐嘉茗的身体。

　　"现在这样也很好。"

　　"学校里好吗？"

　　"还那样。昨天下大雨了。"她的声音轻下来，又几乎立刻恢复，"我没带伞，朱音借给我伞。"

　　她等着白女人问她："朱音最近还是经常使小性子吗？"那样，她会知道下面怎么回答。

　　白女人没有。

　　"昨天下大雨了。"她重复她的话。

　　"后天是爸爸的生日。"唐嘉茗说。

　　白女人安静了。

她把手伸进口袋。"让我们看看星星。"她说。

白女人开始展开她从口袋拿出的那张纸,无限耐心和温柔。每展开一个对页,她的皮肤就会更亮一点,透亮洁白的光,就像她的喜悦,分不出冰冷还是温暖。原来掌心大小的纸不断被展开,在小心翼翼地重复动作中,向四周的空间缓缓扩散弥漫,失去界线。

♓ ♈ ♌ ♏

纸上的符号,线条,扭转生长,和第一次见到他们时同样陌生。飞速旋转的圆盘。

στρολβον astrolabon 'star-take'

"看,这是你的星星。"白女人笑了。

二

体育课八百米跑训练,才跑完第一圈,跑道上的女生就已经寥寥可数。

唐嘉茗远远瞧着躲在树荫下偷懒的女生们被体育老师赶回到跑道上,扭捏地迈开双腿不情不愿地移动身躯。女生一旦开始发育就似乎没法认真奔跑起来,不单单因为上下颠簸的乳房,总体上她们会变得懒惰,也许是因为开始知道如何撒娇的关系。

"你今天心情不错。"朱音突然说了这么一句。

唐嘉茗错愕地看着朱音。她们正混在高二年级的女生中间假装练习投篮。

"一定有事。"朱音像只闻到蛋糕味道的老鼠凑近她。

唐嘉茗不说话。

"你是不是梦见了她?"

7岁的时候,唐嘉茗曾经跟她提过梦见了一个白女人,自那以后朱音一直对这件事念念不忘。

"你们昨天聊什么了?"

"我告诉她我爸爸生日。"

"这次看清楚她的脸吗?她长得像你妈吗?"

唐嘉茗一直能看清楚白女人的模样,她只是不记得妈妈的样子。唐嘉茗的妈妈在她四岁死于一次沉船事故。

"喂,你们俩,那是不是你们班体育老师?"旁边一个男生打断她们。

那个戴着口哨,朝她们走来的男人正是她们的体育老师。唐嘉茗和朱音使了个眼色快步混进前面的队伍中去。

"谢谢啊。"从刚才那个男生身边跑过时,朱音挤挤眼睛。

唐嘉茗和男生打了个照面——她看见了他,也就认出了他。

"刚才那个人你认识?"

"知道他。强化班。一个怪人。"

"叫什么?"

"张小波。"

没有大风,没有要逃走的树木也没有疯癫的火光,他不坐在墙头,看起来平静又亲切,看起来一切都好。唐嘉茗告诉自己不要回头,没有什么需要怀疑。

白女人说星星们祝她好运。

她甚至没有觉得自己在笑。

"你在笑什么?"朱音问。

"我想起昨天的梦。我把现在正流行的发圈给她看,她也觉得好丑。"

"哪种?"

唐嘉茗看着前边坐在长椅上的一个身影,没有说话。只有拿到医务室证明的女生才能这么光明正大坐在那不用跑得一身臭汗。等她们跑到终点,那个身影向她们走来。

"你看到了。"

朱音笑了:"真的很丑。"

树荫下的身影看到朱音迟疑了一下。

朱音翻了个白眼,对唐嘉茗说:"我回教室等你。"

"嘉茗。"走过来的女生在太阳底下眯缝着眼,笑容可掬。

"黎娜。"

黎娜是最早让男孩着迷的女孩之一。打十二岁过后,她原先胖乎乎的身体忽然具备了轮廓和姿态,散发着热乎乎的气息,不知不觉将异性的目光吸引到自己被撑开的校服上。

男孩们总喜欢围着她转，其实不单单是小男生。没人会担心黎娜出格逾矩。她端庄地如同一头母象，缓缓挪动巨硕的身体，对围绕她身边的事物无动于衷。只有等到需要的时候，她才意识到他们的存在，她也会知道如何使用身上的那些目光。

比如医务室的例假证明。

她也会利用别的什么。

比如现在她挽着唐嘉茗的手一起去小卖部买冷饮。

钱是她付的。唐嘉茗没有争，她要了两根雪糕。

"给朱音带的。"她说。

黎娜笑笑："我的中医不让我吃凉的。生鱼片都不行……"

和黎娜说话最大的好处在于——可以不听。和同年龄的小女生不同，她知道在许多时候可以不当真。对唐嘉茗而言，和她相处一直是件轻松的事情。

"听说补习班很轻松？"

"嗯，没有附加作业。强化班很辛苦吧。"有什么东西抵到手心。唐嘉茗停下来，面无表情地瞧着黎娜塞给她的小礼盒。天鹅绒缎面，做工讲究，打开，是一支崭新派克笔。

"黎娜？"

"我们是同桌嘛。正好多一支笔。"黎娜笑得像一块快要融化的巧克力。

"看起来很贵。是用普通墨水吗？"白女人摘下派克笔笔帽，用手碰了碰笔尖。

"应该有和它配套用的高档墨水吧，放在礼盒里送人那种。"

"为什么要送给你？"

唐嘉茗没有说话。她不觉得一两个秘密会是负担。

白女人捧起她的脸："把笔还给她。我担心你。"

"如果那样做，你会更担心我。"

白女人摁住她，逼她和她对视："我看过她的星星，我不喜欢。"

"要是不收下贿赂，她一定会以为我要出卖她。明白了吗？"

白女人猛地把手缩回去。

唐嘉茗走过去，靠着她身边坐下："那么，你喜欢我的星星吗？"

"喜欢。"白女人的目光柔和得像声叹息，"你是个好孩子，你一出生星星就那么告诉我。"

一个念头如同阴影飞快掠过她的心。在电视机荧屏无意义跳动的光芒里，唐嘉茗胸口一阵发紧。

"星星真的会说话吗？"她从来没这么问过。她一直都不信的。

"会，会。"白女人热切地回应着，"昨天，昨天星星说你会遇到一个——很特别的人。他在水里出现，又在火里消失。他们还祝你好运。我跟你说的。"

"那么——今天呢，星星会说什么？"

白女人打开她的星盘。唐嘉茗注视着她一举一动，牢牢盯紧曾经目睹过无数次的细小动作，越是倾尽全力的关注，越是感觉不到自己的在场。她在场，又不在场，她被自身背离，在身体的某处，毫无疑问留下了背离所造成空白，即使如何无视，都能感到令人恶心的寒冷，还有——令人晕眩的甜蜜。

那些星星，从广袤的宇宙深处漂浮而来的符号以前所未有的清晰模样出现纸上。

"明天会有幸福。走一条平时不走的路，在清晨做好约定。星星说，会遇见重要的人，你的一生都要和他在一起，会有改变命运的约会，小心歧路。星星说，你听星星们在说，他们都在说，你听见了吗？星星们要你幸福。"

白女人的语速越来越快。她重复着同样的话。因为说得太快而喘不过气，却仍然无法让她慢下来。如同失控的转轮，话语失去意义，最后简略为已经没了任何意义的短促音节，白女人瞬间开始抽搐。突然，她枯瘦的十指扣住唐嘉茗的肩膀，爆发出一阵粗粝尖锐的笑声。

唐嘉茗一把把她抱进怀里。"别疯了，妈妈。别疯了。"

三

唐嘉茗记不清白女人第一次出现的确切时间。可能是她六岁生日,或者更早。那是梦。半夜睁开眼看见一个白皮肤的女人坐在床头看着你。她太白了,不同寻常,还有一个黑暗里的发光体——一颗星星。她开口对白女人说话。很奇怪,她不怕她。那是整件事里最像梦的部分。

"你真白。你是在发光吗?"

"我没有。是星星在发光。快问'你是谁'?"

"你是谁?"

"我是你妈妈。"

"我妈妈死了。你疯了。"

"我疯了。"白女人捂住嘴轻轻笑了。

她不怕她。在之后某个深夜,白女人发疯掐她脖子的时候唐嘉茗都不害怕。

绝大多数时候,白女人都很安静。

她们说话,像普通人一样聊天。唐嘉茗讲她学校里的事,白女人偶尔评论两句。她们在很多事上意见一致。白女人会提到星星。她教她认识那些星星,他们的名字,位置,颜色,他们的过去,还有——他们的话。

"仔细听,听声调就可以知道是谁在说话。要理解他们的意思不单是明白话的意思,还要听声调。星星,有时候更喜欢唱歌。"

唐嘉茗什么都没听到。

星星不会说话。

有什么关系,等到白天,星星就消失了。和梦一样。

唐嘉茗不会想到有一天她竟然相信了疯女人的话。那个早晨，她决定从小区南边的出口走，坐公车上学。好久没有在高峰时间挤公车。第一辆没挤上去。第二辆来的时候，她一只脚踏上了车，却找不到再上去的空间，犹豫的时候有一只手拉着她的胳膊，硬把她拽上车。

她在黑压压的人群中辨认出张小波冷冰冰的脸。

他看上去并不像那个帮她上车的人。

车真挤。人的身体丧失了独立性和边界感，与其他人的身体贴在一起，忍受着各个方向的挤压，身体已被固定住，呈现无法想象的扭曲模样，好像罐头里的肉制品。

不应该是这样。她和他离得太近，尽管她们中间隔着一个中年阿姨，但还是太近。唐嘉茗不得不对着那张面无表情的面孔。他的眼睛真黑，像深渊里潭水，无法抗拒。

不要掉进那双眼睛。

她把头转向另一边——看不到张小波的那一边。脸死死抵在前面人的背上，颧骨发疼。她不在乎。

车速慢下来，车眼看快要到站，要下车的人纷纷调换位置，涌向车门。张小波没有动。他没有要下车的意思。

车门开了。唐嘉茗闭上眼。下车的人流从身后涌过，她应该在他们中间，轻轻松松被人群夹带着就可以下车。她应该与任何晕眩无关。忍受着一次次冲撞，十指却死死抓住扶手，好几次几乎被带下车，却还是固执地站在原来的位置上，直到车门关闭。非洲密林的鼓声再次打在她的胸口。她想哭，也想笑。

"你要迟到了。"不知道在什么时候，张小波站到了她身边。

唐嘉茗脑子一片空白。车开了，经过学校，可以看见传达室的老头站到门口，再过十分钟大门就要合上。学校越来越小，消失在街边成排的梧桐树后。唐嘉茗闭上眼睛。树叶斑驳鲜美的光影从她眼帘上飞过。心里痒痒的。

"这下，真的要迟到了。"他几乎是在笑。

他们一直坐到终点站，然后上了另一辆往回开的车，一前一后找了位子坐下，也不说话，也不看对方。

快到学校那站的时候，有人从后面靠过来，在她耳边问："你们上午什么课？"

那些看上去疯狂的事情之所以能够发生，是因为它们注定要发生。

唐嘉茗回头望着张小波。

车靠站，开门，关门。他们都没有动。已经是早上八点半。

回到学校已经是中午，唐嘉茗正准备去食堂吃点东西，被教务主任拦住带进教务室。

以为应对的是关于旷课的质询，她并没有放在心上。但是她错了。

从教务室出来,她把朱音叫到食堂僻静角落。还没有开口，朱音已经承认了。

"没错，你替黎娜代考的事是我说出去的。这是事实。"

"他们会问你有没有证据。"

"有啊……"朱音突然意识到不对，不再吱声。

"于是你说唐嘉茗可以作证是她替黎娜做了模拟卷，全部四科的模拟卷。"

唐嘉茗走到朱音面前，令她的目光无处可逃。"可是你很清楚——我从来没有说过我给黎娜代考。以前没有，以后也没有。刚才教务主任已经找我谈了。"

"你没有告诉教务主任……"

"我告诉她黎娜的成绩是自己努力的结果。"

"为什么要袒护那个女人？为什么要帮她代考？我亲眼看见的。"

"你只是有一次看见我帮她从地上捡起卷子而已。"

"为什么袒护她，为什么要帮她？看看她一副洋洋得意已经考上名牌大学的样子。我就是要让大家知道她根本不行，是个冒牌货。我要有证据的话早就……"

"可是你没有。你倒是成功地让她认为我出卖了她。"唐嘉茗不再愤怒。面前的这个女孩根本没有意识到自己有多不聪明。

只是顺手帮个忙。她不在乎成绩。黎娜要看她答案。她说干脆帮你做吧。

写上别人的名字，成绩就是别人的。至于她自己，在剩下的时间里随便写几个答案就可以。从头到尾其实是个玩笑，却好像只有她一个人觉得好笑。

"为什么你要那么帮她。难道是为了那支笔,体育课后你笔袋里多出的那支派克笔。唐嘉茗,别走,我们不是朋友了吗?"

身后,朱音的声音离她越来越远。

"我有事找你。"上楼时在楼梯拐角意外撞见张小波。他的脸色很差。

"不是放学在麦当劳见吗?"她问。

张小波把她拉到角落。

"为什么要散布那么低级的谣言。你以为会有人信吗?"

唐嘉茗抬起眼睛:"你以为那个是谣言?"她靠在墙上,不让人看出她在发抖。

星星说他是个重要的人。

"黎娜的模拟考试是你替她考。这种话谁会信?教务主任都找她谈过话了。她一直在哭。你是为了满足虚荣心吗?"

他迫不及待地就相信了她们。

唐嘉茗咬住嘴唇,有什么东西堵在她喉咙。火烧一般,让人没法呼吸。她不想说话,那会让她很疼。但是——他对她而言是重要的人。也许他值得,值得她从撕裂的胸腔里吐出话给他。

"如果我告诉你,真的是我替她考的呢?"

她紧紧盯着他的眼睛。在那里,一定有她所熟悉的东西。

"你真脏。"张小波说。

唐嘉茗猛地别过脸。她找到了她熟悉的东西，虽然那不是她想要找的。那么痛，痛得没法去看他的脸。

但是，他会听她的解释，他们会幸福的，只要……

上课铃响了。

"放学见面再说好吗？"

张小波奔向教室。唐嘉茗跟着上了几阶楼梯，停下来，转身下楼。

她决定离开，离开这些细小尖锐的无聊事，离开这个学校。她要过马路，推开麦当劳旋转大门，找一个沙发座坐下，守着一杯大份可乐，什么事也不做，什么事也不想，等到放学。

她从未和任何人提过代考的事，到了傍晚，她会把它当作一个玩笑全部讲给他听，轻松愉快不漏过一个细节。要注意措辞。她不想他内疚。

四

冰块慢慢融化，逐一沉没在黑色的甜液体中。很少有人注意过冰块是怎么消失的。白女人呢？她是不是也曾这么注视着某些事物，看着它们无可挽回地消失掉呢？她的星星们会怎么说？

"星星们要你幸福。"

什么样的星星会让她幸福?唐嘉茗搞不懂,也不会去弄明白。

白女人还在睡,唐嘉茗没有叫醒她。她给她带的可乐已经变得温热,但她不准备叫醒她。她很少有机会看到白女人那么安静。

"几点了?"白女人醒了,瞥了一眼电视,主持人正播报晚间国内新闻,"那么早,不是应该有约会吗?没有遇见他吗?早上应该走一条平时不走的路啊。"

"遇见了。我们约好放学后到麦当劳见。桌上是我给你带的可乐。"

"约会怎么样?结束得太早了。"白女人忽然想到什么,歪着脑袋笑起来,"现在你信了?!妈妈没有疯。星星说的都是真话。"

"妈妈,我们看星星吧。"

白女人起身放下可乐杯,兴冲冲地掏出她画满星星的图纸。飞速旋转的圆盘停下,符号清晰地映现在纸上,白女人开始解读。她张开嘴,却没有声音出来。

"怎么了,妈妈?星星说了什么?"

白女人跌坐进椅子。她从来没有像现在那么白过。

"你为什么一直待在暗处?"她问道。

"你不会喜欢我现在的样子。"唐嘉茗走到灯光下,"她们弄脏了我的衣服。"

她们把她摁在麦当劳米黄色的沙发座上。被故意打翻的可乐沿着桌面流到她的裤子上。黎娜不在那些女孩中间，她远远站在后面，脸上带着泪痕。

　　"她们动手了？"白女人问。

　　她的脸一定很肿，还有几道抓伤。唐嘉茗舔了舔嘴唇破开的地方。血的味道，有点像可乐。"她们不太喜欢冰可乐。"

　　第一个巴掌是打翻可乐的那个女孩打的。然后她们把她拖到黎娜面前，五六双手一起使劲强迫她跪下。她的膝盖重重敲在瓷砖上。这是出卖黎娜的下场。

　　她们开始扇她耳光，当着围观的店员和顾客，当着正好经过橱窗向里张望的路人，当着假装不知情混在人群中的老师，也许还有学生。

　　有人揪着她的头发不让她低头，她们要让别人都看清楚她的脸。唐嘉茗闭上眼睛。

　　她听到有一个女生在对围观的人解释原委。那女孩告诉人们，唐嘉茗这样一个考试勉强及格的坏学生，诬告模范生黎娜模拟考作弊。

　　"你知道她们是谁了。是你猜的还是星星告诉你的？"唐嘉茗抹掉白女人的眼泪，"不要哭。你不觉得很好笑吗？"

　　那时候，如果不紧闭双眼如果让她看到那些人的表情，她一定会狂笑不止。事情到了这里似乎才像个完整的玩笑。

　　"星星有没有告诉你一共是多少下耳光？二十七个。因为被摁在那太无聊了，所以我替她们数了。一共二十七个。

这不是问题。我其实有个特别重要的问题,也是黎娜走之前让我好好想想的事,妈妈,为什么她们怎么知道我在麦当劳?为什么那个对我很重要的人却站在别人那一边。你快问问星星啊。为什么他对我就像那个男人对你一样?快问星星啊,我们一定有着一样的星星,妈妈。"

白女人在椅子上骤缩成一团,下意识地咬着手指。唯独那双眼睛,独立于身体和意志之外,受星象图吸引,一眨也不眨地望着上面的图像。

唐嘉茗走过去,把她的手从她的齿间抽出来。"星星说什么了?我的疯妈妈。你说,这代表什么。"唐嘉茗用笔尖指着一个符号。

"月亮。"

"月亮?"她说着,挥动手中的笔。白女人尖声惊叫,伸出血肉模糊的手去阻止她。来不及了。代表月亮的符号消失在密集交织的狂乱笔画下。在另一个地方多出一个随意画下的月亮符号。"现在它在这了。"

"你不知道你在做什么。"

"这个呢?"笔尖指向另一个符号。

"这是冥王星。"

"这里太挤了。"她动手将冥王星涂抹尽净,随心所欲落笔在另一个空白处,"这样好点了吧?"

白女人撕扯头发大声嚎哭。

"为什么要哭,快睁眼看看,星星不在原来的位置上,可这个世界还是老样子。什么都没有变。星星不会说话，星星不能预言。未来过去现在，都和你的狗屁星星没有关系。"

　　白女人俯身看向星图，好像看着她刚刚产下又死掉的孩子。泪水顺着脸颊滴落到纸上——星图漾起一阵阵涟漪，如同刚刚没入小石子的湖面。星图上的符号就像水面中的倒影轻颤不已，接着小心翼翼地移动，朝着它们当去的位置。

　　唐嘉茗漠然地注视着眼前的一切，不为所动。不过是又一个把戏。

　　星星不会说话，星星不能预言，星星什么也做不了。

　　现在，没有人比她更清楚这点。

　　"你不知道自己做了什么！"白女人撕心裂肺地哭泣着。

　　"我知道我做了什么。差一点，差一点我就相信了你的话。今天早上我第一次相信原来自己还是可以幸福的。"

　　我叫唐嘉茗。

　　我的妈妈是个疯子。

　　爸爸告诉我在我四岁时妈妈坐渡船回家结果船沉了，长大后我终于明白爸爸为什么要这样说。妈妈死后不久，我和爸爸搬到现在住的房子里。爸爸是个建筑工程师，他花了不少时间装修我们的新家。新家住起来没有看起来那么大，但对我们来说足够。再后来，我像其他小孩一样上学读书。有一天晚上，我梦到了白女人。她有一张画满奇怪符号的纸。她说那张纸可以告诉她将来会发生的事。我没有信。尽管从那之后每天都梦见白女人,我从来没信过她的预言,那些星星的话。直到遇见张小波。因为希望得到爱。

这就是人类。

他推门进来看见我坐在沙发上有些意外。"你在家?"

"对不起,约好跟你吃饭的,我忘了是今天。"

"没关系。"他从包里拿出莎拉布拉曼的CD,"给你。"

不管要什么都会满足,不管多不听话都不会管教。别的爸爸都不这样。

他没问我脸上的伤。从小时候起就是这样。如果在外面被欺负他只会假装看不到。"所以机灵点不要被欺负。"白女人那样说。

"你今天早回来是有事要和我说吧?"

"没有,本来就是想和你一起吃顿好吃的。今天学校晚自习你不去没关系吗?"

"没关系。既然你早回来了,我又不去晚自习,我们聊聊天吧。"我起身调暗客厅的灯光。从记事起,客厅还没有像现在那么暗过,无论白天晚上,客厅的灯和电视机都会开着。

"你在干什么?"

我走到电视机正对的镜子面前,贴着镜面往里看,我看到——他最不想让我看到的景象——白女人和她的囚室。

"单向玻璃?"我看着他,"爸爸,其实我们家的客厅一点都不小。"

我叫唐嘉茗。

我的妈妈是个疯子。

我的爸爸是个出色的建筑设计师，他在客厅里造了一间隐秘的隔间，把妈妈关在那十多年。

——关于白女人，从来都不是梦。我花了很长的时间真正明白了这点，却仍然坚持那只是梦。就像他声称她死于沉船溺水一样。

在我们相互欺骗前，总是成功地先欺骗了自己。

"什么时候知道的？"

"我发现每次喝完你给的牛奶都会特别困的时候。"

我的爸爸他不知道安眠药只会令我入睡，却没有办法阻止我半夜醒来去找白女人。无论睡得多沉，在夜里的某个时分我就会被一股力量唤醒，好像半空中的重物扑向地面，来到白女人的身边。

如果不想别人知道你有个疯妻子，为什么不干脆把她封在一堵墙里？如果我这样问他，他一定会说——是为了我。他不想让别人知道我有一个疯妈妈。

不，我不会给他说这话的机会。

"把这个喝了，你睡得太少了。"我从厨房端出一杯温牛奶放在他面前，温柔地看着他。

他喝了下去。我知道他会喝。无论我放了什么进去他都会喝。

总好过这样面对着我。

"她从什么时候开始说疯话的？"我坐在他的对面，手掌轻轻盖在他颤抖的双手上。

"认识她的时候她就和别人不一样,总说听到奇怪的声音,会特别在乎别人出生的时间地点,有时候没有任何理由地讨厌某个人。不过只是有些奇怪。直到你出生后,她——"他看了我一眼,有些艰难地理顺思路继续说下去,"她算了你的星盘,她说你是一个会改变星星话语的孩子,必须要保护你。她越来越疯……"

"你害怕了。"

"我不知道她是不是真的疯了,有些事印证了她的话。不,我不怕她,但是你没有看见别人看我们的眼神。"

他知道我没有疯。白女人曾经说过。我回忆起她说这句话的眼神,还想到了一些别的事。

在他合上眼前,我问了最后一个问题:"你是不是早就不爱她了?"

"不,不是,我爱她,一直都爱。"

这是最坏的答案。

感谢那杯温牛奶,在他失声痛哭前让他陷入昏睡。当然,他爱她。他甚至为她安装了单向玻璃,对着客厅那台永远开着的电视。最重要的是,通过那扇镜子,白女人能够看到我。

但是,爸爸,你真的给了我一个最糟糕的答案。

五

我叫唐嘉茗。

我没有爸爸，也没有妈妈，我可以改变星星的话语，也就是说我可以改变命运。

明天早上，我会准时到学校，我会像什么也没发生一样继续假装做个学生。我不会再假装和其他人一样，也不会让任何人伤害我。我将彻底成为我自己。一旦你知道如何改变命运，这就不是什么难事。

白女人应该高兴。我相信了她的话，并且实现了她的预言。我画下了她的星盘，并且试着挪动了她的星星。作为第一个实验品，她死于我的计划之外。我没有想要她死。不过我也不需要借口来推诿。毫无疑问我杀死了白女人，她应该高兴。

朱音会来和我和好。她的星星这么说。她的星星还说她渴望更多的事。在下一个月圆时，黎娜她的裸照会出现在每个班的信箱里。那天晚上，黎娜的星星会变得脆弱。她会选择死亡，她会将自己悬挂在全校最高的那根单杠上。她丰硕美丽的身体会像一片树叶一样在风中摇摆。女性身体的味道，死亡的味道，还有身体排泄物的味道，在那个晚上会吸引着张小波来到黎娜的尸体前。他像一只茫然的工峰，为气息着迷，围绕着少女悬挂的尸体徘徊。即使死亡,也不能阻止女孩身体散发出来的肉桂色气息。她多迷人,尤其是此刻。安详平静,一片巧克力的海洋,召唤着他。如果不是命运的安排,为什么他会恰好路过。如果不是命运的安排,为什么他能在大风中点燃火苗。张小波解开绳索,将黎娜放下来。她的身体还是温热的,充满着夏日温煦的气息,天生的深色皮肤充满弹性和光泽,最令他着迷的是还沾染着排泄物的滚圆双腿。在那天晚上,他会感到前所未有的饥渴与痴迷,血液在血管里翻涌。死亡令他的血管膨胀,令他感受到未曾感受到的充沛力量。当他将手伸进她的衬衫,贪婪揉搓那对巧克力色乳房时,他不再是一只为大王花腐臭气息疯狂的昆虫。他不再迷失。他遇见了他自己。

他将明白他在恐惧什么,他将懂得他渴望什么,他将知道自己是谁。

我软弱的爱人,到我这里来。我们在恶的根基上彼此相连。

从此,你可以像归罪命运一般归罪于我。

我就是你的星星。

我对着镜子微笑的时候,我知道他正在镜子后面看着我。他被关在了他自己建造的密室里。桌子上摆放着他的食物。"这是你今后几年的食物。"我告诉他真相,并且静心等候着,在镜子的这边。我知道他迟早会开始吃他的食物。他会以为我挪动了他的星星,使他进食。

但是他错了。我没有挪动他的星星。他生来就有着可以吃掉她的星星。

"你挪动了星星，就改变了命运，你挪动了星星，也就击碎了星星。不要轻易挪动星星。"白女人临终前告诫我说。

今天晚上，碎了很多星星，以后还会有更多的星星碎裂崩坏。即使这样，天空也不会一片漆黑。

总有一颗星会永远亮着。总有一颗星不需要我来左右。

博物馆之心

费米的便条

1954年5月,我独自一人前往纽约探望一个年轻时代的朋友。事实上,我们的关系并不算亲近,在高中毕业之后就很少往来,要不是我们有共同的朋友,我甚至不知道他现在在哪里。另一方面,我的身体状况也不允许我独自出行。这很可能是我生命中最后一个春天了。

但我一个人去了纽约,没有和任何人打招呼,甚至包括那位朋友。这次不必要并且不合理的出行最终以失败告终。当我按照打听来的地址找到朋友公寓时,他并不在家。我猜想他可能只是出去办事,晚些时候就会回来,于是决定等他。

过去几年我都被迫待在室内静养,不愿再枯坐在某个屋顶下。那天天气很暖和，我走过两条街，进了中央公园，找到一个面对草坪的长椅坐了下来，坐下来没过多久就睡着了。等我醒过来时，风衣口袋里多了一盒卡带。没错，是卡带。

那天我没有等到我的朋友，可能是太过沮丧，或者是无聊，我向住宿的酒店借来录音机，将卡带内容一次听完。里面的内容令人震惊。外星人。这可是五十年代。几乎有一半以上的美国人相信外星人存在，四分之一以上的人声称看见过不明飞行物。《纽约客》上充斥着对外星人和飞碟的描绘。

四年前，当我和曼哈顿计划的同事们一起时，我们也常常就这个话题讨论。有一天在富林小屋吃午饭时，埃米尔告诉我们，周末晚上他的祖父和父亲为外星人是否存在这个问题而争执不休，差点搞砸了家庭聚会。我停下手中的餐具。"那么，他们在哪？"我问。

所有人都笑了。他们认为这是笑话，甚至我自己都被笑声感染而大笑起来。但我知道，那个问题并不是笑话。

在灯光下，我打量着这卷卡带。它离奇的出现方式，以及匪夷所思的内容，令我几乎相信这是命运的安排。是的，在1954年5月某个夜晚，当我身心疲惫地过完一天后又听完这盒卡带时，我差点成了一个宿命论者。也许千里迢迢地来到纽约并不是为了见一个并不亲密的朋友，而是因为受到了某种召唤，为了得到这卷卡带。

"他们在哪里？"

卡带回答了这个问题。

理智在最后关头阻止了我。没有必要去赘述拿到卡带后的一个月里我是如何焦虑不安，如何惊慌失措。对于一个身患绝症的科学家而言，没有比在最后关头精神崩溃更糟糕的了。身体衰竭的最大坏处在于，人们可以理所当然认为你的智识水平也随之衰退。当我写下这些话时，已经做出决定，这张便条将和磁带一起封存起来，交给我最信任的A保管。也许有一天，当时机合适，她会将卡带公之于世。

以下是卡带的内容。

A面　第七日

一

一眼就能认出她。

人群里，不需要费多大劲就能看到她。她的模样和这里的人完全不同。按上个世纪的标准，那应该算是美。

"她的美貌出卖了她。"

J走向她的时候，心里反复品味这句话。明明是他看见她时才冒出来的念头，却好像旧文明时期的陈腔滥调。那些无法被降解的芯片上存储着无数这类句子，无所事事的夜晚里，可以用来消磨时间。他慢慢走近她，走进她柔软长卷发的金色光芒里。

"嗨。"他向她打招呼。她的肩膀轻轻一颤。身体重心移到脚跟。

他注意到了，露出温和的笑容："你看起来很冷。我们去弄点吃的，再找几件合身的衣服吧。"J走在前面，保持恰当的步速。她并没有像其他人那样紧紧跟在后面。出于某种原因，她始终和J保持一定的距离。穿过曾经是中央公园的那片绿地时，她忽然赶上J，脚底生风并肩走在他边上。J向她看去。那张脸上一片梦游者般的空白，安详，近乎勇敢的镇定。

一眼就能认出她。让J来领走她的那个人这么说道。的确如此。只是她的样子和J预想的有偏差。从她的立场出发，她应该更惊慌一点。因为这里的情况和她的预想有偏差，而且偏差更大。然而她已经只身来到这里，并将自己改造成她预想中人类的模样。

她就像个二十世纪七十年代好莱坞的艳星，除了脸上那份空白。人类以前就是那个样子，真奢侈。那时候的人们笃信太阳不死。这些恒温动物。

经过几个正在挖掘聚乙烯残片的考古人员，J带她走进最近的一个地下入口。"大多数时候我们待在下面。"J说。她并没有在听，径自一路下到平台。蛛网般密布的地下世界的小径在他们面前展开。借着J身体鳞片在黑暗中发出的微弱光芒,她环视四周,仿佛能看到深入地底每条路径的尽头。

"地球?"

"不,纽约。"J答道。

第一天,她只说了这一句话。

二

点完饮料面对面坐着已经过去一小时。J的体温慢慢下降,新陈代谢随之也慢下来。他随时就会睡过去。事实上,这么坐在酒吧转椅上面对着一个白肤金发的美女,他觉得自己已经掉进一个梦里。

他的左眼转动,视线对焦在吧台后面镜子里的人影。细长的眼裂,外眼角向上,利于抵挡沙尘;覆满脸部和身体细小蓝色鳞片,利于在寒冷环境下尽可能保持体温。还有一些变化,在外表之下,镜子无法显现。这就是人类了。为了适应骤然恶劣的自然环境,通过基因改造完成的最终形态。在他的右眼里,始终清晰映现着另一个人影。那是——人类原来的模样。

她的面孔突然扭曲成可怕的样子。

"怎么了?"J跳起来。

"我想和你一样。"她做了个手势。

"不,你的视野没有360度。不像我们。我们的眼睛分布面部两侧,我们眼睛的生理构造不同。"J解释道。

她停下来，啜吸杯子里的低度酒精。

她用了三天的时间浏览了 J 提供的所有关于地球的资料，理论上应该对人类和地球有了更准确的了解，也明白自己的处境。但遇到许多事她仍旧需要 J 的解释。这是他的工作——最不重要的一部分。

"气温骤降，植被和粮食越来越少。为了生存下去，人类必须改变自身，成为变温动物更能适应这样的环境。有种说法是说上帝选择了人类现在的进化方向。"他没有说下去。不管是基因改造还是上帝的意志或者人类自然进化，都不重要了。

他们回到沉默里，啜吸各自的饮料。今天一整天都耗在了这里。也许之后几天也会如此。打他第一眼见到她时，就应该辨识出隐藏她身体的巨大力量——停滞的力量。一切日常运转的事物都将因为她的出现而停滞不前。

"变成这样，开心吗？"她说着叼起吸管对着半空玩。

"是出于需要。"

她松开吸管由它掉在地上。"伤脑筋吧？"她认真地打量着 J。

那个标准答案几乎要从 J 体内脱口而出。

那一刻 J 天真地以为事情就要变得顺利起来。

那些被其他人问过的问题，那些他可以熟练回答的答案，那些一旦进入流程就无法逆转的操作步骤。那些圆满完成了的工作。

然而她漫不经心地错开他的视线，低头注视着那根吸管。"钻石很贵吧，地球上钻石是很值钱吧？"

J点点头。

"你们居然用钻石来做唱针。钻石唱针，金唱片。"她说。

1978年4月，继旅行者2号之后，宇航局又秘密发送了第三个探测器，向外星文明送上第三份地球名片。镀金铜唱片，钻石唱针，和之前的内容不同，这次唱片上更多的是当时的流行文化。她说她是第三张唱片的获得者。

"用了很长时间。"她抬起下巴看着J。

J不知道她说的是得到唱片的时间，还是改造成人类，来到地球的时间。那不重要。过时的信息造成了一个可以弥补的错误。他要告诉她，只要她愿意，他能帮她改造成现在人类的样子。

"这些年里，有大量外星来客移民地球。他们大部分的身体构造……"

"是啊，实真空泡一直在扩张。许多人都躲到地球来。传说是真的吗，躲到地球上就安全了？"她蜷缩在新买的二手风衣里，假装若无其事地打断J的话题。这次也太明显了。J猛仰脖子一口灌下剩下的酒。

不能发作。不能诱导强迫外星来客改造身体。不能让初来的外星来客接触经过改造的外星来客。不能先提到"改造身体"这四个字。

异星客保护条例出台后，相应制定的工作纪律如此要求他。

但是工作内容仍旧没变：**带领刚到地球的异星客熟悉环境，使他们意识到改造身体的必要性。**

在七天之内。

大多数异星客都会选择改造成地球人。J不知道那些少数没有选择改造的异星客最后去了哪里。工作的最后一个环节，是把这些异星客带进对外总署宽敞的等候室。一屋子白的刺眼的瓷砖。

"明天去哪里？"她问。J沉默着。他们走到地面上。空荡荡的建筑。没有树木，但是至少还有苔藓，有时候能根据苔藓的长势猜测冻土层下面街道原来的样子。只是无聊时候的猜测，永远不被证实。

她又问了一遍，得到的还是沉默。她停下脚步，仰头看天空。天上有一枚脏兮兮的黄色斑点。"太阳？"

"那曾经是地球的生命之源。在我小时候，它还有这么大。"J用手指比划道。

"越来越小啊。灰柠檬色。"

"灰柠檬色？"J觉得好笑。他喜欢这样随心所欲的说话方式。

"按现在的距离，到达我们眼睛的光子，从太阳表面出发要用上一个星期吧。"

"嗯，据说在太阳内核的光子要用几十万年才能到达太阳表面。"

三

"博物馆。"她说出自己想去的地方。

J一度怀疑自己听错了。她从来不确切说出心里的想法。想要什么想吃什么想去哪里或者害怕什么。或许只是因为她的心里还没来得及有什么想法，有时候J会这么想道。

他们像游魂那样游荡了三天，大部分时间在地表。只要不是太冷的话。她喜欢空荡荡的建筑物，从破碎的窗户里张望外面，在厚厚的灰尘下翻找研究被遗弃的物品，比如玩具。J被她带着，随机地决定做什么，在稀薄的光芒下感到越来越恍惚。却在那时候，她突然有了决定。

所以，第七天他带她去了纽约大都会艺术博物馆。那是城里少数需要买票进入的地面建筑，也是少数还有人在维护的公共场所。据J所知，她读过里面所有展品的资料，而且似乎她也能尽数记下。他疑心她藏起智慧，伪装成和人类拥有同等智力水平。没过一会，J又开始疑心就连此刻她的随心所欲也是伪装。

最后一天，J忽然从恍惚中一下子跌醒过来，觉得恐惧。J无法再相信眼前这个异星客。他跟着她走过一条条长廊，巡视两边静默的展品。尽管有市政出资找人清洁，但是据说从蒙古过来的沙子还是在渐渐吞没这里。只是时间问题，J想。她并没有那么大的感触，面对人类上万年文明积累的丰硕成果，她看上去无动于衷，甚至还没有她侵入私人公寓时兴奋。

"我分不清仓库，博物馆，档案室的区别。"她说。

他们很快从纽约大都会艺术博物馆出来。当她要求去第二家博物馆的时候，J意识到自己还有十二个小时可以完成任务。到现在为止没有一点进展，之前所有的职业经验全无用处。遭遇到从未有过的挫败并没有令他颓丧，他盯着面前那张渐渐鲜活的面孔，它刚刚从博物馆幽暗阴影里进到薄银般的日光里，仿佛是某种启示。

关于自暴自弃。

那一刻，连日来僵硬的肩颈忽然放松下来。J带着她穿过东河。那座钢结构斜拉悬索桥被摧毁后，人们在原有的桥基上用碳纳米重新建了简易桥身。J从来没想过有一天自己会从那上面走，但是她坚持那么做。

有时候她会很固执，但有时候她不闻不问任由J带她到任何地方。哪怕是在最后几个小时里。到那栋灰色公寓楼的时候，他们还剩下不到八小时。她也知道七天的规定。第一天J给的资料上写明她有七天时间考虑是否融入人类。但是和J的工作守则一样，给她的通知上没有说七天之后如果不接受改造她会怎样。

电梯显然不能用。他们从楼梯攀爬向上，不去细想脚下碰到的绵软的物体是什么，也不追究扶手上黏乎乎腥臭的粘连物的来源。J周身鳞片发出最大强度的亮光，也只刚刚将自己照出轮廓。比起地下世界，向上去的黑暗似乎更加浓重。

推门进去前，J也不确信这就是他们要去的地方。他很久没来过。上次是什么时候？他忽然意识到原来他也有过喜欢在地面游荡的时候。

"不是普通的住家？"她站在半散架的电脑桌前问。

不是。第一次来这的时候他也是这么以为，直到读到墙上的文字说明。"这里是——博物馆。"尽管只有一个展览，但的确是博物馆无疑。J这么认为。

"也是博物馆？"她在墙角捡起一两个长方形木框。底板连同曾经用来展示的部分早被自然降解。她的脸凑近，木框勾勒出她美丽的五官。"以前是用做什么的呢？"

"放置好看或者有趣的图片。"J猜测。

他们来到地上一台浅绿色的打字机前。这是目前为止他们看到唯一算是完整的物件，可能也是这间屋子唯一一件能称得上展品的东西。她望向J，J拉着她在房间转了一圈，看完所有丙烯酸涂料写的文字说明。

"所以说，是因为猴子的关系。"她明白了。

"还因为莎士比亚。"

"这台打字机之所以被纪念，不是因为它和其他打字机有什么区别。"

"它和其他打字机有区别。猴子们用它写出了莎士比亚戏剧。"

她蹙紧眉毛。以前人类感到痛苦和困惑时会做这样的表情。为什么要感到痛苦，或者是困惑？

"它和其他打字机有什么区别？"

"因为它参与其中，经历过。"

"经历过令它发生改变？"

"没有。"

经历如何可见，如何被展览？只能去相信它是不同的。

用证明它与众不同的经历来验证经历的真实性。

J咽了口吐沫。他提醒自己没有多余的能量可以消耗。改造的时候要是把发声系统也改成蜥蜴那样该多好。"走吧。"他听到自己的声音穿过厚厚的倦意抵达。

"即使是一种样子，经历也不尽相同，所以其实也并不能归为同类。对吧？"她说。

J的心跳慢了一拍："融入需要时间。但是第一步先从外部条件……"

她笑了："我没有在说改造身体的事哦。"

J想说他也没有。现在进行的是一场纯粹的玩乐。还剩下七个小时。

从事这份工作后，他常常会莫名环顾四周，想要辨别隐藏在人类中的异星客。他们穿越星系团，最大限度地使用他们快要散架的航空工具，结束漫长的旅程，来到地球，为了宇宙里的一个传说，躲进人类的躯体，躲进幽兰微弱的鳞片光芒里。

生存可以简单些，也不会引起人类不必要的慌张。政府似乎是这么说的。一切为了简便和最大能效。在缺乏能源的情况下，简单化才是唯一合理的做法。

多么美。如果碰触她的皮肤，会感到柔软吗？J那么想着的时候，一双手覆盖在他带着蹼的爪子上。是的，真的很柔软。

博物馆比想象的小，但不是那么小。房间和其他公寓打通，一共有四五个房间。他们慢慢走着，小心翼翼地落脚，以免踩坏什么曾经是很重要的东西。夜晚快要降临了吧。风从窗户灌进来。J昏昏欲睡，像走在梦里。唯一记挂的是时间，今天是第七天。进入倒计时。恍惚间，一个念头在心里生根。他想，这倒计时属于地球。不单是她，不单是他们，不单是布鲁克林，不单是纽约，也许不单是地球，在灰蓝色的寒冷中迎向他们最后的时刻。

他们进入最后一个房间。除了文字介绍外，在两个窗户间的墙壁上隐隐有着字迹。

"是个等号。"她上前抚摸斑驳墙面，在那个也许是等号的位置。

"原来是个等式。"J以前从来没有注意到。那上面的喷漆几乎褪色了。

他们为这个发现感到兴奋，声音微微发抖。

她蹲下来研究地上一堆腐蚀的金属桶，又看相应的文字介绍，明白那是猫罐头，接着读了墙上所有说明，明白了发生过什么事。

"那只猫，它最后是死了还是活着？"

"那只猫。"J顿了一下，用了很长时间去想怎么回答，

"那只猫,它是薛定谔的猫。"

她睁大眼睛,大到眼皮几乎呲裂,几乎露出那副身体里面的构造。

"它既是活着的,它又死去了。"她说出了那早被人类用到烂俗的结论。那结论似乎又以某种 J 永远也无法理解的方式击中她。裹在风衣的纤瘦躯体像飓风中的屋顶,J 这么想道。第一次,他用了自己创作出来的比喻(他创造出了自己的比喻)。

"带我去做改造吧。"她说。

J 不记得她是否哭了。因为之后她透露的事实太过于震惊。

在第七天的倒数第三个小时。她告诉他,地球早已经不存在。她的飞船降落在独自逃向另一颗年轻恒星的大陆板块上。

北美大陆板块正独自向太阳系外漂走。连接着板块的基岩由聚变引擎推动。而维持大气层的引力场则藏在他们地下世界的最深处。

B 面　博物馆之心

到最后,她告诉 J,这块孤独的大陆,并且只有这块大陆,正在聚变引擎的推动下,向着太阳系以外那颗大小适中的恒星前进。

他恐怕并没有理解她的意思。震惊中,地球人把外星来客的信息当作隐喻接收下来——孤独的北美洲大陆遭到放逐，在宇宙中孤舟般漂泊颠簸。他无法去想象大陆板块连同基岩脱离地球的样子，无法去想象连接维持大气层的引力场和维持动力装置的能量核，无法想象实体本身。

除了工蜂一般的人类，还存在另外一些人。

他们努力寻找使经验成为可能的结构，试图在结构之上去理解他们的世界。那种专注投入使得他们有了蜂皇般的力量。

那个孩子从我身边走过，揿下电梯按钮，用指甲里嵌有细沙的那只手。我上了下一趟电梯，走到某一户人家的门口，按下门铃。是他的母亲开的门。

那孩子在客厅。他从一堆玩具中抬起头，朝门口望过来。小孩子们通常不这样看人。我做了简单的自我介绍。

他母亲把我请进屋。寒暄过后，女人简略提到我将要从事的工作内容，并以微妙的方式暗示了这份工作的真正性质。在确认我领会她的意图后，她欣然签订了由事务所事先拟定的劳动协议。整个过程那个孩子一直盯着我们。

并不意外。他在婴儿的时候，就是那样打量外部世界的，探究其中各种奥秘，事物之间的联系。从签订合同的那刻开始，我将有整整四年的时间与这目光相伴。这是我的工作。名义上，我是那个孩子的美术家教。但对这样几代都担任重要官职的家庭来说，有个能够低调的贴身保护孩子的人似乎并不是坏事。

在事务所的推荐下我成了那个孩子的保镖，帮助他避开所有那些隐藏在未来，不可知暗流里所有可能的危险。人类，地球人，他们害怕未来，又憧憬未来。对他们而言，那是一片混沌未知的领域。什么事都可能发生。

对我而言，什么事都已经发生过了。或者说，什么事都正在发生。时间之流就在眼前，甚至不用眺目远望。过去，现在，未来，所有发生的事都在我面前呈现，叠加在三维空间上，通过距离去感知它们。这是我们与生俱来的感知方式。

因为这样，刚来到地球那段时间，我花了很长时间去理解适应人类的感知方式。三维空间中由五种基本感觉器官感知到的世界。对他们而言，此刻单单意味着此刻。切片般的瞬间。独立于过去和将来。一旦明白其中关隘，伪装成他们中的一员就很简单。对他们不知道的世界保持沉默，就像一个正常人伪装盲人。

地球人看不见未来。他们中的很多人相信此刻的言行决定将来的命运。这简陋的因果关系，就好比盲人相信盲杖敲打的声音能够决定脚下道路的方向。

并不应当去嘲笑。他们需要这样的信念。

那个孩子被安排了很多的课程，并不全都枯燥乏味。诸如柔道和小提琴，虽然一样需要苦练，但他乐在其中。然而他最热衷的，是家门口花园的沙坑。堆砌城墙，宫殿，桥梁，住屋，或者在沙面画画，主要是人脸或者汉字。他的作品和别的孩子的作品并无二样。脆弱，随时会崩塌，并无新意，对外部世界的稚劣再现。然而他在其中投注了几乎全部身心。到底是迷恋构成世界多样面貌的基本物质，还是痴迷于模拟世界的仿真造型？

我站在不远处静静观察着。望着孩子和沙坑的同时，也看见十八年后他在另一个城市里建起的博物馆。

起初？起初只是缘于一个小念头，但并不像他日后向别人讲述的故事，以一个老人的收集为契机。他没有说谎。只是那些触动人们心弦的起因往往都细微如尘埃，无法被察觉，难以被表达。在纽约读艺术学硕士的最后半年里，他开始准备自己的毕业展。原来只是打算是做关于地球人历来一些著名思想实验的摄影作品，在脑海里慢慢发酵，生出一个大胆的念头。他要建一个博物馆。那年春天，他意外地迷上博尔赫斯笔下的图书馆，在那个南美洲盲人的迷宫小径里依稀看到某种幻影，或者说可能性。

单单虚构一个博物馆已经不够，甚至在虚拟网络世界的建设也不能满足他。他需要实物。更具体真切的存在。必须有某物被留下来，事件才得以真正发生。他的一个并不亲近的朋友这样理解他的实践。事实上那个人也被他拉进一起建造博物馆的冒险中。

在他组建的团队里，有建筑师、动画师、画家、建筑家、多媒体艺术家、神经科学家、骨科专家、室内设计师、光学动力学专家、人类学家、理论物理博士，以及宇航员，还有一名分子生物专家兼兽医。其中一部分人担任顾问，负责提供切实详尽的专业知识；而另一部分人，负责创造，以他们擅长的方式。

还有另一些人，负责观看。

我看着那个孩子，他耐心耙着沙，一遍又一遍，在盛夏的烈日下一点都不感到焦躁。眼睛一阵刺痛，是汗流进了眼睛，带着咸味的刺痛。他揉了揉眼睛，乘着这个间隙评估刚才工作的成果。现在他抄起铲子将沙一点点放进橘红色的沙漏，耐心收集落下的沙子，将他们填进自制的模子里，填满，压实，用刀子抹平表面。然后……

周末没有下雨。纽约的春天还算和煦。他和一个建筑师朋友约在高线公园见面。他们在热狗摊那买了两个热狗当作午餐，边走边聊。阳光在树叶和女孩的脸上跳跃着。他们交换完初步的想法。短暂的沉默后，他对着罗哈斯巨大的水泥立方体邀请女孩参与室内设计的部分。

我看着那个孩子，他抓住模子外壳的边缘，缓慢垂直向上抬。三角形沙块脱模成型，却在落地时松散开裂……

上午过得并不顺利。出门时发现家里下水道堵了；按照预定时间找教授讨论毕业作品却被放了鸽子；骨科专家来信说没法弄到他要的测骨龄的 X 片；从二手书摊上买的科幻小说集意外地缺失了重要的几页；坐到图书馆的老位置，他打开计算机，收到雕塑家的邮件。

我看着那个孩子。他目不转睛地盯着从水壶花洒洒落的水流，注视着水珠隐没在沙砾中，最后连水渍都淡去。淡沙黄色的干渴。也许现在是可以重新制作沙块的时候。他掏出塑料管，用他制作最重要的长圆形沙块，在他的周围是他为自己要建起的城市所挖掘的壕沟……

那个博物馆最终会被建成。

博物馆建成的当天他同他的团队成员一起庆祝；某个深夜他握着女朋友的手在展品间夜巡，他真爱她专注进食小动物的模样；最失意的那段日子，每天早晨他透过万有引力公式旁边的那座窗户俯瞰这座城市睡眼惺忪的样子，再过几年，他的孩子会比他更热衷这个地方，他有了更重要的项目要去完成。

从什么时候起，我过于频繁地注视着这个孩子的未来。确切的说，是他身处博物馆的时刻。没多久，我更深地陷入到对博物馆的凝视中。无论身处何时何地在做什么，总忍不住将目光投向未来纽约这一座小小的博物馆，投向它建成的第九天，第四个月零七天，第二十个月零十天，它的任何一个时刻。我尤其偏爱那些空无一人的时刻。

没有任何人。只剩下展品。我的意识巡游其间。

鲜艳的带着特殊趣味的科幻小说海报，打字机，爱因斯坦的公式，猫粮罐头，宇航服，旧照片，写字桌。大部分在二手市场随处可见的物件在这里以满有尊容的面貌被展示。

博物馆之心

我曾经仔细将它们和新出厂的商品以及普通二手商品做过比较。差别在哪？被卷入到某个重大事件——思想试验中，在使用之后又被那事件抛还给日常之中。有什么特殊的痕迹留下吗？或者有什么被剥夺去了吗？

我小心翼翼地在它们面前经过，生怕留下自己的气息，生怕我的目光留下无法逆转的改变。这些作为曾经发生的事件留下的残骸，它们在这里，为了证明它们曾经参与的事件。多么不可思议，对于直面时间河流的我而言，过去未来和现在总是同时呈现在眼前，从来不需要这些多余的痕迹。不需要痕迹去证明曾经发生过什么。然而这些展品，事件留下的残骸，被搁置此处，搁浅在时间河流浅滩上的莫名之物，我无法从他们身上挪开视线，犹如热爱在墓地散步的怪客，近乎痴情地凝视着他们。那时候的心情，宁静平和。身处时间之河的无止尽的律动，我却感到前所未有某种近乎停止的缓慢，感知的终结，如同——死亡。

是的，所有的生命都会消失，但他们的痕迹会以某种方式留下。未必会被纪念，甚至未必会察觉，但一定会留下。

这座博物馆会比那孩子存在得更久。

比他的朋友，家人，比大多数人类存在得更久。

几百年后，当美洲大陆孤岛般飞到太阳系外寻找另一个恒星的庇护时，它仍旧伫立在它最初被建造的地方——纽约的老布鲁克林。

有一个外星人将在那里决定改造自己的身体。她也将在那里告诉地球人北美洲大陆的真相。这个真相将被当作隐喻而被记录下来。

只要正对下午五点的太阳,视线向右偏一些,越过几个恰好挡在前面的时间点,我就能看到那个隐喻被记录的瞬间。

它确实存在,并且早已存在。

这么说来,现在你们应该知道我不是地球人——地球生物。人,这个词,是地球人特有的称呼。我们不说"人",也不喜欢被称作外星"人"。

在那个孩子四岁的时候,我成为他的保镖,伪装成人类,隐藏在这座古老的灰扑扑的城市里。城市很脏,冬天下鹅毛大雪,春天落漫天大沙。曾经是宫殿的地方现在住着这个国家的领导人。以这块红色区域为中心,城市一圈一圈向外不断扩张、膨胀。在它臃肿的体形里装满了几百万彼此陌生的高级生命体。对于外星生物而言,没有比混迹于其中更安全的了。

我守护着那个孩子,守护着他的时间之流,保证他的现在过去将来都完好无缺。他的父母很满意。孩子也很信任我。他似乎认为我会一直这样陪伴着他。

也许的确如此。也许——不是。

当我身处此刻时,目光却在那间博物馆里徜徉。我的一部分已经留在了那里。

当然，我也会死去。在某个时刻以某种方式。如果想的话，我可以看到自己的未来，知道有一天会这样离奇的死去。但是为什么要那么做。在我活着的每时每刻，都和未来共存，都与过去共存，感知时间之流的每一份律动。我的生命与其说是短暂的一条直线，不如说是混沌时空的一个永不消失的点。我从未存在也从未消失。

从这个意义上来说，我一直就在那守护着那个博物馆。

我就是博物馆那颗隐秘跳动的心脏。

我就是博物馆里那无数颗跳动着的心脏中的一颗。

被里美忘记的乐园

一

下班回家的路上,里美被劫持了。她抄近路沿河边一直走到立交桥桥底,忽然一辆机车从对面斜刺冲来,在刺耳的刹车声中横在她面前。车门打开,几个黑影飞身下来。还没搞懂发生什么,她就被打晕过去。

她被带到某处,双臂悬吊在屋顶灯钩上。醒来时第一口气差点没接上。手臂和背,仿佛被撕裂一般,浑身上下疼得厉害,左眼肿得没法睁开。里美不明白为什么会是她。这座城市近八十年没发生过一起恶性案件,为什么让她遇到这样的事。她怕得要死,怕得脑袋发麻。浑身发抖,眼泪鼻涕一股脑地流出来。

我什么都没有。她冲着黑暗喊道。为了食物，抢劫配给卡，这是她唯一能想到的动机。

我什么都没有。她嘶声竭力地叫，扭动身体试图挣脱手腕上的绳子，肩关节一阵钻心地疼。她不敢再动。

从左前方灯光不及的暗处传来轻微响声。她屏息等，直到扰动黑暗的人影一点点浮现出来。五张陌生女人的脸，没有任何表情，好像凭空漂浮在半空的气球，连眼珠仿佛也是乳胶制成，泛出恶意又呆滞的光。黏滑湿冷的目光死死贴在里美身上。她想吐，张嘴，只发出干巴巴的声音。

巨响冷不丁雷声般从耳边滚过。门从一边滑开。刺眼强光射来又被切断。比白昼还亮的不眠夜被关在外面。里美抽泣起来。她要回去，回到那个让她精疲力竭想要逃离的世界。

你哭什么。方才门口那个剪影不知什么时候已经来到她跟前。第六张陌生面孔。和其他五张的一样，苍白，浮肿，看不出年龄。

我什么都没有。

不，你有。

她和大多数地面上的人一样，独自生活，没有朋友没有家人。即使不是政府为补充劳动力而培育的试管儿，也是因为贫困饥饿被家人抛弃的多余人。以最低成本被孤儿院养大，受职业教育，一经体检通过便被带到流水线上劳作，站在大机器面前作着简单机械重复运动，生产自己也不知道组装到哪里去的零件。一日复一日。经年累月。还完孤儿院的养育贷款后，到手的工资总算可以供她吃饱，过几年也许还能存钱买点衣服。

她什么都没有。浑浑噩噩活着，甚至连确切年龄都不知道。

直到那天，有人告诉她，事实上她拥有着某个重要的东西——重要到必须劫持她才能得到，里美惊呆了，仿佛一道又亮又细的光将她自上而下一切为二。

是什么？她问。

你来告诉我们。女人咧开嘴。从她的嘴里泛出一股难闻的味道，胃液腐蚀胃壁的味道，长期处于饥饿状态的味道。有一天我也会这样，里美这样想。如果她还能活到那个年纪。

其余人围拢过来，饶有兴趣地打量着她，以那种粗鲁又贪婪的方式，好像里美是一块尽管发霉但经过处理仍然还可以食用的肉。

你们要什么我都给你们，只要我有。里美哀求。

一个巴掌甩在她脸上，打得里美半边脸孔滚烫，耳朵嗡嗡作响，她半天回不过神，呆呆望着动手的那个女人。对方也看着她，平静得不像个刚动过手的人。她目光扫过其他人的脸，同样的空白。

后脑勺又挨了一下重拳。看不到是谁动的手。很快这就不是一个问题了。拳头骤雨般砸向她。她们都动了手，接着，又嫌不过瘾，用上了膝盖，脚，肘，还有指甲。

里美的身体被各种力量牵扯，又受制于捆绑她的绳子，暴风雨肆虐的海上孤舟摇来晃去。唯一能保护她的只有晕厥。但她却始终只徘徊在晕厥的边缘，痛到快疯了，却仍然清醒。她嚎啕大哭，也不顾是否会更激怒那些女人。她哭着，哀求着，嚎叫着忍受新一轮的折磨，忽然，整个身体被猛地甩向一边，不止她，连那些女人向着同个方向倒去。有两个人没能站稳，跌倒在地上。

这间屋子，连同脚下的大地也在剧烈的晃动后震颤起来。

"开动了？"有人问。

"嗯。"

"你造的那个玩意儿管用了！"

"那玩意儿叫智能动力装置。"最后出现的女人纠正道。

六个女人目光交汇，脸上泛起类似欣喜的褶皱。一只手拨开挡在里美眼前的乱发。挂着僵硬表情的脸再次贴到她近前。"我们的火车开动了。"那个女人说。

女人的话让之前没有被注意到的细节浮现出来。大圆弧形的屋顶，两侧上下闭合式的窗户，还有向侧划开的门。除了前方不远处一盏裸露的灯泡，车厢里什么都没有。看起来像老式电影里出现过的货车车厢。

早在上个世纪，火车作为交通工具就被弃用了，只有在少数线路上留下几列充当古董。里美只在上下班路上远远打量过这些丑陋庞大的旧机器。

"为什么？"她问。

"我们喜欢火车。"一个女人说。

"只要车一直开下去。他们抓不住我们。这辆车不会停下来,程序是这么设置的对吧?"另一个女人补充。

"嗯。除非……"

"什么?"里美垂下脑袋。她没有在问题,只是单纯发出声响而已。她早就虚弱地无法思考。她的问题具体是指什么?女人们的话又是什么意思?话语变得没有意义。意识正缓缓从她身上流走。

有人把她放下来。她瘫倒在地,仰脸看那人。一团令人晕眩的光。

"你最喜欢的人是谁?"那人问。

里美没明白过来。那个人一脚踩在她右手的小指。手刚刚恢复血液流通,被那么一踩,让人发狂(里美大叫)。然而因为这样,里美竟然有了答案。在羞耻和被折磨之间挣扎。她有些说不出口。她最喜欢的人是一个根本没见过面的人。而那个人甚至根本不知道有里美这样一个人。

"乐园里,你最喜欢的人是谁?"

"APS。"里美脱口而出。

"这是组合。最喜欢的人是——"

"萨雅。"

二

五年前你住在哪？做什么工作？再往前呢，你在做什么？

说说最喜欢的颜色？

休息的时候你会读书吗？

每个月观看乐园的真人秀节目的花费是多少？

萨雅什么地方令你着迷？

最熟悉他哪首歌？短剧呢？

和萨雅之间有私人联系吗？比如通信？

除了萨雅还喜欢谁？他们之间有什么共同点？

在开动的货运火车上，女人们无休止地盘问她。那些问题琐碎，重复，甚至没有条理，里美猜不出这些问题最终要指向哪里。如果知道她会毫不犹豫地迎和她们。

给你们想听的答案。放我回去，或者干脆让我死。

没日没夜的问题，车厢有节奏的摇晃，光影交错，有时候是乐园洒下的光芒，有时候是太阳。这些似乎都在向里美宣告一切不会轻易结束。也许过了一个星期，也许只是一天后，她被送到押运车厢。因为那里有床。在没有麻醉的情况下，她们用深山少数族裔才使用的针刺法检查她的大脑。有小臂那么长的银针扎进她的身体各个部分，以此观察她的反应。等到这部分的检查结束，她们强制将民间仿造的纳米神经机器人植入她体内。受技术限制，又缺乏相应原材料配件，民间生产的纳米神经机器人一经植入，会造成身体免疫系统的巨大反应，被测者肾衰竭死亡或者大脑遭到不可修复损伤的案例不在少数，在使用一段时间后被政府明令禁止。女人们显然并不顾忌这些。幸运，抑或是不幸的是，里美挺了过来。

所有的检测显示，她的身体里没有生物追踪器，她的心智正常，最重要的是，她的记忆没有被篡改过。

"但是你不记得了。"一个女人说。

"记得什么？"

"他。"

"真的不记得了吗？"另一个女人走过来一把将里美的右手举到她的眼前。原本是无名指的地方空无一物。残留下丑陋的指根。是的，她的断指。

里美不记得那根手指是怎么没了的。她拒绝接受资助做手指再生的手术。出于连自己都无法解释的原因，她固执地保留着自己的残疾。少了根手指并没有什么不方便，只是多了个奇怪的癖好。没有事的时候，她总不自觉地会去用右手拇指反复摩挲那个切口。那个地方早已经结痂愈合，称不上伤口。与其说是伤口，更像是身体的一个缺口。那微妙又疏离的触感并不是来自她自身，而是从遥远的地方而来，试图打开她，却在最后力量被消耗殆尽，只令她微微发痒。然而

被里美忘记的乐园

有的时候,她又会觉得那根无名指仍然还在,只是以一种空荡荡的方式继续存在着。

里美记得她的断指,也记得那时到底发生了什么事。

在萨雅之前,她曾经迷恋过另一个乐园里的人。

据说,那个人曾经对她而言比生命还要重要。

但是她并不记得有过这样的事。她甚至不记得他的名字。

约书亚。不知道是哪个女人提醒她。

我只是不记得了。她说。

她只是不记得了,并没有刻意忘记,也没有人篡改记忆。

五年前轰动一时的恶性案件里,作为受害者,所记得的只是事情的大概。一个从乐园潜逃出来的男人,强暴了里美,并且作为纪念切掉了她的无名指。这样你就会记得我了。他说。

男人残暴的罪行令全国上下为之震惊——毕竟有一百多年没有出现过强暴事件了。但比起罪行本身,他从乐园逃离的事实更剧烈地撼动了人心。那个人到底要做什么。他到底有多愚蠢才做出这样的选择。他的出逃不可思议,有多让人困惑,就有多令人恐惧。绝对不能被原谅。

然而在这史无前例的恶行面前,国家机构也一度手足无措。案件刚开始时,他们没有预见到后果,任由媒体报导曝光,导致事件被广泛传播。等到案件告破,里美被解救出来,相关部门才开始进行信息过滤。所有相关内容链接,图片甚至隐射的艺术作品都从这个世上永远消失。

至于人们的记忆，他们并不担心。乐园上每天有那么多精彩的内容。

事实如此。人们很快就忘记了。女人们这样告诉里美。但她们始终相信在这个世界至少有一个人应该记得他。说这话的时候，她们所有人都看着她。那些陷进眼袋里的一团团煤灰色的火苗在燃烧。直到后来，里美才知道她们眼中的光焰只是光焰的幻象，用来自我欺骗，只要这样她们才能怀抱可笑的信念，对彼此说出那句话——这个世界上至少还有一个人应该记得她。

为什么我应该记得？就因为他对我做了那种事？

女人们掏出石墨烯卷轴电脑给她看邮件，并声称那是里美写给约书亚的。从信上看，里美倒是对那个人很是着迷。然而那些内容对里美而言，和她现在的处境一样陌生诡异。她无法相信自己就是那个写信的人，没有一个字句能唤起她失去的记忆和感情。这些话完全可能是那些疯女人杜撰的。

既然她们能做出将她绑走的事。

里美笑了。在漫长的折磨和试探后，女人们的意图最终暴露。虽然不能确定背后的意图，但是她们想要从里美那得到的只是一个关于乐园人的记忆。

竟然为了这种事，和一群疯女人一起被困在一列开动的货运火车上。那些女人告诉她，这列车不会停。她们搞到了核燃料，这燃料可以用上很久。

那等到燃料用完呢？

这车会一直开下去,直到最后。

最后?

爆炸。车一开,程序就被启动,谁也阻止不了。

她想象着一连串车厢逐节向上飞起,在被映红的天空映衬下轻盈飞舞,一个个绿色的小惊叹符号。空气极速膨胀,滚烫发亮,随意拨弄着车体钢结构。都在一起燃烧。聚氯乙烯内衬在燃烧,竹材层压板地板在燃烧,床架顶梁制动装置在燃烧,她们内脏被震碎的尸体在燃烧。

火焰算不上耀眼夺目,在这之上,乐园的光芒璀璨冰冷并且永恒,令地面上的所有事物黯然失色。死亡火车的滚滚浓烟都无法阻挡它的不朽。

那本来就是乐园存在的意义。

对于这点,她并不确定。

脑海里闪过一丝困惑,恍惚间却被里美说出了口。她并没有察觉到这点。

那场想象的那场爆炸,动摇了她对于萨雅无条件的热爱。她才会问这样的问题。

为什么要有乐园呢?

最早的时候,只允许我们远远看着他们,他们在云端,而我们在地上。没人知道乐园是什么样,没人知道他们过的是什么生活,只知道很美好。不,应该是完美,和现在一样,地面上的人膜拜他们,无条件供养他们——像其他事上一样,女人们总是迫不及待地向里美提供答案。那个说话的女人站起来，从她的外套里掏出她的随行笔记本，就算她们也记不住所有事。——那应该是最好的时候，后来，乐园里一个家伙生了奇怪的病。他将原因归结于自己的无所作为，换而言之，也就是乐园的无所作为。也许他想说的是压榨吧。总之等到病好之后，那个人提议乐园上的人应该为地面上的人做些什么。至少让他们快乐。他这样说。

于是有了蝇式摄像机。四处飞舞忙碌的黑色微型镜头随意采集他们平日里的生活画面，然后播放给地上世界的人观看。那时候，观看都是免费的。

但是你知道，乐园上的人聪明勤劳又美好，他们总能把事情做得越来越好。于是就有了短剧，音乐会，纪录片，还有每日例行的游行，采集和剪辑也做得越来越精湛。接着有人建议应该给地面上的人选择他们偶像的权利。喜爱谁就供养谁，于是有了收费制，到最后终于成了现在的样子。

女人的话夹杂在车轮滚过铁轨的声音中间，断断续续，里美只听了个大概。大概就是地面上的人需要有这样的乐园。她想也许如此。她真的很喜欢萨雅。大部分的工资都拿去购买他的视频下载权。只要看不见他，就会心里空荡荡的。那种感觉和饥饿很像，但是比饥饿更难捱。

即使落到现在这个鬼样子，也是如此，想知道今天是星期几，可以收看他的什么节目。

不过，现在如果有食物的话，她也许会犹豫。

里美想起来，她从被绑上车的那天开始就没吃过任何东西。女人们只给她喝了一点水，她们自己也好像只吃了一点点东西。是啊，毕竟食物有限。里美知道如果乞食也许只会遭到暴打。她悄悄瞄了一眼女人们。她们暴露在从通气窗外射进来的人造光中，看上去和最初见到时一样苍白浮肿。但是里美隐隐觉得不对劲，车厢里古怪的气氛，她们不约而同的缄默，还有——

某种深沉原始，不顾女人们竭力压制，却强大得不可逆转地从她们骨肉皮里挣脱而出的欲望。那欲望腐蚀着女人们的面骨，撕裂她们的血管神经，漫溢出她们的七窍，又从每个毛孔渗出。

女人们橡胶制品般的面孔中，慢慢浮现出同一种的神情。

饥饿。

里美认出女人们脸上共同出现的表情。

她低下头，佯装什么都没看到。

车厢里安静得出奇。女人们沉默着，既回避旁人的视线，又不禁向别处飞快的一瞥。她们像紧绷着的弦，在顾忌和相互试探中越绷越紧，内心已经崩塌，却谁也不愿意败露。

她们最终达成共识。有人率先动了起来。里美听到动静抬起头，她看见有个女人从行李深处拿出一台接收器。另外两个女人搬动桌椅。其他几个一起协作使劲合上被卡住的窗户。

很快，接收器接收到信号，内置全息转换器开始工作。三个乐园人的全息影像投在女人们的座位前。他们目光清澈衣着整洁，周身散发着初春阳光般的气息。此刻他们三人正围坐在一张青玉圆桌旁侃侃而谈。这是一档谈话类节目。

乐园人对自己的全系影像投射在哪里毫不知情——事实上，也不会在意。

里美吃惊地发现女人们早已经各自坐好，全情投入地望着前方的影像，不错过任何一个细节。她们的样子平静自然，若无其事，像平时在家一样随意。好像什么都没发生。这车厢，这污浊空气，侧墙和床架上的血渍，药品的味道，已经开启的爆炸装置都不存在。

她们的眼睛被喜悦从里到外照亮着，嘴角不引人注意地向上扬着，之前出现在她们脸上的可怖表情被一种略显迟钝的心满意足替代。

她明白过来——女人们得到了满足。

里美并不熟悉那三个乐园人，但因为他们和萨雅的组合有合作，所以多少看过一些他们的节目。原来，他们是女人们新的迷恋对象。

"我以为你们会一直念念不忘约书亚。"里美忽然大声笑起来。整件事像个错乱了的播放器，播放着荒谬可笑不按逻辑出牌的情节。她并没有真正意识到错误的部分，只是模模糊糊地被女人们自相矛盾的行为激怒，甚至忘了害怕。

全神贯注地看着节目的女人们纷纷转过视线，用了几秒钟才将目光定焦在里美身上。和她想的不一样，她们并没有被她的话刺到。

我们一直对约书亚念念不忘呢。其中一个人以长者的口吻缓缓的说道。

你们对他真是上心。你们也为他们花了不少钱吧。

总得迷上点什么吧，否则怎么过下去。

是啊，既然已经看不到约书亚。另一个人插嘴道。

他以前录制过不少节目吧，真喜欢他就调出来反复看啊。里美格格格格地笑个不停，分了几次才把话说完。

他的所有影像声音都被清除了，这个人从来没有存在过。

里美没有问为什么。她知道原因。有人曾经跟她讲过，清除过气乐园人在媒介上的痕迹是乐园惯例，为了保持地面人的信仰纯正。这样，他们就会相信上面只存在魅力四射受人追捧的完美人类。

我不想被忘记。他还说。他是谁？为什么之前从不记得这回事。里美胃里一阵翻腾。

你知道吗，有件事很有趣。

什么？

从上车开始你问了不少问题。可是，有一个问题你一直没问。

什么？

为什么是你？为什么他选择你。

如果给你幸福不能让你记得我，那我就让我给你痛苦。约书亚说。

三

约书亚：

今天的节目真精彩。尽管在镜头前，你显得有些紧张，动作有点僵硬。但天性羞怯的你，一直努力配合着大家去更好地完成节目。我们都感受到了你的努力和诚意。正是这样，才更加令人动容。

超越自己，成为更好的人，每一天都为此奋斗。身在乐园的你用行动这样鼓舞着我们。我们这些不幸留在地面上的人因此也获得生活下去的勇气，从压得我们喘不过气的内疚中看到一点曙光。

这是弥足珍贵的希望光芒。比起收看你的节目，其他一切都微不足道。有的女人倒卖全家人的每天定粮来支付收看费用。挨饿虽然痛苦，但是比起你带来的光芒，这又算什么？

人是不能没有信念的。我们需要你的光芒。

就在节目播放后的一个小时内，你的粉丝团人数又暴增百分之零点六，大家都缴付了年费。比起你给予我们的，金钱又算得了什么。每天工作十五小时，然后精疲力竭地重复着枯燥的日常生活，只有在看你的节目时，我们才真正活着。

上个星期的采访里，你说会为地面上生活的我们感到担忧。那瞬间你脸部的特写温柔得——让人想起春天刚融化的雪水。你乐园里的朋友谈及你时也总是用"温柔"这个词。和你一起下棋的X就曾说过，你在可能伤害别人之前就会选择离开。你是不是从没有下完过一盘完整的棋？乐队的搭档们几乎在每次采访里都会提及你，说和你度过的时光无论是工作还是私下都是最愉快的。尽管你们都是完美的造物，但只有你能受到这样的爱戴，这真是一个谜啊。

不忍心回绝掉别人的盛情，在挑选工作时会更加头疼吧。之前的电影角色都比较相近，也许你之后会尝试更有爆发力的表演。可能受到剧本的局限，人物和故事都是温暖光明的类型。数字时代初期的那些黑色电影，或者文艺复兴时期的悲剧其实很棒——我曾经不止一次想象由你来演绎其中的某个角色。是的，如果是你来演，一定会让这些古老的长剧焕发出新的生命力。12分钟的短剧留给你的表演空间实在太少了。

尽管有人认为只要有你在就可以，只要看到你的面容，情节演技都可以忽略。说这些话的人当中不少还自称是你的粉丝。真是令人不解。不过，每天到了乐园例行的游行时，她们还是十分卖力的，丢下手头的事赶到乐园正下方，挤进人群，像逆流而上的红鲑鱼一样，奋力冲向红色警戒线，冲着上面的游行队伍大喊你的名字，因为被你的目光扫过而浑身颤抖甚至晕厥，甚至发生了为争抢被你踩过的落叶和彩带而导致的流血事件，还有和其他粉丝团之间不定期的争斗。尽管没能理解你，但她们的爱也是真心实意的爱，为了支持你可以无私献出的爱。

在这世上,我和无数千差万别的人对同一个人怀有同样的一份情感。这念头像一道闪电划过。我激动得浑身战栗。快乐,又不单只是快乐,更像是——恐惧。

里美

约书亚:

昨天晚上,我做了个梦。

要是还是陌生人,自说自话讲起自己的梦或许很唐突。但是我想,我们不再是陌生人了吧。通信已经有两年多,最初几次回信应该出自你的导师和助理,从第七十八封信开始都是你亲自回的,是吧?那个人一定是你。即使只是文字也能清楚地传达写信人的心情。我在这里真真切切地感受到你,比你的歌、短剧,甚至游行时的身影更能真切地感受到你。有时候觉得你就在身边。

关于我的梦。在梦里,我走在家花园小径。那是深夜,遛狗的最佳时刻,没有人也没有车。四下寂静昏黑,从遥远天空投来乐园的光,微微映照出楼房模模糊糊的轮廓。狗贴着没人修建的灌木和草丛走着边走边嗅,不时一头钻到里面,过好久才出来。我没有用绳,必须时时停下来等它。视力一天天变差,我已经没法在昏暗中找到它,只有当它听到我的呼声从暗影中跳出向我跑来,我才能从灰蒙蒙模糊的静态影像里分辨出跳跃的小小的身体,像是一朵小水花。我已经很久没见到它了。所以在梦里，它始终面目模糊。它是我过去养的狗。工厂的乐园税上调后，发给我们的工资比以前少了一半。那之后街上多出许多动物，人们不得不放弃自己的宠物。因为太饿了。最初的情况很糟，白天晚上外面都会传来可怕的声音。动物们哀嚎厮打吞吃比自己弱小的动物，但是没过多久就恢复了平静。人们也就很快忘记它们。

我也已经很久没想起我的狗了。但在梦里，我们一直走着。我觉得我的狗一直在笑，我的嘴里充满着香草的味道。我都不记得曾经抛弃它的事。走到岔道口的时候，对着那个石头雕像，我突然感到你就在我身边。不是说你那时候才出现，而是——更像那时候，我才想起你就在我身边这件事。我四下张望，并没有看见。花园似乎更加荒凉了，但我确信你就在边上，只要一伸手就可以够到。那时候，虽然看不见你，但好像被你牵住了手。你手真柔软，真光滑，也没有一个茧，你的体温从手心不断传到我的身上。真温暖。我想笑，但是一种更沉静的力量阻止了我。就这样继续往前走好了，好像走在乐园的路径上，和全息投影看到的乐园完全不同。灰蒙蒙甜蜜安静地被凝固了的叹息。

那时候我想起我的狗。

然后，就醒了。

我没有将这个梦告诉过任何人。除了你。

如果和任何人分享，那么这个梦给我的幸福就会消失殆尽，好像童话里没有听从缄默劝告，把仙女的秘密告诉别人的小村姑那样，最后重新落得两手空空的下场。我是这么想的。你也会明白的，对吧？

上次的信里你提到质疑自己在电影里的表演。因为没有体验过痛苦，无法理解那样的心情，不知道怎样表现才准确。字里行间中透露出来的情绪让我不安，我总觉得你似乎也在为别的什么烦恼着。不要疑虑。我们需要像你们那样完美的人替我们哭泣，然后，如果可以，请把你们在乐园的幸福也传达给我们。

如果一定要说，也许上午九点那场生活秀有可以改进的地方。那位搭档的风格太过轻快了，也许是要用他的笑容感染大家，但总觉得不诚恳。那笑容总是莫名其妙地浮现在他脸上，被镜头放大，长时间占据屏幕。他固然很美丽，令人心动的嫩滑紧实的肌肤上浮动着光泽，和光泽一般的笑容。但对着那样的他，也许会有人感到厌恶吧。而你性格里的内省特质，因为有这样的同伴在，也变得黯淡和可疑起来。这个星期三的生活秀就是这样。在九点二十七分的时候，你谈到对橘色水晶杯怀有特殊的喜爱。真巧。在上一封信里我跟你提到过有这么一个特别喜欢橘色水晶杯的同学。你把我告诉你的小事都记下来并用作素材。正是这样的细节增加里访谈的可信度。真幸福。似乎我一直都在你身边。

我又找到一些二十世纪法国小说，也许改成剧本有些难度，但是可以帮助你更好地了解生存在地面上蝼蚁一样的我们。尝试着进入人物的内心，把它当作乐园里的一个游戏。

比起演戏，也许文字更能够直抒胸臆。从你写第一篇专栏文起，我就开始下载收集打印成纸质，准备之后装订成精装本，到时候一定会比那本印有你儿时照片的剪贴本更炙手可热。在黑市上，你的这本剪贴本可以换一张出生证外加十年的特殊人群餐饮券。啊，制作你的文集并不是拿来牟利。说到这个只是想告诉你你有多受欢迎。去年发生一起绑架案，对方也只是勒索五年的餐饮券。饥饿真是难熬啊。

不过要我说，你的文章远比这些都珍贵。你的文章越写越好，只是简单记下生活中的那些微小事，不加修饰，却涌动着让人莫名心动的情绪，近似于伤感，好像世间最绚烂的景色在眼前展开，于是不由自主的伤感。在乐园里，人们会因为太幸福而哭泣吗？你的文字无论怎样郑重地被对待都不为过。虽然纸张很难搞到，我一定会想到办法的。你倾吐的心声在洁白的纸上留下永远的痕迹，触摸时指尖会微微发痒，一页页快速翻开，会听到树叶在微风中簌簌颤动的声音，据说还能闻到油墨特有的味道——我想为你做这样的书。不惜一切。

里美

四

……

到后来，疯女人给里美解开了手腕上的绳子。没有再绑着她的必要了，反正，所有人都困在了这辆列车上。尽管最初的确计算了燃料耗尽的时间，但是在这辆列车上早就没了时间的概念。随着因为接收器电路故障，人们没法凭靠节目内容判断当天是星期几，列车彻底陷入混沌中。女人们已经放弃了里美，不再逼迫她去回忆。她们偶尔幽灵般地从一辆车厢走到另一辆车厢，或者雕塑般立在窗前。大部分时候她们聚拢在卷轴电脑前，一遍又一遍反复观看着存储在里面的乐园节目。从屏幕投来彩色鲜艳的光芒在她们木然的面孔上闪烁跳跃。

同一片污浊的阴影里，里美独自坐在角落，一遍遍读着很早前她写给约书亚的邮件。疯女人们声称这两封信是她们倾尽心力，黑进政府机密档案库盗取的。她们信誓旦旦，可里美连信是否真的出自她手都不确定。她反复咀嚼其中每一个字，想要唤起记忆，哪怕是共鸣，脑中却一片空白，连身体也是空的。

那些话始终是别人的深情。

信对记忆没有帮助。疯女人白费一番功夫，但现在她们真的已经不在乎了。她们都快忘记里美这个人了。这是她们谋划筹备五年的计划，如今只剩下一列空荡荡的火车，还有反复播放的电视节目。

真悲哀。曾经有过一个对她们而言很重要的人。现在她们只记得这个。

至于里美，她能想起的只是最后，最后黑暗里那些声音和动作。最后约书亚的指责，最后约书亚的愤怒暴行，还有最后他切下她手指的情形。她还记得她对他最后的心情。全然的迷茫。她只是不记得了。当这个男人狂暴地威胁她，痛斥她抛弃了他转而迷恋别的乐园人，恐惧之外，她只是觉得陌生。她真的有在意过这个男人吗？

如果给你幸福不能使你想起我，那么我要给你痛苦。记得我。约书亚最后说。

警察很快就来了。制服他，将他带走。

他被带走。

当然，他们不会说处决他，或者，任何引向死亡的词汇。他的死亡会像个污点，刺眼的无法消失的污点留在人们记忆中。

而带走——带走就是抹去。

抹得干干净净。

在那列停不下的列车上，里美回想着发生的一切，没有一点悲伤。所有的伤口都在愈合，她也已经习惯现在的生活。只有一点，她突然多了一个怎样也改不掉的小动作。右手的拇指总是下意识狠狠地，狠狠地摩擦着无名指指根处。那个地方原来有着一根手指呢。

里美想知道切掉她手指的那个人到底是什么样子。他的眼睛是什么样的？笑起来好看吗？平静的时候是否也有一颗让人落泪的温柔的心？

蒲 蒲

"我们去游乐场吧。"说话的时候,一道红色的光从蒲蒲脸上划过。她的脸好像受伤又愈合的样子,迎接另一种颜色的光。

"可是我们已经在了呀。"我拿着烟的样子很傻,可是我还是拿着它。

我们站在摩天轮的影子里。蒲蒲的白绸裙子被风吹得胀鼓鼓的,两条又细又长的腿随时会离开地面。我不得不抓住她。这令我看上去很傻,所以我很生气。

更讨厌的是,当她用棒棒糖敲我脑袋的时候,我就不能还击。

"傻瓜，我们去游乐场吧。"

"可是我们已经在了呀。"

她瞪了我一眼，夺过烟，大口吸起来。她明白过来我是假装的。

"蒲蒲。"我要她看着我。

可她撅起鲜红的嘴唇对着天空吐烟圈。她看天的样子总会让我心里发紧。创造我们的人给我们每一个人身上都安了发条，但最后连他都忘记上发条的钥匙去了哪。等他死了，发条就跟着生锈，好像他墓碑上的苔藓。因为我们不会有墓碑，所以造我们的人就给了我们发条。他是公平的。我常常那样对自己说。我知道那是说谎。不过没关系，我只在讲故事的时候才说谎。我只讲故事。

我们被造出来就是为了讲故事的。情况好的话，每天一个人就能讲上好多好多的故事。这里面应该有些原理在——讲故事的原理。但是我们不知道。我们被拧紧发条，弹簧开始转动，故事就从身体里冒出来。我们跑到哪里，就在哪里播种故事。说故事的时候，我们的嘴唇飞快蠕动，这让听故事的人觉得头晕，所以到后来他们都闭着眼睛听故事。这样更好。他们闭着眼睛的时候才能更明白我们所说的那些话。虽然他们永远也不可能完全明白。

造我们的人当初就是这样设计的。人们说他是个酒鬼。有一天，当他灌下第十三杯龙舌兰的时候（以往他最多只能喝下12杯龙舌兰），忽然，他一拍脑袋冲回家里。那些黑黑白白的方块念头,在他身体里一条又黑又亮的大河里撞呀撞。他痛得双手哆嗦,佝偻着身体,大声号叫。那天晚上,造我们的人喝下第十三杯龙舌兰,他回到家里,造出了我们。

他说我们是盐,他掌心上的盐,这个世界的盐。

说完这些,他就把我们统统赶了出去。

情况很混乱。屋子很小,好多的人。大家都仰着脖子。人真多,身体抵着身体。一样的身体。空气烫得让人受不了。皮肤好痛,鼻子好痛,喉咙好痛,一直痛到心里。我们呼出滚烫的热气,然后再吸进去。那很难受,可是没有人走。我们在等造我们的人再说些什么,但他没有。他起来挥舞拳头把我们赶出屋子。大家推着挤着往门口跑。门很窄,影子和尖叫声在屋子里乱窜。我们摇摇晃晃地冲到街上。外面真凉快,风从耳朵灌进脑袋,吹走了尖叫声还有墙壁上乱爬的影子。我的脑袋敞开大门,让风在空荡荡的黑暗里呼啸,就像刚刚离开的那间房间一样。

我只顾跑,跑,跑。

在还没有意识到怎么回事的时候,事情就发生了。蒲蒲的手在我手里。她的头发和裙子在风里向后飞舞,像张开的翅膀。我们手拉着手跑向前面的黑暗。

事情就这样发生了。

我穿着卡其布短裤。蒲蒲穿着她的白裙子。我们手拉手朝前面的黑暗跑去。

我们是说故事的机器小人。我们长不大,永远穿着卡其布短裤，穿着白裙子，除了故事以外，什么话都永远不会说。

排队坐海盗船的人群一分为二。前面的人纷纷让出道给我们。大人，小孩，就连婴儿都在做表情。他们看上去都很友善。因为我告诉他们，我的妹妹，也就是蒲蒲，她患了重病。她没有几天好活了。蒲蒲很高兴，因为不用排队就可以坐海盗船。她拖着我往前面跑。我听见有人在叹气。蒲蒲看上去的确不正常，这让人们更加相信我的故事。在我告诉这些善良人们的故事里，她快要死了，所以她无论做什么，都会被原谅。

只要她不说话。

"在这个世界还不能算是世界的时候，有十三个女巫路过这里。她们打算住下来，于是她们成了这世界上最早的女巫，比这个世界还早。"

我捂住蒲蒲的嘴，把她从检票的女人面前拽走。白裙子擦过红裙子，发出沙沙的响声。检票的女人还在思考蒲蒲说过的那些话。人们说话一定要有用处。她想不通蒲蒲说的那些话有什么意义。"你们的票？"她瞪着我。

我递过票，同时赞美她的眼睛："我曾经遇到过一个女孩。她的眼睛美极了，像你一样。"

女人微微一笑。她能理解我的话。她以为。

我和蒲蒲坐进海盗船的船头。不一会，整条船就被塞满了。旁边的人看见我和蒲蒲的腿抽筋似的一上一下。他们把我们当作不安分的小孩。如果他们知道我们是谁，就会喊警察抓我们，或者等到海盗船开到半空的时候把我们两个扔出去。可是那样的时候已经过去了。他们的祖父母曾经那样做过。当时，他们还没有那么老，而且比我们强壮。那些充血的眼睛，鼓起的鼻翼，口号，还有愤怒，以及死亡。在白昼下发酵的狂热，在深紫色夜里发酵的狂热。我记得它们。人们都醉了。他们成群结队，搜遍各个角落，要把我们找出来，从其他穿蓬蓬裙和卡其布短裤的小孩里面找出来。事情通常是这样的：他们追，他们堵，他们围，他们问问题。不会回答问题的小孩统统会被抓住脚踝，拎到半空，变成空口袋被甩来甩去，呼呼，呼呼，呼呼，撞到墙上，电线杆上，地上，栏杆上，呼呼呼呼。身体真轻。造我们的人就是这样设计的，即使摔得粉碎，也不会有眼泪流出。

我们也没有血。

那个时候，地上到处都是滚来滚去的小零件。人们从那上面走过，他们不会想知道原来我们也有心，他们想要我们死。我们本不该被发明出来。这个世界不需要任何故事，因为故事是不对的。它险恶又卑鄙，和欲望暗合，又映照出内心深处的隐秘。当第一个人发现他的秘密出现在故事当中，并被公之于众的时候开始，人们就渐渐不再爱听我们胡说八道了。他们在我们的胡说八道里听到他们的过去，他们不愿意让其他人知道的过去。得让我们闭嘴。永远的。这是一场战争。

他们要一个不留地干掉我们。于是他们先让自己相信我们是有害的，可怕的，如果不加以阻止，有朝一日会变得无比强大,最后危害人类,等他们自己相信了,他们就开始相互沟通,最后最会说话的那个被选出来作为领袖。集会上,他站在高高的讲台前,对着麦克风大吼,底下乌压压的人群汹涌澎湃,像海浪应和风一样,咆哮着应和领袖的吼声。

最后,他们发动战争。他们赢了。

很多年后,这些发动战争、参与战争的人浑身被插满导管,放在医院的看护室里。他们老了,平静了,快死了。医院惨白的光亮笼罩在他们淡灰色的皮肤上,他们终于安静下来,像路面上一层脏掉的雪。而我,还有蒲蒲呢,坐在他们孩子的孩子旁边,一起乘海盗船。

海盗船要开动了。蒲蒲扭动身体,用力拽我袖子,她害怕被甩来甩去。大机器发出嗡嗡的响声。第一下只是轻轻的晃动。蒲蒲看上去要哭了。她用拳头不停地敲太阳穴,我抓住她的手腕。但是,糟糕的还在后头,她的舌头在动,还在继续刚才的故事:

"女巫们喜欢唱歌。她们歌唱大地,于是就有了大地。她们歌唱天空,于是就有了天空。她们唱啊唱啊,这个世界就变成了现在的样子。什么都有。终于有一天,女巫们觉得不好玩了。她们已经没什么可以歌唱的了。'我觉得我们好像是多余的了。'脾气最好的女巫问道。'那么,换个玩法吧。'最聪明的女巫说道。'是说做减法吗?'善解人意的女巫歪着脑袋猜道。'对,玩惩罚游戏。'最暴躁的女巫挥动胳膊喊道。其他女巫纷纷表示同意。就这样，女巫们决定玩起惩罚游戏。"

我搂住蒲蒲。没有人听她的故事。欢快的音乐响起。海盗船飞到空中。大家都在尖叫。现在，船停在了右边的至高点。有那么一两秒，或许是一个小时。我们在最下面，看见上面的人俯着身子盯着我们，嘴巴张成又大又黑的洞，露出喉咙里面的小舌头。只有蒲蒲没有尖叫。她柔软鲜红的嘴唇变换着形状。她在讲故事。没有人听她的故事。

我几乎是把她夹在胳膊底下。安静，蒲蒲。

蒲蒲由着我。她的脸冲下，一动也不动，像以前一样，两条手臂环住我的腰。我略微松开手臂。忽然，海盗船动了。它从右边的最高点俯冲下来，凭着惯性冲上左边。我尖叫着，推开蒲蒲。她扑上来，继续掐我。她的指甲又长了。我总是记得给蒲蒲剪指甲。每次都剪得光秃秃的。可是等到打架的时候还是一样被她抓。她的指甲长得真快。蒲蒲就是这样的孩子。她的头发和指甲总在疯长疯长，像荒地的野草怎样也止不住。蒲蒲就是这样的孩子，她疯起来的时候，什么都不顾。

我已经招架不住她的进攻。她一定恨死我了，挥舞着双手要撕碎我。她的发带断了，黑黑的长发在半空散开，蛇一样飞舞。远处，天空和大地震颤摇晃，乐声和叫声风声混在一起。海盗船停下来。这次，我们在最上面，几乎和地面平行。身体重量全落在安全腰带上，如果能抓住扶手就好，可我得抓住蒲蒲的手腕，只要一松开，她就会扑上来。下一次，她可能会用上牙齿。蒲蒲,安静,安静。我对着她,要深深看进她的眼睛。那样她就会安静。可她却把眼睛藏在头发后面。

"女巫要玩惩罚的游戏。"她说。

蒲蒲张开嘴,吐出潮湿的热气。她哭了。我看着她不说话,我要省点力气。

这时,海盗船坠向地面。失重的那刻,好像有什么跌出体外。我开始笑。

我们彼此纠缠的手臂一度分开,接着又打成一团。

蒲蒲一定恨死我了。我从来不给她讲故事,她讲故事的时候我从来也不听。后来,我连故事都不让她讲了。她知道原因,可她还是不想理我。

所以她就成了现在这个样子。她脑袋里野草一样疯长的故事把她塞满了。她的眼睛一天比一天黑,后来,指甲也黑了,最后,连嘴唇都黑了。我只有带她去看医生(我们的脑袋和人类是一个样子的,即使医生也辨别不出来)。X片照出来都是黑的。我知道那是什么,那都是没有讲出来的故事,可我不能告诉医生,我连蒲蒲也没有告诉。医生开了几天的会,研究来,研究去,还是不知道怎么办。最后我说整容吧。至少把嘴唇变回来。蒲蒲咬着我给她的巧克力笑了。手术很成功。他们给她安上草莓一样的红嘴唇,大家都很满意。蒲蒲以为自己的病治好了。那天她真的很高兴,还咬了我的耳垂。后来我想起来,那个时候蒲蒲就已经不对了。她的眼睛就好像是黑色的池塘,几乎没有眼白。没多久,蒲蒲就真的疯了。

她的眼睛好像黑色池塘，透着极黑的光亮。

要是我听听她讲故事就好了，这样她就不会发疯。我也可以对她讲我的故事，这样我们大家都会好受一些。可我不愿意。我烦透了。我恨蒲蒲。

尽管我可以假装所做的都是为她好，而她的确一天比一天好起来，尽管我可以假装不知道我有多伤害她，可是我知道她不快乐，她疯了。我是故意的。我恨她和她的故事。

来，蒲蒲。用你的指甲撕开我的胸膛，而我要扯下你的头皮。

事情总是这样。我们扭打撕扯，恨对方恨得要死，可谁也不离开谁。

也许我也快疯了。也许我已经疯了。

我不让蒲蒲知道发疯的事情。另一边，我还要努力把我们伪装成普通小孩。不，我们不是讲故事的孩子。不，我们不讲故事。人们信了。他们知道造我们的人没有给我们设计说谎的程序。造我们的人把我们造出来，只是为了说故事，除了故事之外，我们说不出任何东西。这就是人们辨认我们的方法。

他们问我们问题。

说不出话的杀掉。

讲故事的杀掉。

那些孩子，和我们一模一样的孩子，像空面粉袋一样被甩来甩去，就像我们现在这样。

蒲蒲

　　大屠杀开始的时候，我和蒲蒲亲眼看着他们死去。没有哀伤，没有愤怒。其实，死亡就是死亡，死亡什么也不是。死亡很轻，就像空面粉袋。

　　我一点也不想死。当他们把我从其他小孩身边抓出来的时候，我始终握着蒲蒲的手。很多人上来用力掰开我们的手指，但都白费力气。一个拿刀的傻瓜威胁，如果我们不松手的话要砍断我们的手。我和蒲蒲放开喉咙大哭起来，很快，其他孩子也跟着哭。大人们慌了。最后带头的那个大人就让我们一起回答问题。"要么两个都是，要么都不是。一起回答还可以省点时间。"于是他们问问题。

　　我开口，我发出声音，我说话，我没有讲故事。所以，我们活下来。

　　他们发给我们黄色的五角星。我们把它别在胸口，走到另一群孩子中去。他们穿卡其裤或者白色蓬蓬裙，他们的胸口都别着黄色的五角星。没有黄色五角星的孩子们在另一边。他们中的好多人都惊讶地看着我。他们苍白的面孔映亮了黑夜。他们看着我，如此惊讶，甚至忘记了自己快要死了。造我们的人当初不是这样设计的。我们按照同样的步骤为了同样的目的被造出来，最后应该因为同样的原因被同样的方法杀死。我不该离开他们，因为我们是一样的孩子。他们知道，却无法诉说。

　　也许他们可以讲故事，讲一个背叛和谎言的故事。如果大人们聪明，也许就会听出我其实是在讲故事，讲一个不被认为是故事的故事。只是，孩子们没有时间。他们快死了。他们死后就像空面袋一样，什么都不是。

并没有可以奇怪的。他们问我问题的时候，我的确是讲了故事。我把所发生的一切都当作故事来讲述。你看，活下来就是那么简单。这一切并非真实，这一切都是故事。只要这么想，你就能述说，像人类那样说话，因为你在说故事。这没有什么可以稀奇的。我们的同类很稀奇，我自己也有点稀奇。

只有蒲蒲不觉得稀奇。 也许她早就知道我会这样做。她也不稀奇我们因此能活下来。虽然其他讲故事的小孩都稀奇，他们想活下来。在那些孩子里，我只救了蒲蒲一个人。这是在我们冲出那间黑屋子的时候就注定的。我想，作为讲故事的孩子，我和蒲蒲的脑袋都有点不正常。

我们从一开始就不正常，这个想法让我停下手。再又挨了几下打后，蒲蒲也平静下来。她黑色的眼睛望着我，长发静静披在肩膀上。世界不再动荡。海盗船停了。

人们从海盗船下来。一个金色头发系粉红色蝴蝶结的女孩走在前面。她的裙子也是粉红色的。那上面有很多蕾丝。裙子的下摆打了很多褶，很美，却不及她小腿的优雅弧形。我看不见她的脸。

"乌龟和兔子赛跑。乌龟一直在后面,他想看到兔子的脸,那样就可以知道她眼睛的颜色。"

这是蒲蒲说得最短的故事。

我笑了。蒲蒲不知道那只乌龟同样渴望兔子的嘴唇。她还太小,所以不明白欲望。

可我有欲望。要知道,讲故事的小孩是没有需要的。我们吃,我们睡,我们说故事,却不是出于需要。可是在那天,当我把这世界当作故事来看的时候,我忽然产生欲望。就在那刻起,我变得更加明白这个世界,更加明白那些被我们讲述流传的故事。

"我们去坐电动木马吧。"我对蒲蒲说。

她低头看自己的圆头皮鞋。粉红蝴蝶结刚刚上了一辆金色的南瓜马车。

"来。"我拉着蒲蒲赶在马车开动前来到检票口。玩马车的人很少。我给蒲蒲挑了匹红色的木马,自己上了离金色南瓜马车最近的木马。马车开动了,怪里怪气的音乐响起,我们一上一下地在彩色灯泡里行进。蝴蝶结很高兴,她朝旁边挥手微笑。我看到她的眼睛,迷人的翠绿色。在故事里,男人管这种绿眼睛的女孩叫妖精。他们把她们带回家,抚摸她们,让她们哭泣。我开始兴奋。我身子下面的马在奋力追逐的前面的那辆马车。

蝴蝶结看起来开心极了,她大概觉得自己真的就是个公主。我希望她也朝我挥手微笑。她那样做了,她的笑容掠过我们,这让我感觉幸福。她真美,我会记住她现在的样子,永远。

我喜欢她。我总是轻易喜欢上那些女孩子。在她们年轻的时候，我有幸遇见她们，然后爱上她们。无害的爱。然后，什么都不会发生。

我会把对她们的喜欢放进心里的抽屉。蒲蒲不在那里。她不一样。

因为她是我的抽屉。蒲蒲知道我从来不把她放进心里的抽屉。可是她不知道她就是我的抽屉。那点很重要，也很不重要。反正我们恨对方恨得要死。

我恨蒲蒲，恨她说不完的故事。即使没有上过发条，讨厌该死的故事还是源源不断地从她的身体里涌出。而我，已经渐渐地说不动话。没力气了。我的话越来越少，以后会更少。我会闭上嘴，永远。

我曾经找过很多地方，都没有钥匙的踪迹。我已经变成了和人很像的东西。只要有钥匙，我就是人。没有钥匙，我就什么都不是。我快什么都不是了，蒲蒲还在不停地讲故事。

电动马车还在转圈，我们围着大柱子绕圈。我在蝴蝶结后面，蝴蝶结在蒲蒲的后面，而蒲蒲在我的后面。不，蒲蒲你在我的前面。电动马车还在转圈，我们围着大柱子绕圈。我看不见蒲蒲。可是蒲蒲你一定会在那里。蒲蒲，我的蒲蒲。

我隐隐听见有人在说话，是蒲蒲。她又在讲故事。她的声调有些奇怪，好像被什么东西拉长再拉长。人们喝醉的时候就会这样低唱，可是蒲蒲为什么会那样？事情有些不对劲。

别扭而且危险。我一定漏掉一些重要的东西。在我向你们诉说时，我一定是遗漏了一些很重要的事情。我本该注意到。

每一个好的讲故事人都应该掌握这样铺陈技巧。

我本该注意到。因为逃出屋子的时候，是我握住了蒲蒲的手。那么多人里，我握住她的手就再也没有放开过。

一直到了摩天轮上，我还是没有把这个问题明白，后来就晚了，这不能怪我。蒲蒲一直在讲故事，那个女巫要玩惩罚游戏的故事，她曾经讲过上千次，却从来没有一次把它讲完过。那个时候她就已经疯了。她瞪着眼睛盯着空中的一点，等着，等着，等着故事继续下去。可是故事自己没有继续下去，于是她发狂地抓我挠我。从她的身体里面发出尖利可怕的声音。是什么，是什么，是什么？青蓝色的鱼游过她脸上的黑色池塘。那声音还在响。真刺耳。

蒲蒲是个傻瓜，只知道尽讲些她不明白的故事。她什么都不明白，可是她要讲。造我们的人就死活这样设计的。发条在转，故事被诉说。可是那么多年过去了，没人记得那些钥匙被放到什么鬼地方去了。一开始谁都不担心这个问题。因为我们连自己的发条都不知道在哪。再说，那是很多年以后的事情。很多年过去了，我们疯了，其他的孩子死了，没人在乎那些钥匙。没有人会担心下一个很多年后的事情。不过是没有故事而已。

会好的，会好的。

游乐场灯火通明。爆米花的香气飘溢，汗味，机油，烤香肠的味道黏附在灯泡上。摩天轮亮着灯，就像巨大的风车在透明的风中缓缓转动。以前被蒲蒲抓破过的地方开始发痒。

我一个挨着一个去挠。身体在摩擦中发出糜烂的味道。如果不是因为伤口，讲故事的小孩不会那么快就会腐烂。

我的卡其裤下面，满是无法愈合的伤疤。

蒲蒲看着我。她坐在对面，很安静。当故事接不下去的时候，她只是将脸转向窗外。天空是紫色的，窗户上面有我们并排坐在一起的淡淡的影子。摩天轮慢慢上去，下面的人变得很小。蒲蒲从位子上站起来，她拉拉她的蓬蓬裙。

"我们去游乐场吧。"她趴在窗户上，对着远处的灯火说道。

我盯住她。"这不是一个故事对吧，蒲蒲？你会说话了。"

蒲蒲回过头，冲我笑。她好久没那样笑了。

我扶着栏杆，把锁扣扣上。风被挡在了外面。我们乘坐的摩天轮房间过了最高点，慢慢下降。在那里，人们纷纷朝着一个白色的小东西围拢过来。她是那么小，就像一个白色的污点。

蒲蒲，他们会怎么议论你呢？我在这里看不清你到底成了什么模样。可是摩天轮已经到了最高处，它会在这里停一会，孤单单地悬挂在半空中，然后，它就会往下，往下，直到地面。我会来到你的身边，然后走开。在我的心里，我正在预演这一切将要发生的事情。下面是那么混乱，他们不会注意到我。我要表现得有些悲伤，而且迷茫。这样他们就会相信我与你无关，然后放我走。也许他们现在已经知道你就是一个讲故事的孩子，他们还会猜测你是怎样从高空的摩天轮上跳下或者被推下。所以，我还要表现得无辜一些。

这对我来说一点都不难。你知道，我会说谎。**我把发生在自己身上的事当故事讲，于是我就能开口说话了，我把故事里属于自己的那部分台词大声念出来，而人们把它们当作我说出的话。**于是人们以为我是个正常孩子，我说的都是正常孩子会说的话。他们看不见我的发条在转。它在转呀转呀，努力地应对这个可怕的世界，把发生的事情变成故事。在脑海里，我告诉自己，这一切都不是真的，它是故事，是故事，于是谎言就不再是谎言。我只是换一种方式在讲述故事而言。是的，蒲蒲，你知道。所以你才会笑。

你在笑，因为你知道——这个游乐场的故事是你最后的一个故事。

我想也许我错了，也许我并非在换一种方式在讲故事，而是，而仅仅是活在故事里。不，你永远无法弄明白这两者的不同。我们都不会明白。

但这又有什么关系。你躺在地上，安静地，破碎地，接受人们的议论。我将要经过你的身边，然后无辜地离开。

没有钥匙那不是我的错。不久之后，我将彻底沉默，而且，永远地活着。杀死你也不是我的错。我会永远活着，并且彻底沉默。

"小孩，你丢了东西。"在我离开人群的时候，一个女人叫住我。她塞给我一样东西。那东西冰冷得让我几乎想把它立刻甩手丢掉。我望着它，这是一把摔坏了的心状钥匙，上面刻有你的名字。蒲蒲。我知道，这就是你的心，我知道，这就是我的钥匙，我知道。

可是，蒲蒲，你知道，我已经找不到我的发条了。

很早以前就已经找不到了。

我们大家早就没了发条。

荷 兰 间 谍

一

人一生只出生一次。

艺术家例外。被晕乎乎地丢到冷酷世界的滋味,他要尝上两回。

当然,也不是非得这样。他还可以选择死。

我不知道哪种更残忍。追根究底,该怪我妈。

她不该把我带到这世上。

孕检结果测出我会是个艺术家,她还是把我生了下来。没有正常女人愿意自己的孩子是艺术家。她们宁愿自己的孩子是罪犯,毕竟做罪犯只需要终身带着电子禁锢器,活的比别人小心翼翼点罢了。

"我恨那个老妖精。从我出生起到现在，一直都挺着那对吓人的奶子走来走去走来走去。"高飞撕扯着头发，直瞪瞪盯着散落在地上的十多幅版画。

我看着他，默数三下，高飞开始冲那些画吐口水。不可遏制，源源不断的口水从他嘴里喷射到那些画上。那些画都是他来到真理营里后捣腾的东西，都有同一个主题——他的母亲。

我默默从他身边走开，推门出了营房，沿着栈道走进芦苇丛中。

高飞以前不这样。

在来到真理营前，这个人曾经是我的朋友和同行。他对氛围独创性的营造令我无限钦佩，在他的景物画里，影子与轮廓轻灵浮动于色彩之上。我从未想到，他会变成这副德行。先是贫穷，然后是真理营，你几乎不能怪他。

我也许更疯。我们谁也没好到哪里去。

真理营要的就是这个：一群被逼到绝境的疯子。

"你们的母亲都是出类拔萃的女人，出类拔萃的愚蠢。而你们统统继承了她们的愚蠢。你们这些一时冲动的后果，一桩傻事的副产品，根本不应该来到这个世界上。你们没有活着的价值。"这是真理营的欢迎致辞。我们踏上在明岛基地真理营的第一天，就受到了基地负责人，也是我们的监管员的热烈欢迎，之后的每一天，也都沐浴在同样的温暖里。

不管发生什么，有时候哪怕什么都没发生，那个人都会把我们的所有的问题归结到我们的老妈身上——"都怪那些女人生下了你们。"

没有什么比这个更能摧毁一个人的了：质疑他存在的意义。

那个基地负责人连皮带肉撕下我们的颜面，连做人的基本尊严也剥除净尽。她真是擅长这套，所以管理局才派她来做我们的监护人，确保我们真的彻底绝望。

——唐纳德。什么样的女人会叫唐纳德。

入营欢迎式上，当她自报姓名时，我不小心笑出了声，于是入营当天我就"参观"了禁闭室。此后没多久，我理所当然成为禁闭室的常客。

我不该得罪唐纳德。我的命运在她手里。

不过知道这点的时候已经晚了。

再说，即使知道，也不会有什么帮助。

我和唐纳德天生不对付，即使我当初没笑话她的名字，我们的关系也不会好到哪里去。那是一种类似天敌之间浸淫在血液里的相互厌恶。难以克制，也难以掩饰。我总能洞悉她言行里的虚张声势，那些烙刻着真理营印记的伪善和自以为是；而她，也早就看穿我谦逊顺从态度下的嘲讽与不屑。

我早就识破他们——她和她的真理营那点手腕。

来到真理营里的第三天我就明白了怎么回事。我才不在乎她把我们说得和废物一样。她就是想让我们觉得自己是废物，甚至逼迫我们丢弃自己的姓名，统一用可笑的上上世纪的卡通动画片人物来互相称呼。只有这样，接下来，他们才能彻彻底底操控我们，乖乖地按他们说的去做。

事实上，对真理营而言我们绝对不是废物。

如果是，他们也不必这样大费周章折腾我们，由我们在外面自生自灭好了，那样更简单。这一切，无论是真理营在岛上的基地，还是唐纳德和她的同事每天对我们的调教，最终只会证明是管理局的一步棋而已。

管理局就叫管理局，真理营的上级机构。他们的职责，用他们的话来说就是"确保人类行走在正确的道路上"，根据终极AI智脑的计算结果，来控制人类方方面面，无一例外。介于人类这一未能完全进化的物种在过去几千年曾经犯下无数次可怕的错误，好几次都差点将自己和所居住的行星推入万劫不复的境地，管理局那么操心似乎也不是完全没有道理。

但是，什么样的道路，对人类来说才算是正确的道路？

对于这一点，我显然不如管理局有信心。

管理局坚信他们所做的决定是百分百的正确，因为智脑不会犯错，因为他们所有的决定其实都是终极AI智脑计算后得出的结果。

零或者一。就那么简单。

智脑强大的学习能力和运算能力足以处理人类文明的所

有问题。并不是所有问题都能得到百分百解决，但智脑能穷尽各种解决方案并计算出相应利弊，以及一百年内造成的影响，最后做出人类利益最大化的那个决定。

我们做的每件事，能够成功，是因为智脑经过计算认为它是正确的。

我们所有人，之所以存在，也都是因为智脑经过计算认为我们是正确的。

还真多亏了智脑。

要不是它认为我是"对"的，我也就根本不存在了吧——或者死于意外，或者我妈根本没把我生下来，再要不就是我妈就根本没被生下来。

"你看，这就是一个悖论。"我对着空气大声说，"我还好端端活着，说明智脑认为我是'正确'的。可我如果是'正确'的，为什么会来这个鬼地方。"

"因为你是艺术家。因为我们他妈的是艺术家。"奇奇吃吃笑起来，"艺术家都要来真理营。"

我没搭理奇奇，收回手里的竹竿，又抓了条蚯蚓绑在竹竿顶端的铁丝环上做诱饵。就在刚才说话的时候，一只螃蟹迅疾地咬住诱饵，等我反应过来准备收竿时，它早已经带着诱饵钻回蟹洞里。

我叹了口气。

理论上，钓蟹是一件成功率很高的事，而且也是我们来到这座岛上后最常用的打发时间的方式。为了随时随意的钓蟹，我们甚至沿着栈道每隔几米就放一把钓竿，每三把钓竿之间再放一瓶改良蚯蚓，可以在瓶子里活很久的那种。这样谁要是散步走到哪，临时起意钓蟹，就能立刻开始，不用准备。

这主意是我提出的，其他人很喜欢这个想法。这让不少人的技术有了提升，但对我却并没有太大帮助。我是个废物。

也许唐纳德说的对。至少在我这个问题上，她是对的。

风忽然大了起来。

"我也许真的是个废物。"我大声说道，为了压过呼呼的风声。

然而这次奇奇没有吭声。我扭过头，发现身后空无一人。

春日午后阴郁的天空下，只有我一个人站在破旧的栈道上，被大风吹得摇摇欲坠。

是的，我想起来了。奇奇已经不在了。

那个以前总爱和我一起钓蟹聊天吹牛的年轻踢踏舞者，早在三个小时前已经出发去了另一个世界。

我再也不会见到他。

"我就知道你在这。"唐纳德从我身后冒出来。

我从她的眼里读到这句话。当然，你当然知道。你什么都知道。

我垂下目光，继续观察着湿地上那一个个小小的不规律的小洞。这些都是蟹洞。据说蟹很聪明，有的洞会有上下两层，有的还可能会再加上两三个岔口。他们靠挖洞制造假象，留出一个空的分岔迷惑敌人。有敌人入侵，他们分开逃跑。

据说蟹夫妇生活在一起，但并不在一个洞里待着。这样一个被人抓到的话，另一个还能设法逃脱求活。

多卑微的动物都会有他们的求生之道，想方设法要活下来。

——这并不需要智脑来安排。

"我有事找你，跟我来。"唐纳德拍了拍我的肩膀，凑到我耳旁大声说。

也许是错觉。今天她看起来温和一些。也许是顾忌到奇奇离开对我的影响？

不，如果是那样她就不是唐纳德了。

我想多了。

唐纳德可能只是一时被风呛到了嗓子。回到室内她的态度立刻正常了，正常的粗暴。

"你的测试通过了。"她说。

我耸耸肩。从进来第一天，我们就被带到各个实验室做各种测试试验，细胞组织培养和超显投影都不算什么，药物活体实验也能忍受，最糟糕的是那些名目杂多原理互相矛盾的心理测验。

唐纳德说我通过了测试，我不知道她说的是哪个。不管怎样和我一起来的很多人，比如奇奇，都通过了测试，然后被送走了。

"我应该表现得更高兴吗？一个发自内心的笑容是不是还不够。"我给出一个夸张的笑容。

唐纳德冷冷哼了一声。"小丑，我就知道你会是这种反应。接着。"她说着，朝我甩过来一个碳基U盘。

我一把接住，狐疑地打量着它的外观。当然这么看要是能看出什么名堂就见鬼了，我把它插进我的外端脑机接口。

我应该好好听她说的话，去理解她话里每个字的意思，去想通在我通过测试之后她为什么要把一个写有艺术史资料的U盘给我，去搞明白我会被记录在艺术史这句话到底意味着什么？她说的变通方式到底是指……只有这样，最终才能搞清楚管理局的真实意图。

但是，我只是盯着她的眼睛。在那双眼睛里巨大的星体在疯狂自转，为了挣脱它强大致命的引力，我耗尽气力，但是失败了。

——她的眼睛真好看。

从未，并且，再也不会看到这样一双好看的眼睛了。

没错，她恶毒刻薄，似乎为了折磨人而来到这个世上。但和那些为达目的不择手段的人不同，她为残忍而残忍——就好像我们为美而美，从日常中萃取百分百的纯粹。在她对我们极其严苛的要求下，藏着不经计算的狂热。尽管隐秘，尽管不知从何而来，但有一点清清楚楚——这份狂热不在智脑计算范围内。

"知道吗，你生来就是艺术家，百分百的。"我说。

太阳穴遭到一拳重击。醒过来的时候，我又回到了禁闭室。

这次，他们把我关了半个月。在漆黑恶臭的一平方米空间里，我想明白一件事，我忽然意识到其实那天，我真正想问，也真正应该关心的问题是——管理局到底需要我们做什么？

我真的应该直截了当把这个最重要的问题扔到桌面上，逼迫唐纳德正视，并且回答。要是那样做，就不会这么惨。所以说，人真是愚蠢。

二

到了夏天，台风成了岛上的常客。

昏天黑地的大风与暴雨肆意搅浑天空海水陆地的界限。雨水不受控制地砸下来，偶尔还带着冰雹，风狂暴地撕扯遇上的一切物体。即使待在屋里，也一样被裹挟在它们暴虐的气息里，仿佛这岛上的巨人忽然醒来，打算将一切重新来过。

我们龟缩在屋子里，不知不觉进入了半昏睡的状态。除了在窗外发呆，就是听从监管员的命令。他们说什么，我们就做什么，顺从得像个死者。

我们都是自愿来这里的，我们这群废物、画师、舞蹈家、喷绘艺术家、量子微雕师、装置摄影师、人体光电师，在外面的世界连饭都吃不饱,更别说备齐创作作品的物质材料。尽管真理营的声名并不好,尽管我们中的不少人曾经信誓旦旦哪怕饿死也不会被真理营招安,最后我们还是都来了,上了这座河口沙岛,就像几千年来奔泻东下的泥沙一样,淤积在这里,每天潮汐涨落冲刷着这片港汊纵横的湿地。亮晶晶的泥潭沼泽内河还有湖泊,还有那些在逆光中能捕捉到太阳些许光焰的芦苇丛,我们深陷其中,与候鸟和河蟹为伍。当然,在台风期,连候鸟和河蟹都不屑与我们为伍。

不考虑无休止的精神虐待和思想检查,岛上的生活还是很安逸的。

我甚至有点习惯这样的生活,就像熟悉周而复始的潮汐一样。

同一批来的人里,现在只剩下我一个。

和唐纳德在一起的时间也越来越少。经常几天也见不到她人,她已经不再热衷打击我,也不会严苛考核我对艺术史的掌握情况。我就这样被所有人搁置起来,有时候连自己都看不见自己。

但也不完全没有进展。现在我终于有点头绪——关于管理局的"艺术家项目"。是的,一个蠢名字。在报告书上,他们就是这么写的。

按照唐纳德一点点透露给我的说法,所谓艺术家项目,说简单点,就是把艺术家送到过去,假扮另一个艺术家。

至于另一个艺术家去了哪里？唐纳德没有告诉我，她只说让我不用操心。这四个字强烈地暗示了某种可能性。我不得不背负强烈的负罪感，努力不去操心。

　　事实上，这个项目要"消耗"的不止是过去的艺术家，还包括我们，这些要被送回去的倒霉鬼。

　　唐纳德所谓"送到"的意思是——这是一张单程车票。即使营里同意你回来，从技术层面也无可能性。时光穿梭机在七十年前被 D 博士蓄意破坏后，只能向过去传输物质。对我们来说，是彻彻底底地改头换面开始新生活。不少欠债累累的家伙们正是因为这点急于投奔营里。

　　传闻有一个放荡不羁赌徒被选上送到十六世纪。营里要他成为一个脾气暴躁天才画家。起先觉得两者气质符合有利于角色塑造，后来发现那家伙过分投入，愈演愈烈，动不动就动手拿匕首捅人。没错，就是卡瓦拉乔。为了纠正这个错误，局里不得不牺牲两个时间警探，把他们送到那个年代，体面地解决了问题。

　　从那后志愿者必须通过检审会测试才能开始受训。说实在的我会被选上，连自己都觉得奇怪，也许，他们的确很缺人。

　　我把这话当着唐纳德的面说了。

　　那天去食堂的时候，我无意冲窗外一瞥，外面瓢泼大雨中有什么东西吸引住我的目光。仿佛风暴中心，腾跃着闪电，我还从来没见过那么炫目的景物。我怔怔站在那里过了很久，都没注意到它是什么时候消失的。

恰好在那时候,我看见唐纳德从走廊那头走来。她迎面走过来,神情有点古怪。

我听见自己的声音从胸口冒出。

"你说什么?"唐纳德站住。

我喉咙发干,不单单是因为恐惧。

周围几个人都看着我们。

唐纳德用目光让他们都扭过头。"你过来。"她说着,走在了前面。

我们站在屋檐下,雨水顺着檐渠浇注而下,落在地面发出巨大响声,回应着更喧哗的雨声。整个世界仿佛被置于一条浑浊河流的河底。眼见到只有翻腾奔涌的河水,以及透过河水看到的歪曲模糊的景象。

"我只是想……"

"我知道你在想什么。你们都一样。"唐纳德冷笑,"你们这些人,自以为与众不同,成天妄想创造出前所未有的玩意。根本不知道自己有多普通多平庸。你们的心思意念,恐惧欲望全都一个德性。"

我闭上嘴,打了个寒战。风裹挟的雨水抽打着身体,我很快就湿透了。

"帮个忙,给我给你自己都少找点麻烦。我说什么你就做什么。"唐纳德说。

我并不想找麻烦:"为什么要把我们送到过去,假装别的艺术家?"

"不然呢?让你在这里做你自己,创作你自己的作品?对,你不在乎潦倒落魄,但也没人在乎你的画啊。除了你根本不会有人在乎。人们甚至不知道有这些画的存在。"

那些画早就一张不剩了。就在决定进真理营的当天,我一把火把它们烧尽。它们一文不值。不需要任何人来告诉我,我知道这点。但我只是点点头,继续听唐纳德把话说下去。不开口的时候我会显得比较温顺。

"用'个体死亡,作品永恒。'这话自我麻醉骗骗自己也就算了,你要是真相信我立刻……"

"不。我不相信……"我笑了,随即又咽下后面的话。

她不需要知道我曾经失去过什么。如果在这个世界上还拥有点什么,我就不会来到营里。

拿上一张回到过去的单程票,去填充历史最无关紧要的细节,从此再也无法回来,再也不会有"以后的日子"。

没有将来,等同于死去。

我怎么可能不知道这意味着什么?我爆发出一阵大笑。

我们互相望着彼此。

她的脸湿漉漉的,洁白闪亮。

她的眼睛里有一万只小兔子在疯狂地蹦来蹦去。那样子像是在说她很乐意送我们这样的人去死。

三

"你听说帝帝今天也出发了吗?他去做一个走狗屎运的雕塑家,女人和钱还有名声!这个狗杂碎,就这么把我丢下了。"刚从禁闭室出来我就被奇奇抓住。我倒是不介意听他发牢骚,只要他别把脸贴到我的脸上就行。

"奇奇,快看!"我从袖子里变出三只橙子,奇奇果然立刻安静了,伸手接过一个个橙子,像个孩子一样端详起它们。不过他很快又会难过激动起来。他和帝帝是我见过最亲密的双胞胎,形影不离得更像是连体人。大概奇奇以为即使进了真理营这点也不会改变。

在这里,没有什么不会改变。

太多这样的故事。我看着一拨又一拨人被送来,然后又被送走。几乎每次都会上演这样背叛遗弃的台本。新来的人总把我当前辈向我倾吐烦恼。他们看不出我沉郁的表情到底意味着什么。

后面有人冷笑。

我想假装没有听到然后离开,但她开口了:"你还会魔术?"

"业余爱好。早上好,唐纳德。"我转身面对她,尽可能地显得平和快乐。在这个时候，如果问她我的申请结果会不会是最佳时机呢。我太需要好的时机了，当然还有运气。

正犹豫的时候，没想到倒是唐纳德先开了话头。

"申请表有点麻烦。看起来你得重新再填一份。"

秋天金黄色阳光透过窗户斜刺进我的眼睛。我痛得深深吸了口气。

"为什么？"我柔声问道，附加一个微笑。没有别的选择，我只有加入到这场猫捉老鼠的游戏，我们都清楚她是我最应该讨好的那个人。

"爱好那栏你没填。信息不完整。"

"你看，唐纳德，这不是什么重要的爱好，就是一个人瞎琢磨出来打发时间的。"我闭上嘴，不想让我的话听起来有怨恨的意思。

"重不重要我说了算。"

来到真理营之前，我从来不知道刁难的意思，也不会想到今后我会对此深有体会。

学习艺术通史时，唐纳德最多就是玩消失，听任我自己没有重点的死记硬背。好在我还是通过了艺术通史的考核，等到提交申请表时，好戏才开始。单为了拿到申请表，我就花了两个星期。唐纳德以各种理解拒绝我，不断要求我通过更多测试，提供更多证明。不过，比起她驳回我申请表手腕，之前根本不算什么。无论怎么修改补充，总有错误和不妥。一个错误需要另一张申请表来纠正，而这张申请表本身会带来新的问题。

除了顺从,你没有别的办法。毕竟,规则是她定的。

"我填。"我走近她。胃一阵阵痉挛,"如果这次对了,是不是就该轮到我了。帝帝他们比我晚来半年都……"

"你不能插队啊。重新填表就得重新排队。"

"从哪开始排?"

我的脸色一定很差。她端详了一阵,拍拍我的肩:"不要着急啊。最近那些时运好的艺术家名额都被用掉了,剩下的,都是潦倒艺术家。艺术史上不能都是幸运儿吧。总得有几个倒霉蛋来——丰富故事的层次。你也不想千辛万苦到了过去结果贫寒交迫惨死街头吧。"

我以前害怕过,怕得要死。她第一次这么说的时候,我几乎立即收拾包袱回家去。当然了,警卫劝住了我。上岛之前,我们都签过合同。

但是在等了那么久之后,我已经不在乎了。

没有什么比卡在当下更糟糕。没有过去,没有未来,也并没有真的活在现在。

只是无尽的等待,互相折磨。

是的,互相折磨。

我一把掐住唐纳德的脖子。

"我已经等了快一年。这里还能找出比我待得更长的人吗?别人要看你脸色,可我不在乎。给我一个名额,不管他最后被烧死被砍头得梅毒全家饿死或者碌碌无为,不管多惨,给我一个。我受够了！没有将来没有过去，卡在这个该死地方。最惨的是，还是和你呆在一起，你是我见过最无趣的人。"

我的吼声已经引来了警卫。我看着她嘴角的酒窝越来越深，等着接下来要发生的事。我不明白。她不该是这样。

"你——真着急。"她从我的手里挣脱出来，大口喘着气。

"那你呢，故意把我扣在这——"我冷静下来，放慢语速。接下来每一个字我都要让她清清楚楚地听进去，"是为了留一个比你更可怜的参照物？看着我你就觉得自己不那么可怜了吧。看着我你就找到了人生的意义吧——拯救我们。你和你的艺术家项目一样，没有一个字是真的。不管有没有我在，你都会继续这么活着，活得像一条粗鲁的母狗。"

到最后，我还是没管住自己的嘴。我甚至能看见她被一缕一缕撕碎的样子。

我就是忍不住让她发狂。

就像在营里等待分配让我发狂。

但那次她竟然没有关我禁闭，几天后，申请被批下来，我被派到十七世纪的荷兰当一个画家。老婆是有钱人，生活不是问题，作品评价也不错。

"三十四岁那年你画了一幅群像，以夜晚为背景，这是你在阿姆斯丹时期的代表作。"唐纳为我做生平资料介绍。听起来很奇怪，等别人教你该怎么活着。这是在营里最后几天。

经过那次之后，见到她之后我多少有点尴尬，而唐纳德也自始自终躲在冷冰冰的面具下，回避着我的视线。但这不重要。只要通过生平资料考核，我就会被送到十七世纪。我着重记下艺术史上所有有关我的部分，尤其是被她们称作相关节点的重要作品。

唐纳德告诉我，我必须熟记哪些是我的相关节点作品，必须按照艺术史上对这些作品的描述来创作。关键的点一丝一毫都不能出差错，这样，他们的人才能找到这些画，并设法把它们保存到现在。

"节点作品？"我不太明白她的意思。首先他们召集了一群废物，花费人力物力培养他们，把他们打发到过去假装另一个艺术家，去重新创作那些重要作品。那些玩意真得值得他们这么大费周章？

"值得。"唐纳德总是能看透我，即使她现在一幅官方人员的姿态，"正是为了这些作品，才不惜成本把你们送到过去的。一定要牢牢记住节点作品的所有特征，将他们再现。这些作品会一直保留到现在。我们的人会从世界各地把他们收集起来。"她停下来，抬起眼看我。

房间里只有我们，这感觉有点奇怪。临走前，我忽然不知道面对她。对她曾经清晰热烈的恨意在此刻转化成同样激烈却莫名的情感，我甚至还来不及辨识。

"你问吧。"她突然说道。

"什么？"我有点措手不及。

"你一直想问的问题。早在进来前就有却一直没问的问题。"

我坐直身体:"别人问过什么问题吗?"

已经到最后一步,我不想功亏一篑在这个时候惹毛她。

必须小心。

"你太小心了。那么我来说吧。你想知道这一切,真理营的艺术家项目,为什么我们要千方百计每次花费巨资把你们送到过去假装艺术家?"

我默认了,但还是没开口。唐纳德的眼睛里一百万只小兔子在黑色的草丛里跳跃翻滚。

"简单说,我们做的,都是在为智脑从人类过去搜集数据。有了智脑,有了它的预先验证,我们就可以不犯错。对智脑而言,收集到数据越多,算出的结果越正确——我们的目的就是从人类的过去里去搜集数据。你知道,人类走过很多弯路。不过我们会改正错误。只要我们知道那是错误。可惜历史大多时候是谎言,无法提供可靠的数据。真正有效的数据大多数时候藏在微不足道的细节中注定被人忽略,还有的时候,它被人刻意遗忘。佛教里说的轮回更像是永劫,一种对永远重复犯错的人类的比喻。我要送你们回去,记录下这些真实数据,传递给我们。这些数据经过整合处理会被输入智脑。今后人类社会所有重大决策都将依靠智脑整合运算出的数据来做出。"

"怎么传递?"我其实想的是——她们疯了。

"用节点作品。作品的主要特征要严格按照艺术史,但在细节上，你们还是有大量可以创作的空间。靠这些细节，把我们要的数据记录下来。通过皱褶的纹理，颜料的配比，材质的选择。看情况而定吧。上面的人比较喜欢镜子里反射的图案，扬·凡·艾客的《订婚式》、委拉斯凯兹《宫女》那些，但还是按你的时代和风格来定。比如委拉斯凯兹在《西班牙王子菲利普》就用各种不同深度的红色来做密码。技术人员晚上会给你发转码内存条，只要你按上面任何一种方法，我们都能破译。"她瞪着我，"你在笑什么？"

"没什么。"就在刚才一瞬间，我本来以为她想说点别的，和工作无关。

她低头看自己的手指："这个时候你不会让我不高兴的吧。"

"我不知道。"

她就在我面前，隔着一张桌子，只要伸出手……那些黑色的眼睛的女孩们。

黑色的大风刮着黑色的草，小兔子们不顾一切贪婪地啃食即将淹没它们的黑色河流。

我放声大笑："人类总会犯同样的错误。有时候就算知道那是错误还是会去做。第一次是这样，第二次还是这样。"

"所以是需要你们记录数据……"

"你不明白吗？即使知道是错，也一样会去错，因为这就是因为我们人类有时候需要犯错，需要那些即使知道会受苦仍然去坚持的傻事。"

"所以,你们只需要记录数据,用你们的方法,剩下的交给智脑。"

她说着,堵住了我的嘴。

四

他们叫我凡莱茵。我今年三十四。几年前来到阿姆斯特丹。我告诉别人我是从莱顿来的,那里有我的老师和工作室的伙伴。现在,我有了一栋自己的房子,为数不少的古董,艺术品。莎朗斯基,我最富有的太太已经去世,留下四个孩子在那里由保姆照顾。那女人叫什么来着,她挺娇俏而且能干。阿姆斯特丹的市民们喜欢我的画,大型油画、肖像画、风景画、风格画。挂在宴会厅,挂在市政厅,挂在肉铺里。人们有多爱自己,我就让他们多爱我。给你们要的浓墨重彩,给你们在舞台上闪耀的假象,然后——给管理局他们要的真相。我用我的颜料保存真相,那些奇妙的细节部分。至于他们能不能破译就不是我的事了。

一切都很好,好到我会经常走神,好像走在冬天冰封的湖面。脚下没有阻力,轻轻一使劲就能走出很远,那种空落落的很远。你不知道少了什么,阴郁却浑然一体的白色,光滑得毫无瑕疵。

走神的时候我常常会想起唐纳德。离"营"前她给了我一个"吻"——一种类神经性毒素，表现症状和风湿关节炎类似，还伴有味觉失调，无论吃什么东西，都像在品尝铁锈。什么样的疯子会发明这种东西还以"吻"来命名。她用这种方法让我记住她。确实有效，在越来越遥远，越来越不真实的记忆里，只有关于她和她的味道还是那么鲜活。

今天早上射击手公会的那帮人来找我。这些平民战士要我为他们画一幅群像，画出他们并没有的英雄气势。我收了定金，正好可以买下我喜欢的那双手套。翻日历的时候那个日期在眼前一跳。嘴巴里不可抑制弥漫这铁的味道。我想起唐纳德最后的话。

"你记一定要在你三十四岁那年为射击手公会画一幅以夜晚为背景的画，用你擅长的明暗对比。它就是你的节点作品。"

"为什么？"

"为你自己。"

"我是问要传递什么情报，或者真相？"

"为你自己！"

原来是这幅画。

五

我坐在画室里,已经几天没有出去了。他们以为我疯了。我盯着面前已经完成的那幅画。二十六个人已经全部入画,按照军阶和身份排列成三行神气活现地从画里向外望着。只要一刀就可以割掉他们所有人的脑袋。我已经做了民兵们要我做的。他们显得俊美、年轻、强壮,尽管只是去欢庆某位遗孀的来访,却像是听到号角召唤前去迎战敌人保卫城市。

平民战士的白日幻想,不过就是在金钱商贾的世界创造伟大与永恒。

这会是一副成功的画。

我久久注视眼前的作品。它看起来和我有什么关系呢?

当然,我记得这是我的节点作品。

我用了朱红土黄的温暖色调来记录这个城市的确繁华兴旺过,在雷伦伯克少尉衣襟的纹饰上,在柯克上尉的脚边饰带,在同样飘动着的掌旗手的领巾,吠叫的狗,倒挂在少尉腰间的鸡,我按照他们给我的密码输入了这个时代的数据。

到目前为止,我做的都是他们让我做的。我就是这样浪费着生命。在二十二世纪是这样,在十六世纪也是这样。人类总是犯着同样的错误。无论多少次机会,我都还是会按照别人的指示去做。

我切开盘中的石榴，取出红艳剔透的籽粒，放进嘴里。浆汁迸裂。铁锈一般的味道。

毫无意外。这就是你让我记住你的方法。唐纳德。然而我从来没有告诉过你，从来没有告诉过任何人，在夏天那场大雨里，透过食堂的窗户我看到了什么。

你站在雨里，高举双手，像一棵在久处干旱的大树向上伸展着肢体，毫不理会瓢泼雨水打在身上。你仰着脸，转圈，脚尖点地，在泥水里划出弧线。你仰着脸。你在笑。快乐的，不经计算的，完全敞开地大笑。

唐纳德你不知道你是金色的。尽管你眼睛里黑色的小兔子永远在蹦跶，但唐纳德你是金色的，是厚厚云层里划过的闪电，饱满鲜活带着永恒的光晕。这金色光焰永远不会熄灭。在我看见它之前，便存在，在我消失之后，它仍将存在。尽管我试图却从未成功地理解这神秘光焰的全部，但遇见它对我已经足够。

我可以在接下来富裕平静的人生里一遍遍品味，这金色的、铁锈的味道。

我知道那是真正的你，至少是真正的一部分。所以，在最后，我并不吃惊。

在你用湿润甜蜜的吻堵住我的嘴，在你用名叫"吻"的神经毒素向我做最后道别，让我永远记住你，在那之后，你悄悄在我耳边说道："精密的计算容不下一丁点错误。一个错误的数据将会导致整个系统的崩塌。"

我并没有吃惊，仿佛已经等待这句很久，仿佛我们第一次见面时你就对我说过。也许，我仍旧是一枚棋子。之前是管理局的，现在是你的。你一直在等待这样一个为你的计划付诸行动的人。一个明知是错仍旧以身试法的傻瓜。又或许，那个吻和最后那句话只是你一时的突发奇想。

这好像都已经不再重要。

害怕。我当然害怕。在知道自己要做什么之前已经为行动的念头而恐惧。

我怕得要死，穷苦潦倒被人嘲笑的生活比死更让人难以忍受。

所以在听到你的话之后，立刻就把它抛在脑后。我告诉自己忘记它，就真的忘记它，连同你在雨里欢笑的样子一起忘掉。所以你才会喂给我神经毒素，提醒我，无时无刻地提醒着我去拾起这些可怕却可贵的灼人的记忆。

唐纳德，我还有别的选择吗？

动手前，我甚至不知道是否能做得更好。之前的画已经被撕毁丢在地上。不管好与坏，画一幅真正的我的画。民兵们回到真实的血肉中，他们不再是呆板的人形立碑，而是光影间生气勃勃的幻想，蓄势待发，要从幽暗之地冲出画框，直逼观者。他们将带着他们的灵魂长驱直入，爆发出炫目的光芒。

　　光线和阴影请醒过来，我的眼睛请醒过来，织物和肉体下的生命请醒过来。射击手们回到各自归属的位置上去，回到各自的生命属性中，任何刻板的条例不再能禁锢任何人，我要你们活泼，鲜活，每个人在神圣的光芒里成为自己。没错，我画的是白天。

　　一意孤行艺术家的白昼。

　　不要问我站在人群中的那个女孩是谁，我从未见过她还是孩子的模样。我只是幻想，我只是无数次在现在以及将来和遥远的将来幻想过，在我们彼此还没有被世界伤害前相遇会是什么样子。而现在，我可以想象另一件事——在遥远的将来，当她寻找着我画的某一幅关于夜晚的作品时，她会认出自己。

　　无论今后我将身处怎样的险境，过着怎样的潦倒生活，只要一想到那双黑色眼睛，那双黑色眼睛里将映射出她纯真童颜的样子，映射出那暴雨之后将云层点燃的永恒光焰——我就如获永生。

　　注：唐纳德，绰号唐老鸭的卡通人物的名字

黄 色 故 事

一

早晨从窗户外爬进来。阴影从糖小一的身上退去，好像潮水。那是绿色的，带着树木香味的潮水。潮水退去，糖小一瘦小的身体暴露在稀薄的阳光下面。她睁开眼睛，穿衣，起床，刷牙，用毛巾擦掉嘴角的牙膏泡沫，一本正经地盯着镜子，露出十五岁女孩的笑容。在她的正上方，卫生间天花板的玫红色墙纸耷拉下来。已经是第四处了。我的家像花朵一样绽放。糖小一心想。

"一定是水管又漏了。墙壁上渗出一大片水印子。"妈妈说。

小一和妈妈坐在一起吃早饭。早饭很丰盛，豆浆、鸡蛋、生煎和粥。糖小一只吃饭，不说话，临走前从书包里掏出一沓钱放在桌上。妈妈假装没有看到，转过身洗碗。水开得很大，水声漫过糖小一的脚步。她走过妈妈和桌上的钱，关上门。听不到水声。真安静。什么也听不到。

膝盖在发抖。她伸手去摸脖子上的银色挂坠。人们管那玩意儿叫犬笛。

二

学校在城市的另一边，得换三趟车才到。李冰冰问过糖小一，要不要和她一起搭她爸爸的车，坐在宝马车里让司机接送会很舒服。糖小一说不要，因为她不觉得辛苦。学校那么无聊，对她来说也就是第四部公车。既然都是公车，在哪一部上又有什么重要。后面的话糖小一没说。她不喜欢说话，除非是对他们。

他们不会在学校出现，因此学校就更加无聊。糖小一坐在最后一排靠窗的位置上，一天到晚地发呆，上课也好，课间也好，没什么人会来打扰她。

没人和她好。没人和她说话。没人看见她。女生们喜欢扎堆要好。胸大的和胸大的好，胸小的和胸小的好，偶尔也会有大胸和小胸好，但时间不会很长。糖小一和她们不一样，她不穿内衣，从来不穿。别人受不了这个。再后来，有人知道了他们。于是，她走到哪里，哪里就会安静。"看，这就是那个糖小一！"等走出很远但还不够远的时候，那样的营营声就会响起。

是，这就是糖小一，谁也不知道该拿她怎么办。要不是李冰冰偶尔会抽风，她就真的可以完全清静了。

"你知道李建和丁蒙好了吧。"上午最后一节地理课，李冰冰在她旁边座位坐下，然后开始一个人自言自语，说一会，低头抽一口烟。烟抽完的时候，她终于又忍不住。

"糖小一，你知道好些人都在传你。是真的吗，他们是不是都很老？他们是不是很有钱，比我爸爸有钱吗？他们每次给你多少钱？"

糖小一托着脑袋看窗外，看中午食堂打饭的队伍越排越长，一直排到学校门口的梧桐树下。

这个时候，一辆不起眼的小车停在门口。车门打开，没有人下来。他在等人，等糖小一。

糖小一慢慢站起来，大踏步走出教室。她的脚步轻盈，长发在肩膀上轻轻跳动，似乎有风迎面吹来。没有声音，周围出奇地安静。阳光刀锋般明亮划过她的肩膀。

三

"按你说的,我换了一辆车。能告诉我为什么吗?有点——不同寻常。"

中年男人侧过身看糖小一。他们是第一次见面,两个人挤在小夏利的后座上——穿藏蓝色短裙的女学生,和身着考究西装的中年男人并肩坐着,一不小心膝盖会碰到一起,然后很快地分开。

前面的驾驶座上,司机制服笔挺,肩上佩着银色徽章,手上戴着簇新的白手套。

"你带司机来?"糖小一皱起眉头。

"我很久不开车,手生。"

糖小一把视线转到外面的车流。车流一动不动,今天是星期五,从中午就开始堵车。没关系,他们不赶时间。中年男人掏出手绢擦掉额头的汗。小夏利的空调打不起来。坐惯凯迪拉克的人很难习惯这一点。

"去哪里?"他问。

"不去哪里。"

"可以啊,看你喜欢。"

他们都一样的好脾气,一样的把她当小动物哄,给她夹杂轻蔑的宠爱。在真正开始前,他们都一个样子。

糖小一转过头打量中年人。黑漆漆的眼睛诡异又友好,直直盯着人不放。

"你想要我怎么做?"她问。

"和他们一样。"

"那你就是没想清楚自己要什么。"

男人笑了:"我只是不确定你能不能满足我。"

"你很贪心。"糖小一眨眨眼睛。她的睫毛又黑又长,很色情地扇动着。

男人的喉结动了动。糖小一的衬衫轮廓告诉他,她没有穿内衣。

"现在开始吧。"糖小一说。

"就在车上?"

糖小一合上男人的眼皮。她的手心冰凉。

四

男人睁开眼睛,四处张望。什么都没变,夏利车还是夏利车,马路还是堵得像根便秘的肠道。只是司机不见了。他是个有经历的男人,知道什么时候该镇定从容。

"他们说的没错。看来我这次找对了人。"

"你可以把腿伸直了，这里很宽敞。"

中年男人照着去做。他看见自己的脚慢慢从前面的座椅穿过，就像穿过一道影子那么简单。他松动筋骨，身子往后靠去。感觉舒服多了。他付了钱，就应该享受舒服。这理应是买卖的一部分。只是从很久之前，私人俱乐部、个人定制服务等最高级别的舒服形式都不再能满足他了。那时候起，他开始寻找特别的东西，就比如眼前的这个小女孩。介绍她的那个网站页面上这样写道：**我卖故事。特别的。昂贵的。无法取代的。你要坐破车来，你要带足钱，无论发生什么，都不许再来找我。**

右手食指轻轻按动，一切搞定。他坐在这，充满期待。他开始相信她是货真价实的。

"准备好了。"他说。

糖小一点点头。不知什么时候，她已经坐到对面。那里放着一个单人沙发。在本该是驾驶座的位置上。

"还是那个问题，你想要什么？"

"我什么都有了。"

糖小一不说话，静静望着面前的男人。忽然，她脱掉鞋。两脚上了沙发。整个人软软地缩成一团倒在白色的皮沙发上。

"你想好了再告诉我。这段时间是要另外收费的。"真是一个难缠的人。他一定会让她很辛苦。糖小一决定先闭目养神。

"和我讲讲一些特别的事，是我没有听过或者没有经历的。"

"一个故事。"小一替他说道。

"没错。"

糖小一睁开眼。身体保持着原来的姿势。

"他们说你很棒，与众不同，只是代价高昂。那些雇过你的人，他们都说你……"男人没有察觉到他的声音有些兴奋过头。从外面传来喇叭声，打断了男人的话。那声音像从格外遥远的地方传来。他感到有些不对劲。他察觉到空气有些稀薄，阳光硬邦邦的，沙沙的轻微响声不绝于耳。另外，事物的密度变得不太那么好把握。这是另一个世界。

男人站起来，绕夏利车窄小的影像里走了一圈。足足用了十分钟才走完全程。他甚至没敢去想时间可能也会产生的变化。

"那就来一个柔软的故事。"等男人坐回位子，糖小一开口讲道。

"有人给我讲过那种故事，是液态，黏糊糊的，散发着眼泪和鼻涕的味道。我不喜欢。"

"故事不是液态的。"糖小一看着他。

男人还没来得及反驳，一团东西从上面某个地方掉下，正好落进他的怀里。它是热的，毛绒绒的，还会动，是只纯白色的奶狗！圆滚滚的黑眼睛，湿漉漉的黑鼻子。天，他正伸出粉红色的小舌头，起劲地舔男人的手指。

"故事是犬态的。"糖小一给出答案，"一召唤，他们就现形。"

"怎么做到的?"男人小心翼翼地捧着奶狗,看它怎么使劲吮吸自己的手指。

"用它。"糖小一晃晃脖子上的挂坠。

"犬笛?"

"只有我能吹响它,它们听到后就会出现,然后被别人抱走。"糖小一单手撑起身子,问,"那么,你要带走它吗?"

男人瞧了瞧奶狗:"我还想看看其他的。"

五

"这个,你喜欢吗?"糖小一问。

男人摇摇头。

糖小一扫了一眼车内,到处都是被召唤来的狗。它们安静坐着,仰起狗脸。几十双眼睛统统很无辜地望着她。

刚刚被召唤来的罗威纳用湿鼻子拱她的手。糖小一心不在焉地摸摸它的耳根。她累了,感到寒冷。寒意像一件湿透了的衣服紧贴着皮肤。

"需要歇一会?"男人问。他的眼睛却在说继续,快点,快点,我要我的故事。

糖小一站起身,握住男人的手。

有风吹来,陌生的气息扑面而来。

天宇盘旋,低沉古老的唱诵声回荡。

牧民们点燃柏叶。苍鹰从四面八方聚拢,扬起尘土,落在院墙屋顶。

老祭司颤声吟唱,磨亮刀和钩。活人匍匐,死者袒露。鹰拍打翅膀,鸣叫,盘旋。在几乎看不见的远处,鲜艳的旗帜在风中猎猎。

他们置身于辽阔高远的天地里,为明烈的阳光照耀。

男人变了脸色:"怎么会?"

"简单的说,它个子太大,搬动它还不如搬动我们。"糖小一朝旁边退开。

男人看到那条狗。严格意义上来说,那不能算是一条狗。

它大嘴宽鼻,六刃虎牙,蹲踞一旁,岿然不动,只有茂密鬃毛迎风飘扬,上千年古老的血脉在它身上流动。它是自然严苛残酷的法则,是这里的神兽。

"喜欢吗?它很贵。"

"你是说我可以把它带走?"

"可以。如果你舍得花那么多钱。"

"代价高昂?"

糖小一喉咙发紧。她点点头,没说话。

男人看向那头巨犬,它纹丝不动,睥睨眼前发生的一切。最后,他还是摇了摇头。

"还有其他的吗?"

"你确定还再看下去?"

男人没有任何表示。不用再表示什么。

沙沙,沙沙,风声响起。它自糖小一的肺腑传来,细微干涩绵长,如同沙漏落沙。

六

无论望向哪里都一样。世界浑然一体,在明晃晃的深蓝色里发光。

在海底。海水无声摇撼。

糖小一的头发和裙子随海草舒缓摇摆。

男人张开嘴,没有气泡。在海底,不需要呼吸。

"这是我最后一个故事。"

男人的眼睛很快适应了海水。他四处张望没有见到犬。他问糖小一犬在哪里。

"犬只是形态,为了方便召唤,选择能被接受的形态。而这里,你看到的才是本质,嗯,这么说也不确切。本质是0和1,是终极数据库,而这片海是本质的幻象。海的数据过于庞大,所以无法调出,切换到犬的形态。当然,你也可以管它叫犬,从故事的角度出发,没有什么是不可以。"糖小一停下来,喝了口海水。海水很咸,让她更加干渴,"这个地方很早就在了，又过分强大，我的运算能力不足以改变它，召唤它。我只能——被它召唤。"

"你以前带人来过这？"

"大部分人很容易满足。"

"那些来过的后来怎么样？"

糖小一笑笑，没有回答。

男人感觉到透明的水流——001101——从他身边流过，它们将要流向海底无数的沟壑孔穴，从那流走，离开这里。这个古老的地方有一天也会干涸，但不是现在。对男人而言，他在接近永恒。

他向前走出一步，海水随之晃动，天空随之晃动，天上海里的万物随之晃动。如果，有哪一只飞鸟向海面俯冲，那么通过海水，他也能感到一样的激昂和喜悦。

"你喜欢？"

"是的。"

"它比你想的要贵得多。"

"我知道。"

"我的意思是我没有办法带走它。"

男人沉默了一会。在遥远的北方，有一处海域暗潮汹涌。他再也没有办法思索。

"我不走了。"

糖小一用力咬嘴唇。她不说话。很久之后，她松开嘴唇，吐出两个字，没有声音。

一队柠檬黄的琴尾鳉从他们之间游过,挡住对方的脸。当重新看到对方的时候,他们都笑了。

七

下午六点。下班时间,人潮汹涌,漫过地铁出口,店铺,马路,天桥。

糖小一从夏利车上下来。这里是现世,黄昏温柔明亮地燃烧着。人群照例从她身边分开。

在她身后,是她的影子,被拖得很长很长,和她一起,走得很慢很吃力。

糖小一伸手寻找挂在脖子上的笛子。她摸到了它。

他们都在,他们一直都在。

她一点都不孤单。

她没有哭。

镜 上 微 尘

——"尖叫的天堂悬浮在人类头顶。"

这是温柔明亮的所在。四面的墙是碧玉做的,墙内的街道是精金做的,好像明净的玻璃。无论怎么走,沿着街道一直下去,就会遇见那十二扇珍珠门中的一扇。无论哪扇门的后面,世上最美最大的花圃都在湿润的风中等着你。十字形水渠将花圃分成四等分。那四条在花圃中心交汇的河流分别叫做水之河、牛奶之河、酒之河、蜂蜜之河。

"这是你现在看到的?"透过窗户,彼得的目光落在河边那两排生命树上,那些树刚刚结出这个月的果子。

"是的。"J答道。

彼得叹了口气,转过身,唤醒沙发上的J,然后按下音匣的重放键。J听完自己的陈述,低头沉默了片刻,"这是我在梦里见到的?"他问。

一

他们在生命树下双双坐着,和其他树下的情侣一样,紧握对方的手以此感受到温暖和爱意。微风轻爽湿润,带着树叶和果子的香气。这是四月的果子,J的最爱。那果子的芳香里夹杂着霜冻后青草的苦涩。

"所以彼得利用催眠术重建了你的梦境。但是你们发现……"Q忧伤地望着J。

"我们发现根本不需要重建我的梦境。"J接过她的话。

一只彩鹊从他们面前飞过。那身影欢快轻盈,低低掠过蜂蜜之河的水面。

没有树荫,没有刺目的日光,树叶,河岸,就连天上的飞鸟也一样,万物由内而外透着光亮。这里是天堂。正是J梦见的那个乐园。

而他是其中唯一一个瑕疵。

就在几天前,他的身体出现异样,而体检各项生理指标都正常,DNA序列正常。天堂里所有医生一筹莫展。彼得,他的精神导师决定为J催眠,进入他的梦境。也许能通过J的梦找到病因。

但是彼得错了。J的梦完美无缺,他梦见了这里。

他们仍然没能找到病因。

Q把头轻轻靠在J的肩上。J闻到她红头发里特有的甜味，此外，还有另一种味道，沮丧。她心怀他的沮丧。无须多言，他们彼此心意相通。然而他们本不该为任何事情忧心。这里是天堂，完美无瑕。他们这些残障儿被呵护关照，无微不至。每一个人的生理缺陷都得到修复，根据DNA数据计算出最匹配的"伙伴"彼此相伴，甚至还安排了像彼得那样的导师来指导他们正确生活。这一切，都无须付出任何代价。他们甚至连基本的劳作都不用。即使不对照人间百态，他们也应该满足。

J很满足。

彼得曾经向他暗示，照以前的规矩，像他们这样的先天性遗传缺陷儿必须死。

能在这里太幸运，幸运到深夜突然惊醒胸口发疼。J有时候觉得，在这里一日长过许多年。

Q轻轻握了握他的手："你想得太多，所以才会有压力。"

"因为压力太大，我才瞎了。"这是玩笑，但也不完全是。理论上J应该是个瞎子。只是DNA片段上的小错误，错误的表达和传递遗传信息，导致视锥细胞变异。在他还是胚胎时他们就修好了他。

Q瞪着他，要他知道这个玩笑并不好笑。

J收起笑容："别难过，他们修好过我一次，就能再修好我一次。你知道我不会放弃。我们去再试试。"

他们起身迈步来到花圃的北坡。漫山坡的鸢尾花中,错落有致地排列着四十九个巨形蜂巢。

七行七列。

七。

最完美的数字。

在一片蓝色的鸢尾花中,J和Q的蜂巢彼此挨着。沿着小径,J把Q送到她的蜂巢门口。

"你会再试试的是吗?"Q抱住他。

"为什么不?"J回答。

看着Q的蜂巢门自动合上,J转身来到自己的蜂巢前。他犹豫了一下,但只是一下,蜂巢门已经完成身份鉴定自动敞开。J踏进蜂巢,不由自主又回头看了一眼,门外蓝紫色的鸢尾花花丛美得令人战栗。

门完全合上。

蜂巢进入工作状态,灯暗下,内壁通体闪过电光火花。全息影像跳出,十到二十个,视情况而定。这些人间百态。云端记录人类这一天活动的数十亿兆图像视频以及四维拟态将J完美包围。影像飞快切换,根本来不及看,数十条影像信息激流奔涌。他们称这为视域。

J并不惊慌。彼得从一开始就教导他们如何面对这些影像——正视它们,告诉自己它们并不会伤害你。

"学会在纷乱繁杂的信息面前冥想,内心才能变得更加强大。"彼得那么说。

J并不惊慌，不是因为他曾经是彼得最好的学生。

他听到一些声音，说话声、喘气声、刹车声、枪声、拉链被拉开的声音。

他比以前更能分辨出这些声音。在全息影像饱含侵略性的包围下，J无动于衷。

他瞎了。

没有任何征兆。九天前当他踏入他的视域，忽然什么都看不见了。他惊恐万分地爬出蜂巢，对着鸢尾花花丛哀号，直到那些鸢尾花让他意识到他的视力恢复了。可是当他再次回到视域，同样的事情又发生了。

如此往复，经受一次次折磨人的尝试，J终于接受了这个事实——

在被他称作视域的地方，被要求睁眼看着图像冥想的地方，他瞎了。

二

"你应该把你的'问题'当作一粒微尘，明净玻璃上的一粒微尘，不值一提的小缺点。"

"实际上，我是瞎了。那更像是一块玻璃被埋进了土里。"J

打断彼得的比喻。

"间歇性失明。"彼得纠正J，"只在视域里才发生。我们会弄清楚病因的。"整整两星期，彼得都在为J做心理疏导，试图让J接受自己的瑕疵："至于你。你不需要感到愧疚。"

J下意识地扭绞着双手："以前发生过这样的事吗？"

"没有。"彼得走回到书桌后面，"但是J，世界并不是你想的那么完美，并不是只有你一个人有瑕疵。"

"可在这里，只有我有问题。你，Q，其他伙伴，衣食住行，所有这一切都那么好，那么弥足珍贵。你们甚至用天堂来命名这个地方。"

"这让你不安了？你还在为什么感到不安？"

"我一直在想我的梦。"J说。

他的梦太正确了。没有人会梦见当下百分百真实的生活。梦总是被欲望或者恐惧扭曲、变形，它是生活的孪生姐妹，却永远不是生活本身。太正确的梦一点也不正常。

晚餐的时候，在城东他们的小公寓里，J告诉Q彼得要再给他做一次催眠。Q没能立刻明白他的意思，J又重复了刚才话，并且解释这样做的目的。

"彼得认为你的梦有问题？"Q举起汤勺又放下。她看J的样子有些心不在焉。

"也许吧。"J停下来，看着自己的手。他努力克制不让自己说出那句话。那句话什么也不能改变，只会让他显得更可悲，但他还是说了："对不起，Q。"

他真可悲，但说出来多少也是一种解脱。Q 的反应如他所料。她拥抱他，安慰他，向他保证不用多久一切都会好转。她多么温柔，因为疲倦和忧心，Q 的容貌日渐消瘦，以一种肉眼无法辨识的速度缓慢枯萎。J 抱住她。她的憔悴令他更加爱她。

J 把脸埋进她温软的胸脯，一遍又一遍喃喃呼唤着她的名字。Q 回应着，似乎是从很遥远的地方。

"我一定会好的，彼得会帮我擦掉那一粒微尘。"现在轮到他安慰她了。

"你有没有想过，我们多么幸运，能够生活在这里。"

"是的，多幸运。"

"外面的世界，那些人，我害怕。"Q 环住 J 的脖子，由他将她轻轻托起。J 的吻落进她的肩胛。她开始颤抖，那熟悉的甜蜜的如春雨般的颤抖。

"你说什么？"J 问。

Q 没有说话。她抓住他的右手，将五指合拢，弯曲成拳头。

"你真的要这样子吗？"J 盯着 Q 低声问道，紧握餐具的手不为察觉地轻轻颤抖着，他放下刀叉，他们两个必须有一个保持冷静。

Q 没有作声，专注地咀嚼着嘴里的食物。几天前她会咆哮。

但现在她已经学会如何用沉默激怒J。

J甚至不记得他们吵架的原因。这个，或者那个，一些细枝末节的小事。Q越来越易怒，你永远没法猜到什么事能碰到她的痛处，她的愤怒每时每刻都在增加。有时候J觉得Q在有意识地学习控制自己的怒气，就像超级英雄控制自己的超能力。

"你这是在惩罚我吗？！"他终于失控，冲她大喊，"我影响了你。因为我看不见，你就不能好好做你该死的冥想？"

Q抬起脸，那双眼睛里充满阴冷的恨意。不，那不是愤怒，那是怨恨。当J明白过来的时候，Q已经冲到他的面前。她手里的那把餐刀已经抵到J的脖子。

"你瞎了，你瞎了吗？难道你真的什么也看不见吗？"

J坐在彼得办公室外的休息区，Q刚刚进去。现在他们两个人都成了彼得特殊看护对象。不顾Q的反对，J执意把他们和彼得的会面安排在一起。这是Q的第一次深谈，他必须要陪着她。没多久，Q出来了，轮到他了，他们在门口相遇匆匆拥抱一下，J就被催促着进去，在他后面还有不少深谈对象。

"Q说是你陪她来的。"彼得示意J坐到前面来。他显然看到J脖子上的伤疤，但他什么也没问。

"是的，老师。我——"

"你觉得她是因为你才得病的，你对她感到愧疚。"

"我爱她。"J说道。他仿佛又看见Q抓起餐刀扑向他。那时候她是认真的,她真的想要他死。彼得的话里有什么东西引起了他的注意,"你说她病了?"

"是的,一种常见的精神焦虑症。我给她开了一点帮助她安静的药物,但不能太多。那会让你们迟钝,你们,不,她还要冥想。"彼得说得飞快,几乎不假思索。

"我以为我们不会生病。"

"我们都会生病。"彼得说。

并不是只是他一个人有问题,J从中隐隐觉得宽慰,立刻又为这份宽慰感到羞愧。他希望Q能尽快好起来,他们曾经那么默契。

"Q说我是故意的。"J看到彼得的眼神,立刻明白Q一定对彼得说过同样的话。她控诉J故意装瞎,就为了获得更多的关注。多么孩子气的话,但是不知道为什么却让J害怕。那话里有一种刺目坚硬的东西令人无法忽略。

他想求彼得给他保证,保证他会治好他们,但彼得没有。

J躺倒在彼得沙发上。他们决定再尝试一下催眠这个古老的方法。

"彼得,帮我一个忙?"

"你说。"

"要是待会我提到了Q,那些话不是真的。"

他没有。无论意识的哪个层面上,他都没有责怪Q。至少彼得是这么告诉他的。

　　J注视着Q平静的面庞。从彼得那回来，Q就着能量棒服下她的药，然后一直睡到现在。她已经很久没那么平静了，无论醒着还是睡着，都好像被一根紧绷的弦——被一种无法诉诸言语的痛苦勒住喉咙。现在那根弦终于松开，她获得了解脱。很难相信她就是几个小时前差点和人在休息室里撕扯的女孩。J不明白Q的暴躁乖戾来自哪里。

　　她和他，还有天堂里的每个人，从未被亏待过，也不懂得如何去亏待他人。从一开始他们就被教导温厚与爱，纯全与美，善待每一个生命，哪怕对食用的果实都心怀感恩。

　　在Q身上发生了什么？连她都没有意识到伤害正在化为怨毒慢慢侵蚀着她。

　　潺潺的流水声响起，片刻前的安谧宁静瞬间粉碎。Q从床上惊起，茫然地睁大眼睛。

　　这是时钟在提醒他们冥想的时候到了。

　　J默默为Q穿上衣服："该走了。Q。"

　　Q一把抱住J，发出动物般的呜咽。

　　她在哭。

　　J搀着Q，默默走进鸢尾花海中。这条小径他们曾经走过好多次，它曾经确定无疑地通向纯粹的幸福，如今却像一条巨蛇，正试图从他们的视线逃离。脚下的小径变得难以把握，而前方那四十九个蜂巢又完美得令人不安。Q在发抖。她抖越来越厉害。等到了她的蜂巢前，她已经抖成风中的一片树叶。

"我害怕，J。"她说。

"你在害怕什么？Q？"

"不知道。可怕的事情在发生，在发生，停不下来。"

"不要怕，再给我点时间，这一次我会看见的。然后你的病也会好起来。"J几乎是把Q推进蜂巢。几米开外，他的蜂巢正在等着他。他们从小教我们充满希望，相信恩典。J想着，迈步走向他的视域。

三

"你还记得我们小时候吗？"J问彼得。

其实这是Q的问题。她悄无声息地出现在他背后，抛给他这个问题，轻轻一笑，然后消失了。彼得开给Q的药很有效。她变得安静，不再暴怒。她活得太安静了——冰凉又安静，走路都不带声音，冷不丁发出细细的笑声。她的人和她的笑声一样越来越细。

"你们小时候？"彼得慢慢地坐回到他的转椅里。他看起来没明白这个问题。

Q料到会这样。

"我和Q，我们都不记得我们小时候的情景。"J盯着彼得的眼睛，"就好像我们生下来就是这个样子。"

一个可怕的假设，Q没有说出口，J却为此第二天一大早闯进彼得的办公室。

"大多数人都不记得小时候的事。"这是彼得的回答。当然了，他会这么说。

"或者我们根本没有童年，我们出厂的时候就是现在这个样子。其实我们是AI吧，对不对。你们甚至没有费神给我们起个像样的名字。"

办公室突然安静了。彼得看着J，神情古怪。

"你知道植入虚构的童年记忆并不难。"

"也许你们忘了。"

彼得叹了口气，倒了杯水递给J："还记得沃森？"

J记得。彼得在他的课上提到过："第一个AI厨子。他从无数菜谱中采集数据，计算出人类味觉曲线，以此做出美味菜品。"

"人和AI的最大区别在哪？"彼得追问。

"AI不具备原始感受力。"即使到了今天，AI处理数据的能力已经是当初的上亿兆倍。但他们必须通过人类经验获得数据，继而计算出"感觉"。

"J，你有感觉吗？"

这个问题不需要回答，甚至不需要问。

"对不起。彼得。"J感到一阵虚脱。他听到彼得的话从很远的地方传来，只有最后一句落进了他的耳朵。

"Q的病情对你影响很大。"

"不，和她没有关系。"J 走到窗前，深深吐出一口气。这里是天堂的制高点，透过明镜般的玻璃，整个花圃尽收眼底。

他眼前的美景和起初一样，神圣安宁。唯有 Q 的笑声在他脑海挥之不去。

"你瞎了吗？你瞎了吗？为什么你不能睁开眼看看？"她嘲笑他。

J 感到恐惧。也许他终生也无法相信全然的美好，无法去除这样的疑虑——

在他目力不及之处，有什么正在发生。

"有一件事你得知道。"彼得说道，"Q 正在被送往疗养院的路上。"

"Q！"J 冲进公寓一遍遍喊着她的名字。屋里回荡着他的喊声。Q 已经被带走了。J 的胸口像是遭到重锤般的疼痛，喉咙发紧。现在，他连她的名字都喊不出来了。他还能为她做什么？向彼得的求情被严厉驳回，想要抢在疗养院前通知 Q 也没能成功。多么徒劳。

J 坐在地上，过了很久，他发现自己在哭，没有任何声音，连挣扎的力气都没有。这就是绝望。短短数十天，他见识了狂暴，怨毒，猜忌，现在他尝到了绝望的滋味。

有人瞎了，有人疯了。

这里真的是天堂吗？

一个心形全息影像相册倒在地上，J 顺手扶起。真可笑，

Q讨厌一切心形的物件。

J想到了什么,他拿起相册,试探着把它往胸口贴,相册裂成两半,一个微型播放器掉了出来。泪水奔涌而出。J边哭边笑。这是只有Q会开的玩笑,她把J的心跳声设定为密码。

J打开播放器。意外地,里面只有声音,两个男人的谈话。大部分时候是其中一个在说话。J认出了自己的声音,以及彼得的。Q竟然偷偷拷贝下他的催眠录音。J按下了播放键。

我在我的视域中。除我之外还有一个男人。他看上去真悲伤。他称我为——我的弟兄。

"我的弟兄,我将要蒙上你的眼睛。比起罪,黑暗并不可怕。我天堂里的弟兄,我们同是这世界的眼睛,他们为我们建造天堂,好让我们有纯全的心。用我们的眼睛去看这人间百态,将我们的心浸泡在其中,如果有恶我们的心就会难过。传感器摄取我们的痛苦,转成数据后量化,提供给终极计算器做出审判结果。精确完美,数学是神造之物中的唯一无暇。"

"既然如此,为什么你要蒙上我的眼睛。"我问。

"因为没有人能承受那样的折磨。活在天堂,却目睹罪。我们会疯,我们会死。我们一批批的出生,一批批的死去,作为他们的光学工具。眼镜,放大镜,显微镜,一块会哭的镜子。"

……

那段录音的最后，J意外听到了Q的声音。

"快跑！"她说。

播放器显示，Q的话是在一个小时前临时加上的。

四

晚风中，鸽子叼着翡翠果实从J面前飞过，那是生命树上五月的果实，有着蜜酒般的香气。

J走在去蜂巢的路上。这是他第一次独自走这一条路，但用不了多久，他也会被送到疗养院。他们都会被报废，送到从没有人回来过的疗养院。J的前任在濒临疯狂被送走之前，悄悄地在视域输出程序里动了点手脚。正是他保护了J，在J潜意识里设置了暗语开关，使J在视域中短暂失明。

"你，我天堂里的继承者，你将继承我的蜂巢，你也将得到我的保护。"前任这么说道。

但他不可能永远保护到J。一旦彼得通过催眠J掌握了那个暗语，J就会和他们其他人一样。J并不害怕。也许他还会再见到Q。

胸口一阵阵痛。J深吸一口气，克制住思念Q的念头。不，现在还不是时候。

身份认证完毕，蜂巢门向一旁滑开。J从来没有像现在那样感激，感激Q把他的体征设置为她的开门码。这里是Q的蜂巢。Q被带走后24小时内，原来的所有设置仍然有效。J环顾四周，和预想的一样，他只在自己的视域才会触动潜意识开关。蜂巢中的一切他都看得清清楚楚，他甚至能感觉到Q残留下的气息。J打开视域，不顾汹涌而来的影像激流，将事先准备的输入终端插上，植入病毒。影像的播放速度渐渐慢下，最终以正常速度播放。他们曾经成天对着飞速闪过的影像，却从来不知道自己在看什么。但这一次J决定无论如何要看个清楚。

他根本用不着费神去挑选。左边第二。画面里，少女笑着，她没有被捆绑，没有被威胁，她都没有哭，她一直在笑，只身穿着一件下摆透明的裙子，坐在金碧辉煌陈设高雅的餐厅。她一直在笑，根本无法停下，即使一个头上抹着润滑油的壮汉爬到她分开的双腿中间，她还在笑。你永远忘不了那样的笑容。

你瞎了吗你瞎了吗，难道你什么都看不见？Q歇斯底里得冲他大喊。

J终于明白她终日面对的是什么。更糟的是，她看见却意识不到看见，她甚至不明白自己发生了什么。

J开始呕吐。

蜂巢所有的传感器兴奋地运作起来，测量他的心跳体温血压荷尔蒙含量，甚至他的呕吐物。

这些都是数据。

J不知道在原地坐了多久。直等到传感器平静下来，等待着下一轮的工作。他起身把播放速度恢复到最初设置，再次打开视域。

然后——他闭上了眼。

眼花缭乱的图像好像巨浪打在礁石上，匆匆在J平和的脸上落下投影又匆匆褪去。他看上去那么喜乐平静，心怀感激，完全没有身处可怖骇人的罪恶场面的反应。传感器嗡嗡运作着，丝毫不差地记录着J的反馈。错误的数据将从这里流出，会造成什么样的后果？终极计算机是否能计算出因果链中的最后一环？

此时此刻，J早已忘却这一切。在他主动选择的黑暗里，他看见他和Q并排坐在四月的生命树下，微风湿润，夹杂着将熟落果子的青涩气息。这里是天堂，多么美好。

J记得他曾经问过他的前任，为什么终端计算机不采纳现存所有的法典以及案例做判断。

他的前任回答道："世事变幻一日快过一日，人类总是不断滋生新的罪，经验和历史不足以成为全部初始数据。"

人类总是不断滋生新的罪，即使出生在天堂的人类也不例外。

此时此刻，无论视域里出现怎样可怖的罪，他的意识反应都是喜悦，终端计算机将采用这些错误的数据作出判断。越来越多的罪将被允许。要等到多久人们才会亲眼看见，要等到多久终极计算机的裁决会被质疑，要等到多久才会有天翻地覆的改变？那些将他人看作无瑕之"镜"的人，难道从来没有想过，迟早有一天那上面会出现灰尘。

这是我的报复吗？也许。
但不是更像是我的尖叫吗？
如果你看不见这一切，也许你能够听见。
——J低语道。

看见鲸鱼座的人

——"我该怎么办?在漆黑的夜里等待变灰?"

一

她一直记得那个夏日。父亲巨大的影子投落下来。她从作业本上抬起头。

"莉莲。"父亲在书桌前蹲下。窗外绯红的云彩披挂在他肩膀上。父亲又念了一遍她的名字,然后又是一遍。那样子真滑稽。从没有人像他这样喜爱女儿名字的男人。

她被逗笑了:"干嘛呀?"

"你在做什么?"他明明知道她在赶作业,却仍然热衷于父女间不知所谓的对话。

母亲说父亲不善言辞,在人前寡言少语。她想象不出那个样子的父亲。但他的确是个不知道怎么说话的人。出门工作一走就是半个月，回来见面只知道说些傻话。

父亲站到她边上，俯身看她的作业。电脑已经进入屏保模式。黑色界面上跳出一朵朵果绿色心形云朵。父亲的手掠过屏幕。从氮化镓屏幕中间忽然冒出一节车厢内的纵深图景。车窗外景致飞驰而过。车厢内十四条粉色金鱼在同一排长椅上正襟危坐，身体随车厢前进晃动，眼睛随车厢里飞来飘去的云朵乱转。这是父亲专为她设计的屏保程序。

全宇宙唯一一份。他总是不厌其烦为她做奇怪又特别的礼物。

父亲拿起电脑，按既定节奏敲打金鱼脑袋。电脑解锁。

"是暑期作业啊，不是已经开学了吗？"他问。

他当然知道这是暑期作业，母亲就是派他来检查作业的。

"明天就交。"

父亲看得很认真，然而即使只是个十岁的小孩，她也能察觉面前这个男人的为难。他并不擅长做这些事。

"这道题为什么空着没有做。"父亲问。也只有他会问吧。答案显而易见，并且难堪，难堪到她难以启齿。

"记暑假中一次难忘的星际旅行。"他大声念出题目，然后便明白了。

外边的天黑了。不远处高速公路上传来汽车尖锐的呼啸声。

他们仿佛忽然陷落，从广袤缤纷的世界陷落到眼前这间小小的老公寓。比起不断掉皮的外墙，破败的家具并不算碍眼。

无论贫富，人都可以活得有尊严，活得美丽。母亲这么告诉她，父母也是这么做的。尽可能把家布置得舒适得体，尽可能为她创造和同学们一样的学习条件。就算没有钱植入体内微型电脑，父亲也会设法将她的老式石墨烯层平板电脑装扮得复古有型，让同学羡慕不已。

她以为他们总能有办法对付窘迫的生活。

直到看到那道题。

难忘的星际旅行？他们家承担不起这笔开销，哪怕是一次月球集体夏令营。她没有和父母提过这事。因为这次他们也无计可施。同学们纷纷在群里晒着在外星的影像资料，机组舱里亲密合照，月球上第一个脚印，木卫二表层的海洋漂流物。当然还不乏凤凰带上的那些类地行星上的纪念建筑。

而她，却待在家里，上瘾般一次次地刷新着同学们的消息，比任何人都更加关注这些千篇一律的游记和影像。开学第一天，她逃课了。

一定是老师把她逃课的事通知了母亲，然后母亲又派遣刚好回来的父亲，而她，宁愿被老师在全班面前痛骂也不愿这样面对父亲。

"我已经下了不少素材，用半个小时合成一下就可以。"她说道。

"我觉得你的那个屏保可以再改改。"父亲忽然两眼发光，一边说一边十指飞快地敲打键盘。

"云朵碰到金鱼的时候，让金鱼吐出大水泡怎么样？怎么样，特别棒吧？"

很多年过去后，她仍然记得那张神采飞扬的面孔。他的父亲好像老电影里那些放烟花的小孩子，专注于正在创造的新奇事物上。他并没有在回避难堪，他已经忘了这种事情。

二

那台石墨烯层平板电脑她一直留着。它被卷成一捆，和为数不多的家当一起放在旅行袋里跟着她去过不少地方。虽然是老古董，但性能稳定，外观也维护得很好，甚至几次被恼怒的房东们摔出门也没有事。

二十二岁的时候，她在一个人的面前打开这台电脑，向他展示父亲设计的小程序。那人发出了惊叹声，他并不知道她已经有十年没有开启过这台电脑，就像她当时并不知道自己正爱着那个人。他们坐在她宿舍的小隔间里，外面下着雨，淅淅沥沥。他听她慢慢讲她小时候的事情，也会提到父亲做的那些傻事，也提到小学暑假作业的那道题。他竟然也记得那道题。

"那道题我拿了满分，第一次满分。"

"厉害。"

"你呢？"

她的手指划过屏幕上那些一本正经的陆地金鱼。雨声细而绵密,容不下别的声音,风一丝丝沁入皮肤,她蜷起身体:"父亲替我做了那道题。用了三天的时间。"然而那并不是能令人信服的作业。老师认为她描述的那个星球违反物理定律,根本不存在,最终作业被认定是作假,得了零分。父亲比她更愤怒,找老师理论,居然成功迫使老师把成绩改为及格。

"其实,老师说的也没错,根本就没有什么'我的外星旅行',那颗行星也是他瞎编出来的吧。不知道他为什么那么生气,为了这道题和学校的每个老师都争论过,一天二十四小时守在虚拟社区上……最后老师是怕了他吧,觉得实在太麻烦就改了成绩。平时连说话都说不利落的人,居然吵架吵赢了。"

但是凡事都有代价。这件事没多久,她被勒令休学了。

"休学?什么理由?"

"没有理由。就是有一天突然收到通知。"

"你父亲怎么说?"

"他不在。"她笑起来。一处理完暑假作业的事,他就去了其他城市。工作需要他大部分时间都在外地,而且,即使那时他在家,也无能为力。得知她被休学,他只是在远程通讯视镜里喃喃重复着她的名字,不知道怎样表达歉意和悔意。那么笨拙的人,却会为了心目中最重要的事和人争论,并且坚持到底毫不退让。比如作业里再现的景观的确来自一个真实存在的星球,无论怎样都要让老师承认——星球是真实的，那个作品是真实的。和其他那些他认为必须捍卫的事一样，不管付出多大代价，他都要至死捍卫那个作品。

所以，那道题，或者说，"真有那样一个星球"这事实，远比她来得更重要——那么多年过去，这念头第一次明晰地出现在莉莲心中。

在这之前，她从不去想为什么会难过。

不回忆，也不去想。

只要不知道原因，就不会更难过。

莉莲深深吸气，默数心跳，等待鼻子不再酸胀，仿佛大浪过后从幽暗冰冷的水下浮上海面，恰好在那时，迎上那个人的声音，好像阳光。

他问道："你父亲经常不在家？"

"你知道艺演师吗？他是干这个的。"

"就是通常说的肢体艺术家？"

"差不多吧。通过肢体表演和装置，还有戏剧元素结合起来，传达生命体验和个人主张的艺术家，可不是演员哦。"

"好严肃啊。"那个人睁大眼睛看着她。

"没有吧。"她笑着换了话题，但那个人又重新提起这件事。

"我记得有几年艺演师特别受欢迎，办派对不请艺演师就不算是真正的派对。"

不单是商业演出，最早艺演师也受雇去表达政治主张影响政府决策。但她没有纠正他。

"嗯。可惜我父亲只是一个普通艺演师，并不出色，挣的钱勉勉强强刚够养家，但他的确是很喜欢自己的工作。"

"后来呢？"

"没有后来，末了还是个不入流的人。"她瞄了一眼桌上的小方盒，盒顶跳闪绿光，"我下了几部老电影，一起看吧。"

他们一同戴上拟真头盔。感应带固定在大脑特定位置，根据电影情节的推进，相应微量电流通过感应带上的探针刺激相应脑区，产生幻觉，让人身临其境。

真正的幻境。

人陷入其中，哪怕理性不断重申这是虚假，身体连同所有感觉器官已被切实带入拟真世界，经历诡异离奇的冒险故事，分泌出憎恨、恐惧、爱、喜悦的信息素。这就是真实了吧。

只需要付出金钱就可以，难怪人们趋之若鹜。虚拟电影巨大的产业链下不知道养活了多少人，其中包括转行的艺演家。

但是，父亲一定不会同意这样的观点。

他也不会转行。

如果他还活着的话。

他们一起看了费里尼的《甜蜜的生活》。第二十分钟的时候，那个人睡着了，所以，她没有告诉他这部电影她看过好多遍，其中还有一次是胶片版；所以，她也没有告诉他——

她一直觉得那里面的马塞罗长得有些像她的父亲；所以，她也没有告诉他，那个长得像马塞罗的父亲后来发了疯杀了人，现在还在潜逃中。

那天晚上雨一直下，看完电影他就回去了，借走的那件雨衣一直没有还回来。

三

之后过去的十年里，又有一些旧物被陆陆续续地借走，她的身边也不时多出一两件借而未还的物件。那样的事随着年岁增长而越来越少。她孑然一身，完全投入为之奋斗的事业中，不会和任何人有多余的关系，不会有让人负累的借贷，也不会在街上被熟人叫住。

因此，一开始她完全没有意识到对面沙发座里的老头在叫她。

"莉莲，好久不见。"

她认出了那笑声："你好。"

每一个职业艺演师，都需要有一个经纪人来帮助他经营事业，父亲尤其是。眼前这个老头可能是世上唯一能和父亲合作的经纪人，父亲失踪后，他继续打理父亲的业务，出售现场装置、影像资料，还有纪念品，每月定期将钱转给她们母女。

"真冷淡。我读了那篇关于你的报道，是下周吧，人类历史上首次穿越虫洞。"

"我看着不太像宇航员吧。"

"至少小时候不像。真厉害。"

人们总会这么说，尤其是那些小时候的熟人。她这样贫穷单亲家庭长大的孩子，一路向上爬，最后成为精英宇航员，一定受过不少苦。

他们以为他们知道，但他们不知道。

受苦这种事不是能靠想象可以明白的。

"你约我见面有什么事？"

老头看了看时间，站起身："抱歉，你下周就要出发了还把你叫出来，但有件东西我想在你出发前给你。你待会没事吧？我的办公室就在楼上。我马上要见一个客户，大概四十分钟后结束，你到时候上来找我。"

她还在犹豫如何拒绝，但似乎已经晚了。

老头已经走到茶室门口："对了，你母亲还好吧？"

"七年前去世了。"

老头回过头："我很遗憾。"

她笑了："不，你根本不在乎。"

她说的是事实，但这么说对老头似乎不公平，作为经纪人，他已经尽职。父亲本来就是老头手下最不挣钱的艺演师，又在那场臭名昭著的艺演事故后玩起失踪，直到今天也没有露面，他完全有理由解除和父亲的终身合约，但他没有。幸运的是，出于猎奇心理，事故之后父亲的现场作品忽然有了销路，老头不用很费劲就可以不时给她们寄点小钱。靠着这个，她们度过不少难关。

母亲对老头心怀感激，尽管他只是出于生意人的考量履行合同约定。莉莲搞不懂母亲，却很羡慕她，羡慕她经历了那么多事之后仍然对这个世界充满希望，羡慕她最后能够带着温柔感恩的心离开这个世界。

她也想像母亲那样，但她不行。

不过，至少她还能看在以前的情面上，在茶室里坐上一会然后上楼打个招呼的。

莉莲小心抿了一口茶——没必要在这种地方喝上两杯茶。

"……坦诚无所畏惧地展现了他对这个世界的理解。你能在残暴和血腥的行为中预见到爱的可能……"不知哪个顾客打开了有线电视。一个俊美男人的全息图像投射在茶室中央的空地上。五官、仪态、嗓音，无不堪称完美，而那紧贴在玻璃纤维面料下的美丽胴体，能让同性也浮想翩翩。他如此自信，他知道，人们吃他这一套。

莉莲认得这张脸，地球上最权威的艺术评论家。

即使不看电视，也不可能错过这张脸，他到处都是。莉莲百般无聊，开始估算这具躯体维护修葺的花费。这的确是打发时间的好办法，做完这道加法题时，也差不多到了该动身去见老头的时候。评论家正提到博伊斯,他滔滔不绝,说出的字如同珠玉掉落玉盘般喷涌溅落。

在被他的话弄湿脚之前,莉莲快步走出茶室。

老头的办公室和他本人一样老派,二十世纪的新古典风格。真皮沙发,抽象画,当然,少不了桃花心木的办公桌。

"怎么样?"老头摊开双手问道。

她笑了笑,没有作声。

"知道吗,你真像你父亲。我在路上喊他,也是要喊破喉咙他才会听到。"

我们这种人是不太会在街上偶遇熟人的,她并没有这么解释:"有什么事吗?"

"知道吗,最近你父亲的作品走势不错,收藏家们纷纷出高价收购他的装置作品和艺演影像。大众随之跟风狂热购买和他相关的一切商品,单是印有他头像的明信片一天之内就卖出几十万张。"

"我不明白。谁会买他的东西?"她格外惊讶。父亲的作品从来都不受欢迎。

"是啊,那个人自顾自地做事,不理会别人感受。好多雇主都是勉强才接受他的艺演,他还总喜欢唠叨着一句莫名其妙的话。"

"以纯粹的美学治疗去解救这个世界的歇斯底里。"她模仿着父亲的口吻说出那句话。

看见鲸鱼座的人

老头倒在椅背上大笑。

她没有笑。

到最后,疯了的那个人是他。

试图解救歇斯底里的人最终成为歇斯底里的产物。

母亲一直阻止她观看那次艺演,甚至在临终时要她发誓永远不看。但她还是看了,而且不止一次。在最糟糕的那段时间,她几乎病态地一次次不间断地观看那段影像。尽管不愿意承认,但她似乎感受到同样的歇斯底里,并且为之战栗——也许,在那战栗里可以无限接近那个她并不知道问题的答案。

父亲的最后一次艺演,他把自己和一头幼象关在集装箱大小的玻璃屋里。每一面墙上闪跳着宇宙诞生演化的模拟图像:超新星膨胀,星云形成,无数星际尘埃,第二代恒星形成,气态行星形成,行星群围绕着双恒星公转着,在某一刻停下自转的死星沦为一半冻土一半焦灼的地狱,大气稀薄的星球上所有的湖面在沸腾。高速快进,不断循环。远超出人类计算度量的时间与空间在那一刻塌缩成这间集装箱大小的玻璃屋。

一头象和一个人的宇宙。

图像不间歇地播放,配以无以名状的可怖轰鸣声。

七小时后,幼象在自己的粪便和尿液里发狂。它咆哮着撞向墙壁和父亲,用全身的重量压在那个已经血肉模糊的身体上,然后打滚。

血液、内脏、碎骨渣、眼球四溅，落在了宇宙深处星星的声电光影上。

艺演结束。

以一具无法还原的尸体和一头疯象作为结尾。

最初的震惊中，人们意识到艺演师不可能真的去死。他一定是使用了无耻的伎俩，让他的克隆人代替他本人完成了这场死亡表演。"这场残忍的谋杀，不仅践踏了法律，更是对美学和道德的污辱，触犯了身为人类的基本底线。"当时率先指出这点的人——也是如今这位最权威的评论家谴责道。

警察部门立刻施行抓捕，黑客猎取每一条和父亲沾边的信息，将他的私隐公布于众，赏金猎人民间正义组织纷纷行动起来要抓住这个杀人犯，不惜一切代价，但是却被他逃了。

巨大的网罗下，他遁于这场他亲手激起的喧哗中，再也没有露过面。

十年后，艺术界收藏界忽然能接纳这个臭名昭著的杀人犯了？

"他们原谅他了？"她问老头。

老头耸耸肩，不予置评。

差不多该走了。她起身准备告辞，老头叫住她，从抽屉拿出一个大盒子。

她打开盒盖，愣住了。

"这东西，现在一定有人愿意出天价买下，但我觉得你应该留着。"老头说。

梨木做的立体镜。

观片箱上的挡光罩和隔板都没有漏光,透镜的状态不错,支架在滑轨的滑动正常,滑轨上的铜质旋钮光亮如初。立体镜被保存得很好,看上去和十二年前父亲向她展示时一样簇新。

当然,那张照片也在盒子里。

她没有去碰它。

十二年过去,它只是微微泛黄。

"我的暑假作业。"她喃喃自语。

"这么说是真的,我还以为他在开玩笑。太胡来了,拿这个做素材。"老头吃惊地瞪着她,"照片是实拍还是合成的?"

"他说那是真的。"她不再作声,轻轻把盒子盖上。

忽然,房间里多出另一个人的声音。电视在指定时间开启,熟悉的人影出现在他们面前。

"现在,这个人对你父亲的评价特别高。最权威的艺术评论家。"老头对她说。

这是莉莲一个小时内第二次看到这张脸。她别过脸去。

"别这样,小莉莲。"老头盯着她的眼睛说道,"事情已经过去了。"

"他看上去更年轻了,是不是?"

"你父亲的事不能怪他。他是个评论家,那是他的工作。而且,那是很久前的事了。"

四

十二年前，并不算多久远。

当时，大评论家还只是个二线评论人，年过半百，苦于和同行们绞杀无法脱颖而出。偶然的机会，他遇见了父亲。

在市政广场边的舞台剧场里，大评论家被领进漆黑的观众席，手中拿着分发给观众的望远镜一样的东西——工作人员告诉他，这叫观屏镜，当一束蓝光打在舞台前方的观众席时，他按照指示举起观屏镜，他看到身着宇航服的家伙正跃上舞台。光束跟着那家伙一点点向黑暗的舞台深处挪去。灯光暗下，宇航员没入黑暗中。

忽然，强光不期而至，整个剧院仿佛夏日白铁皮屋顶。他睁开眼的时候，已经在另一个世界。

那些是树吗？如同暴雨般密布，像云一样的树。

树的躯干由纤细的金黄色管道组成，管道有规律地缠绕着一簇簇构成复杂的发辫形态，亿万根这样的发辫再以更令人眼花缭乱的形式缠绕在一起。再往上，躯干散开成无数细小的枝丫，枝丫再散开更细小的分叉，如此继续弥漫散开遍布蛋白色的天空，直至肉眼无法辨识。躯干之下，如同上面枝干的镜像，树木巨大的根系也同样惊心动魄地生长蔓延、扩散，直至发丝般的根须垂落在银色的岩石表面。

乍看下，这不明生物更像是一截悬浮在半空的树干。

为什么会觉得这像是一棵树？明明有很多地方不对劲。他所在的地方目光所及宛如蛮荒之地，渺无人烟。除了白色的天空和大地，便是一棵棵巨人般的大树。

评论家从最初的震惊中走出时，发现在场的不止他一个。

身穿笨重宇航服的宇航员和他一起面对着庞然之物无法动弹。

大评论家放下观屏镜。

四周漆黑一片。他又回到观众席中。舞台屏幕上有两张同样大小的图像。他注意到这两张图像画面几乎一样：一颗悬浮在银白色世界的大树。

宇航员还在那。他摘下头盔，转向观众席。

"献给我的女儿。这是她的作业。"

观众席上响起零零落落的掌声，为数不多的观众起身懒洋洋地朝出口走去。

"你的作品在表达什么？"大评论家来到父亲身边。

艺演师从不解释自己作品的意图。父亲只是笑笑，说："过半个小时还有一场，你可以留下来再看一次。"

"这个，叫观屏镜？"他换了问题问。

"嗯，由两组光学反射镜组成，可以平移视线。你知道吧，人的左右眼看到的图像并不完全一样，存在视差，就好像两个相隔一定距离的照相机镜头，对着同一物体同时拍下的照片。观屏镜可以平移视线，把左右眼看到的两张不同照片结合在一起，产生立体效果。"

"照片？"

"是真的照片。用3D打印机做的太空望远镜，然后拿胶卷相机拍下来后放大。我说了是吧，最初是为了帮我女儿代做的暑假作业题。那个时候拍到了这两张照片，我先做了个小的立体观片镜，然后把照片放大，用在这里。"

"这个图像没有经过合成，是真实的星球景观？哪颗星球？"

"鲸鱼座δ3。"

大评论家并不相信艺演师。他查证的结果和他预想的一样，以人类现有科技水平，无法观测鲸鱼座δ3。尤其考虑到它附近的第二恒星正爆发产生行星状星云，这些向外抛射的尘埃和气体壳严重阻碍着对鲸鱼座δ3星的观测，更不可能拍出这么清晰的近照。

曾经让他身临其境的照片不过是廉价的虚拟图像罢了。

整场艺演说到底也不过只是一场廉价的假象而已。大评论家觉得好笑，将观演经历记录下来，写了一篇半调侃半玩笑的评论。《天真的造假术》——发表前的最后一分钟，评论家为他的文章这样命名。

评论家并没有意识到眼前这个无名之辈正是命运赐给他的礼物，随手写就的这篇评论受到前所未有的关注和肯定。评论里极具个人风格的恣肆嘲弄给人留下了深刻的印象，而他对艺演的全面否定则被看作诚实与勇气的表现。许多人在读了他的评论后，成了艺演迷。

一时间，他成为大众追捧的对象，艺术界的宠儿。他的好恶成为所有人的好恶，他的观点成了所有人的观点。大评论家成了真正的大评论家。

没有人会蠢到在那种时候和他公开作对。

尤其还是作为当事人。

但是父亲做了。他发表了声明，竭力证明照片的真实性，维护自己作品的价值。这是他最不擅长的两件事情：争论和证明自己。在和评论家的几次交锋中，他被耍弄得团团转，无数次进到预设的陷阱中，好多甚至是他自己为自己设下的。无数人加入到这场声势浩大的嘲弄中。他的每句话每个微小表情都会被捕捉然后放大，成为艺术界、娱乐圈、搞笑艺人、民间段子手的素材。人们称他为"那个看见鲸鱼座的人"。

就这样，父亲成为人们一直下意识寻找的目标。那时，人们有多爱评论家就有多憎恶父亲。

从那时候起，他连一个顾客都没了。

他是从那时候起变得疯狂的吗？

尽管没有顾客，父亲仍然没有放弃艺演。从某种意义上，他也没有放弃和评论家的争论，每一个新的作品，都是对大评论家的宣战，以他擅长的方式；大评论家同样用他最熟练的手段去回击。在外人看来，父亲输的一次比一次更惨，而大评论家则变得更加瞩目。不管是否愿意，不管是否承认，他们的相遇成为各自命运的重要节点。

赢家赢得越多，而输家连同自己也输掉。

两个人的战争从假照片开始，到假自杀结束。

也许，他是真的希望就那么死掉。

那个人，总是什么事情都讲不清楚，总是做着谁也不明白的事情。凭什么他以为他可以例外拥有别人没有的天真？

即使没有大评论家，他陡然下降直坠深渊的命运也不会有什么区别。

那个看见鲸鱼座的人。

老头说的没错。和评论家无关。而且，那么多年过去了。

她只是不明白，到了今天评论家为什么要为父亲翻案，给予他作品高度评价，甚至不惜推翻他当年的评论。当然，大众不会记得那些事。

但是她记得——她看了父亲所有的艺演影像，也读了评论家所有的评论。

抱着盒子从老头那出来，她直接回了家。平时令她自在的蜗居，因为盒子的存在，忽然变得让人坐立难安。她最终还是打开了盒子。立体镜,照片,还有一张纸条。

这的确是老头的风格。以前他有什么话要对父亲说却难以启齿,就会留这么一张纸条。

"莉莲,有一件事你必须知道。事实上,如果你对外面的世界关心点,你就应该已经知道——根据最新的DNA测定,当年留在艺演现场的血液有变异片段,不可能属于刚被克隆出的克隆人。原来那场艺演你父亲动了真格儿。"

她盯着纸条,使劲去咀嚼这两行字的意思。她的眼睛长满了牙齿,她的心里长满了牙齿,她的大脑语言中枢长满了牙齿,咀嚼这比生铁还硬的两行字。牙齿摩擦着生铁,发出的声音让人发痒。

她的父亲死了。

十二年那场艺演中,他的父亲杀死的是他自己。

这是一场真正的死亡表演。

想明白这点,她再也忍不住放声大笑起来。

五

"你气色不错。"身边的宇航员说道。

就在刚才,人类历史上第一次成功穿越了虫洞。莉莲没有说话。她仍然有些晕眩,肌肉发紧。飞过虫洞这个事实对她而言，如同宇宙一样过于巨大。以人类现有对虫洞的了解，还无法模拟虫洞的环境，无法进行飞行训练。虽然人类在理论上掌握了穿越技术，但是没有实验验证。对航天局的高官而言，这次飞行就是试验。只要成功，那么只要驾驶核聚变飞船就能抵达那些遥不可及，几百光年外的星星。人类无法抵御这样的诱惑。

她并不介意被当作实验品，甚至建议只由她一人操控，以 GU 型人工智能代替另一名驾驶人员。她以为他们会答应。但是最后他们派来身边的这个人。

和计算的一样，他们穿过虫洞的时候，鲸鱼座 δ 星正处于明亮期。很快他们就发现 δ 星旁那个冰蓝色的小光点。那就是他们的目的地——鲸鱼座 δ3。飞船开始降速。

一切正常。

在脚尖轻触星球表面冻岩层的那瞬间，仿佛电流涌过，她感到疼，疼到头盔可视镜被水汽模糊，疼到眼泪弄湿发梢（这里的引力是地球的四分之一）。

她忽然想起那个夏天，有个身影向她俯下身子，他的肩膀上披挂着云彩。

"你怎么了？"他的同伴在控制室问道。

"你看见前面那片森林了吗，金黄色一片巨大树木组成的森林。"

"是树吗？好大。"

莉莲弯下腰,泣不成声。

"你怎么啦?"同伴问道。

"没什么,我只是突然想起来我为什么要来这里。"

面　孔

一

突然就长了一张别人的面孔。

就在被馄饨店新来的小姑娘恶狠狠瞪了一眼之后。

小姑娘的目光好像堵墙一下砸在脸上。Z一阵发憷，脑袋耷下来，几乎掉进汤里。有那么几秒钟的空白，忽然好像被蜇了一下，似乎刚才看到了什么。他定了定神，再朝那碗里瞧。

又还是一碗飘着香菜叶的清汤，寻常不起波澜。

但好像哪里不对。角度问题？头探到碗的正上方。旁边传来三两声女人的嗤笑。Z实在太烦躁，没有心情顾忌别人。他嗖地站起来，一头冲进馄饨店员工专用的厕所。因为是老客人，他闭上眼也能找到厨房边上隐秘的小隔间。木板门一拉，转过身对着这里唯一能让他冷静的东西——洗手池上那面用黄色封箱带黏上的镜子。

他看见镜子里的影像，顿时感觉脸又撞在另一面墙上。他不由倒吸了一口气，立即被尿骚味呛得满眼是泪，扶住黏乎乎的陶瓷水槽壁才没倒下。Z直起腰，小心翼翼地再次打量镜子里的那张脸。

这次好多了。盯着镜子里那张脸，Z平心静气，就像一个被占了座的人终于搞清楚那座位原来应该是他的，他也搞明白了一件事——镜子里的那张脸不是他的。

附在颅骨上面的那张脸也不是他的。

他使劲拽了一下脸颊的肉，更加确信这一点。他原本的脸窄而长，面皮包着骨头，没有多余一点肉，双眼深陷在眉骨下，鼻翼嘴角尖锐生硬，和眼下这张脸完全相反。这张脸粉白水嫩透着光泽，一双八字眉，连带着眼角都一起往下垂。嘴唇倒是意外地丰润，和皮肤一样属于优裕生活的产物。不算好看，也不难看，多少有点温和地让人起腻，但到底也就是一张过目必忘的路人面孔。

不知道它原来的主人是个什么样的人，也不知道那个主人现在是不是很着急。最关键，这张面孔这样擅作主张地跑到自己脸上，连招呼也不打一声，未免太自以为是了。想到这，Z决定生气，然而，五官却拒绝表达。

它们，仍然处于梦幻般的瘫痪中。

从厕所里出去。几分钟前，他还能凭着老顾客的情面随便使用洗手间，而现在……拉门的声音惊动了老板娘。她用余光扫过 Z 鬼祟探出的上半身，只撇撇嘴角，又继续打包外卖。除此之外，就没人再注意他。顾客没有，新来的小妹也没有。之前盘算着尽量不引人注目地迅速闪人，看来十分多余。Z 感到羞愧，耻感煎熬着内心。有什么阻隔了这份炙热的煎熬由内而外的传达，他的脸并没有发烫。Z 悻悻然付了钱走出馄饨店。

在大街上，夜晚如黑漆漆大河般的街上，所有的东西都在流淌。高楼外壁跳动变幻的装饰灯光，马路上不同速率滚动的轮子，小食街油腻的空气，衣袖，裙子，裸露的小腿和胳膊，还有脸。

他的脸也在其中，和万物一起随波逐流，被外力牵引绝不挣扎。比在店里轻松很多，Z 的步子也轻快起来。

那两个女人穿过马路迎面走向他。你怎么那么悠闲？昨天觉得怎么样？个子高的那个一拳捶在 Z 胸上，她的女伴随即咯咯笑起来。她们都长得很漂亮。大眼高鼻瓜子脸，土气又美艳。Z 因此肯定他从来没见过她们，那一定是脸的主人的朋友，朋友或者别的什么。女人已经开始在他身上乱摸。高个几乎贴到他的身上。她们的嘴唇快速蠕动，一句接着一句，如果一个人说得喘不上气了，另一个立刻接在她后面继续说。

她们说的越多,就越让人糊涂。没有一句话是可以确切说明什么的。当她们看见Z茫然的样子就兴致更高了。她们痴痴地笑着,不费力地加快语速,不知疲倦。Z笼罩在她们身体和话语的热气里,身后是隔离墩。不时的,会有一辆车在他面前呼啸而过。他被困在马路中间,和刚才在卫生间的感觉很相似,车流和含义不明的对话面前让人难以转身。

裙子好短。Z突然说道。

女人们静下来瞪大眼睛盯着她,像是惊讶又像是期待。

虽然脑子一片空白,Z觉得有必要利用现在这样的局面扩大优势。裙子好短。你们身高差那么多,裙子倒一样短啊。

他没想好搭配什么表情。即使说出这段话其实也没经过他的脑子,他就是被逼急了。

两个女人互相看了一眼。脸上的笑容没了,不约而同地调整着站立的姿势。

嘴老是这么坏。一个女人干巴巴笑起来。另一个声部的笑声立刻加进来。前一刻的默契已经没了。

你们喜欢的。

来不及要晚了。要不是看在你的面子,我们本来也不着急的,明天你不许不来。女人们重新恢复默契手挽手,迎面与他擦身而过,融入马路对面的人流中。

Z本来也是要过马路,但是现在过去,倒像是心怀不轨的尾随,想到这也只好折回到原来的人行道上去。脚上发力太晚，一辆自行车闷声就撞了上来。车速不快，两个人都没事。车主嘴上嘟囔着，抬起头，看见Z后就变脸了。怒相浮雕般凸显，龇牙瞪眼。男人撒手把车往旁边一扔，上前抓住Z的衣服，张口便开骂。他的话并没有新意，都是街头耳熟能详的套路。直到他最后将Z推倒在地，Z都没有还手。他不由自主地盯着男人的怒容，看着男人原来的面孔是如何不断缩小如何躲到变形的五官后面。他以前从来没有注意过人生气的样子。

你在说什么？Z及时躲开挥来的拳头，他有权要求男人再说一遍刚才的话。这种要求在打架的时候很容易被当作挑衅。男人飞起一腿，朝Z的小腿踢。

身体还是Z的身体。

二

就是在最爱闯祸的年纪，Z都不是一个爱打架的人。他功课好，脑子聪明，总有本事绕开麻烦，却在念博士四年里，把大部分应该睡但是睡不着的时间放到了健身房，把为数不多的肉变成的腱子肉，硬得和石头一样。

在骑车男人发出哀号前，Z从地上跳起来走到他跟前。骑车男人安静下来，连脸上的表情都不那么扭曲了。你没事吧。

Z问。还好还好。那个人说完闭上了嘴。

是他的身体让那个人变得容易相处,就好像正是他的脸激怒了那个男人。

Z回到家,看到穿衣镜里的那个人影才明白过来这两个道理,也就是说刚才那场小冲突的原委。他本来没打算非要理解不可。生活中莫名其妙的事太多,他不是一个大惊小怪的人。恰恰他租的那间屋很小,偏偏还硬塞进一个超大的老式衣柜。人进屋后就不可能看不见正对门的大衣柜,还有大衣柜中间的穿衣镜。

Z面对着镜子里的那个人,他看见了之前因为惊讶还没来得及观察到的东西——附着在那张脸上的笑容。那是比皮肤还要固执地附着在脸上的笑容,额骨颞骨颧骨和上下颌骨之上,轮匝肌和笑肌、犬牙肌、颊肌轻微向外扩张着。无论怎样改变面部表情,改变脸部肌肉走向,都没有办法去除这笑容固执的扩张。它含义不明,鬼祟又热烈,始终在嘲弄和讨好的意味之间游走。Z明白了骑车男人的心情,也想起他一直嚷嚷的那句话。

欠揍的面孔。

完全没有错。就好像一只刚出笼鲜美多褶的包子邀请人们品尝,这张脸也散发着同样强烈的邀请。如果没有拳头,这张脸似乎也不算完整。

身体却完全不同。它一如既往属于Z本人,一如既往地无动于衷,冷漠,并且完整。

即使一声不吭。他本人也向这个世界发出两种截然相反的信息。

骑车男人一定被搞糊涂了。

原来的脸是否和身体相互协调统一呢？Z躺倒在床上，他怎么也想不起他原来的长相，男人通常不怎么在意自己的外貌。希望别人也不太在意他的面孔变化，这样的话，虽然现在的面孔惹人讨厌，但总有一天Z会习惯它的。也许，明天早上，他就会比现在更不在意这件事。关灯睡觉。只差一点就睡着的时候，电话来了。

电话那头照例只传来游丝般轻轻的呼吸声，好像有只母猫正睡在枕边。

如果不说话，她可以一直就这么沉默下去。

Z叫出她的名字。

然后她会开口，因为她喜欢他念她的名字，接着她就会问他睡着了没有？

Z会回答他睡着了。

电话那头那个女人就会咯咯咯咯地笑起来，好像她是第一次听到这样的回答。

这意味着Z可以安全地挂掉电话，不用担心有什么后果。

但是今天，出了岔子。笑声在应该响起的时候喑哑了。

我很困。话一出口，他就知道说错话了。

那边静下来。大概有半分钟的样子。

你出事了。她说。

我长了一张别人的脸。

原来的脸呢？

不知道。Z简单讲了"事情"发生的经过。

女人静静听着，直到他说完。她安慰Z说也许他原来的脸还在，只是被新的面孔覆盖了而已。

这有区别吗？Z很吃惊。

当然有。只要原来的还在，一切都好办。

那种女人身上天然的镇定在Z身上产生了作用，他感觉好了很多，远比打这通电话前轻松，还有一种事情落实的感觉。

电话那头又传来熟悉的呼吸声。

那挂了？Z问。

我要见你。

今天？Z坐起身。

女人的热情来得过分突然。大晚上连末班车也没有，而她住在这个巨型城市的另一头，也就是说他们中间横隔着三个小型城市的距离。

在接下来短兵相接的几次交锋后，Z感受到那边源源不断的对新面孔的热情。

他犹豫了。

算了。我困了。女人果断挂断电话。

Z下意识地摸了摸脸。什么样的男人会有那么好的皮肤。但，他开始觉得面颊骨上的那张脸变得熨贴了。

员工进出都是从后门走员工通道。Z和平时一样，闷声不响换好衣服直接做事，从饭点直到下午两点一刻不歇，利索干完中午的活。这时厨房就只剩下他一个，他从兜里掏出烟，推门到了后院。墙根夹竹桃下坐了稀稀拉拉一遛人。有人看见他，朝他招手。几个人懒懒散散挪动屁股，空出位置给他。今年天暖得早，粉白色漏斗状的花正已经开得热闹。Z素来不喜欢那味道，径自找了个墙角靠。

静了一小会，刚才的话题又重新续上。有一句，没一句。厨师帮工讲起昨天的球。没人多看Z一眼。他们认得他的手，认得这双手做的活儿，Z想。他对自己感到满意，对身边共事的人感到满意，对现在的生活也很满意。尤其对那双老茧的双手满意。

"博士，你真的读过博士？"

一下子所有人都不说话，目光齐刷刷落在Z身上。在这里，博士是他的外号。

厨房的人一直想知道他这个洗碗工是不是真博士，但在今天之前，没有人问过他。在今天之前，闲聊扯皮的时候，如果Z不接茬，他们也由着他一个人待着。

Z低头看着脚上一双漆黑的雨靴，喷出一柱烟。

"是。"

问题接连而至，黄豆般的雨点一般。也许这些人早有准备，一直伺机等着Z打破沉默的这一刻。

Z叹口气。这都是因为脸的关系。

既然开了口，似乎就有义务继续完成刚才的话题。Z回答了每个问题，但是他的回答太过平淡，平淡到连可信度都没有的地步。很快，同事们就对他失去了兴趣，继续之前的话题。就像对待剩菜，不会加以区分，无论是什么都倒入垃圾桶，人们碰到Z这样无法用常识判断的人，也只要简单归类到怪人就可以。抑或是更简单一点，上了没有用的大学出来找不到工作的失败者。

Z不介意人们对他下定义。定义和命名，无非是把东西归置到某个位置的举动——实验室柜子里一排排玻璃器皿，无论对错。也许根本就没有对错。即使别人的脸占据了应当是他的脸所在的位置，也未必就是绝对错误。Z只是不能确定刚才新面孔是否影响了人们对他的看法，如果是的话，算不算产生偏差。毕竟，那不是他的脸。

目光四处瞎晃，他忽然被吓到，前面窗户玻璃上模模糊糊的一张面孔笑盈盈地正拿眼角瞄他。

三

原来的面孔去了哪里？

他在午间休息的时候还在想的问题，等站到工作台后，就立刻被抛进了洗洁精泡沫里。Z套上塑胶和棉线两层手套，系好防水围兜，打开水龙头——水喷涌而出，泡沫生成，杯碗锅盆碟去除油污，焕发出洁白的光亮。尽管之后要放进洗碗机去清洁，Z还是愿意把餐具洗干净再放进机器。等机器工作完毕，再搬出篮子，将餐具一一放置到相应的架子上。整个过程的每一个步骤都让他乐在其中，比如积水流进下水口时的卷起漩涡，比如搬运洗碗篮时紧绷的肌肉，比如蜕皮的手，比如微微发麻的大脑。

当然还有最后。

那些安静得熠熠生辉的易碎物。

——给予Z置身世外的力量，不在嘈杂油腻的厨房，不在此时此刻，也不在时间和空间的任何一点。

他就是单纯喜欢洗碗。

晚上固定时间的固定电话里，他对那个固定的女人说了同样的话。因为对方问起同事有没有觉察到异样，他便对她讲起午休时的插曲。他们一定问了你了吧。女人十分肯定地说。问我什么？他说。问你为什么会去做洗碗工。女人毫不含糊地说。是啊。他答道。那你怎么说？女人咄咄逼人地追问下去。我说我喜欢洗碗。他如实作答。我就知道。她重重叹气。好困，睡觉了。女人说着挂掉电话。

他们的通话多数都是这么结束。女人天性如此。认识了好多年，两个人也不能算亲近，每周几次的同床也好，每天晚上的电话也好，总感觉是例行公事。

有了新话题，或者说新面孔后，女人似乎变得热情起来。不单是女人，连他自己也似乎愿意和她说点什么，哪怕是在电话里。他是在床上翻来覆去睡不着的时候意识到这一点的。他的言行似乎受到了新面孔的侵蚀，变得不那么像自己。就比如，换做以前，干完一天的体力活后他着床就睡，但是此刻就怎么也无法入睡。

翻来覆去睡不着容易感到饿。午夜一点，他坐在巷口吃麻辣烫，身边坐满了人。沸腾的辣油，肉丸，人影，暖风，从口鼻热烈地灌进脑子。Z的脑内似乎也有一大锅正在沸腾。他大口咀嚼，满脸冒油，浑身的毛孔尽数敞开，大口吞吸夜晚的空气。他突然觉得从未有过的轻盈敏捷。

忽然，一只手伸进他碗里，拿起一串贡丸，然后是豆泡。他抬头。一个黄毛手里拿着两根空扦子龇牙冲他笑。他从没见过那么黑的面孔。

黄毛蹲下来。最近有了新方向，老朋友都忘记啦。

什么？

黄毛又说了一遍，乡音更重了。

什么？

黄毛说第三遍的时候，Z大致听懂了。

啊。他拖长尾音回应道，把剩下最后一串递给黄毛，起身又买了二十串。回来的时候，发现黄毛占了他的马扎，正用扦子在地上划拉。Z没吭声，站在那自顾自吃起来。旁边黄毛一个劲地嘀咕同样的话，等起身想要再蹭点吃的时候，Z

刚好全部吃光。

怎么越来越小气啊？黄毛有点急了。

有吗？他嘿嘿笑。

那走吧。黄毛甩掉手里的扦子。

去哪里？

见见老朋友啊。

黄毛在前面带路，Z慢慢悠悠跟着。此时发生的，隐隐约约好像在过去也发生过。他熟悉黄毛的背影，步子拖沓，背驼得厉害，身子还微微向右倾斜，遇到易拉罐的一定会飞脚去踢。Z又想起昨天遇见的女人们，他们是一类人。那个世界对他来说完全陌生。尽管如此，他的面孔却毫无疑问属于那里，他打算去看看那个世界。

黄毛说这些天大家一直聚在老地方玩。Z问现在去是不是太晚，黄毛乐了。两人一前一后地走，一会沿着大马路，一会又跑到高架路底下的阴影里，一会拐进弄堂里七转八弯。黄毛不时讲几句话，大部分Z听不懂，听懂的部分也不知道确切在说什么，被认为他应该知晓的事，他并不知晓。面孔应该听得懂。但面孔拒绝告诉他是怎么回事。

都不是什么非要认真回答的话。他一路敷衍，用单音节的词也应付得很好。他们像是快要到了。黄毛的步子加快，语速也是。Z每经过一栋楼，就想象着其中一扇房门被打开的样子。他的面孔会冲里面所有的面孔微笑。它熟悉他们，远胜过Z。不留神，转眼工夫，前面的黄毛就没了影。他大概是认为Z没有他也能找到地方。

Z孤零零地站在一盏路灯下，身后不远是老式弄堂里常见的男小便池。他能看到的所有门窗都紧闭缄默。建筑物，建筑物之上旁逸斜出的附加物，大块大块的影子也一同沉默着。向左还是右，或者鼓起勇气走进前面一片黑暗，晾衣架，花盆，猫舍，躺椅纷纷拒绝提供线索。他正踌躇，面孔却喜不自禁，流淌出笑意。它牵引脑袋向右转动，身体随即跟上，好似被猎狗带着走的主人。走过三排楼，拐进一条死胡同，他在最靠里的那栋楼前站停。门恰好打开。

烟熏缭绕的暖黄灯光打在他脸上。那片刻，时间好像凝固在这氤氲的寂静中。

你怎么会在这？从门里面缓缓出来一个人，颤声问Z。Z想问他为什么不能在这，那人却已经快步从他身边跑开，眼看要消失在前面的岔口。她几乎是仓皇逃走的，这让Z觉得有追上她的必要。Z那么想的时候，其实已经跟着她来到大马路上。他在天桥上拦住她，四周灯火通明，一个旁人也没有，他们仿佛置身巨型舞台。Z抓住那个女人的肩膀，女人瞪着他，而他已经认出她。

他第一次看见她不穿工作服的样子，就像个小孩子。Z松开手，他忽然清醒过来，意识到这样紧追不舍一个馄饨店的小姑娘毫无道理可言，好在小姑娘没有放声喊人。

你刚才说什么？他问，脑子里想的却是怎么安然离开。

小姑娘瞪着他,就像之前在馄饨店那样,目光凌厉。他嗫嚅着,嘴角忽然向两边展开,是面孔在笑。污秽的液态的笑容。但在那之外,Z隐约感到这一次,还有其他难以辨明的表情掺杂其间。

四

后来呢?

没有后来,我打车回家了。

中午休息的时候,意外收到女人的电话。她从没在这个时间给Z打过电话。Z感到意外,却又鬼使神差地将昨天深夜的遭遇讲给她听。

她为什么要瞪你,好奇怪。

女人挂了电话。她并没有要他回答的意思。

Z收起发烫的手机。刚才贴着手机的那边脸颊也跟着发烫。如果持续加热,这张面孔是不是会脱落?在这张面孔下面,也许,原来的他的面孔正安然无恙地等待被发现。

有人喊他,但听起来好像叫的是别人的名字。只片刻的犹豫,经理已经跑到他面前。

去办公室。他说。

啊。Z憷了。瞬间似乎被湿布蒙住了头,不见天日,不能呼吸。经理的眼神透着古怪,仿佛看穿了什么。但是他能看穿什么,难道这张面孔下真的还有什么需要洞见的事物?

他们在办公室里聊天。经理几次像是要切入正题,藏在厚厚眼皮里的眼珠朝Z一转,目光还未落定,就飞快错开。他似乎有心要一直迂回下去,尽说不痛不痒的闲话,但是Z并不是一个擅长聊天的人,他们很快就走到了话语的尽头。两个没话可说的人面面相觑,手机铃恰好在那时候响了。Z掏出手机。不是打给他的。诺基亚自带的手机铃声,急促,单调,一遍又一遍重复着,伴随着震动声——震动桌面玻璃的声音。Z看见了办公室桌上那部手机。经理也应该知道那是他的手机在响。但是他并没有接电话的意思。

他不加掩饰地紧盯着Z。他的眼周肌试图罔顾人体生理极限,无止尽地拉扯着眼眶向外扩张,似乎只有这样才能释放出眼球背后刚被孵化出来的怪物。

Z被看得胸口发闷,整个人昏沉沉,什么也感觉不到,什么想法也没有,像被人突然推到很远的地方。

找我到底什么事?

从他嘴里出口的话,出乎意料的强硬。在场的两个人都受到震动。经理肉墩墩的身体慢慢滑进老板椅。

你要不要换岗,下个月小张走了。

Z不知道谁是小张。来这里半年,他连主厨是谁都不能确定,好歹靠着黑色西装能辨认出谁是经理。他犹豫的工夫,经理已经改变主意。

你要是不愿意也可以。我在这里做了那么多年，没有人洗碗洗得比你干净的。

Z咧嘴笑了。原来洗碗工都可以这样被郑重其事地表扬。真滑稽。

回到后院，遇上啤酒厂送货，Z帮忙一起卸货，弄完后司机扔了根烟给他。已经是上班时间，其他人都进厨房。Z想了想，还是点上烟，爬上运货车。

传说这个司机以前进过局子，当年打架失手杀过人，要不是警察赶到，就可能已经被死者家属挑断手筋脚筋。饭店里的人不太敢跟他太近，Z也是第一次上他的车。两个人闷声不响抽着烟，由着被汗沁湿的衣服慢慢风干。

怎么？司机看见Z斜眼瞄他手臂，索性卷起左边袖子。衬衫下面一尺多的疤露了出来。

家属干的？

怎么可能。司机大笑。

Z还想再问，又一想，去证实传闻几分真假实在无聊，默默抽完剩下半根烟。

最近不顺？司机又递过来一根烟。

没有。怎么？

脸。司机吐出一个大烟圈，眯起眼睛望着Z。你现在这样看着比我还凶。

Z往后视镜里瞧，愣了一下，翻开遮阳板化妆镜凑近看。

镜子里那个浓眉鹰钩鼻的男人的确是他无疑。

他又换脸了。

那天晚上饭店最忙的时候，Z突然说家里有事，扯掉围裙就走了，没有人拦他。经过大堂的时候，经理远远看见他就躲进了厕所。走到马路上熙熙攘攘的人流也为他让路。Z没有心情去感叹发生的变化。脑子里装满了石头，他在生气。为了这张莫名其妙又附上的新面孔。没有道理就这样下去。虽然看起来并没有谁会察觉，如果他不说的话。一个下午过去，同事并没有觉得异样。他们都有点怕他，但并不觉得有什么好奇怪的，似乎他们已经这样害怕他害怕了很久。习以为然的恐惧。坦然的恐惧。陈旧的恐惧。理当如此的恐惧。

Z的脑子里充满着这些连念头都称不上的意识碎片，碎片在脑海里飞旋，彼此挤压变形，洗碗槽里的肥皂泡一般。唯一完整清晰的是他的愤怒，从来没有过的清晰，清晰到可以把什么立时毁掉。他有这个权利。

只要稍加放松，就会被人群中那些面孔激怒到无法自制，他们的怯懦愚蠢清清楚楚写在望向他的目光里，无法磨灭。一直以来，Z用他的冷淡沉默坚持与所有人保持距离，也许，他们怕的正是发现这一点。

他忽然怀疑起来，也许现在这张脸就是他原来的面孔。也许现在的他才是原来的他。他就应该是这个样子。

三鲜馄饨是吧。

Z愕然站在柜台前。不知不觉他竟跑到了馄饨店。

你常来。我记得你。老板娘说完转身下单。

那顿馄饨Z吃得心不在焉。他几乎开始相信他的面孔回来了，直到准备结账他打开钱包，身份证从里面掉出来，他像打量陌生人一般打量那上面的照片。的确，怎么看也激发不起一点认同感，既不熟悉也不喜欢，但并不是说他对现在这张凶神恶煞的脸感到满意。店里的位子基本坐满，只有他的桌子没有别人。人们下意识地避开他的目光，放低声音，减小动作幅度，不由自主地变得谨小慎微起来。第一次那么清楚看到周边人怯懦的样子，Z的脑袋发胀，面孔滚烫，耳朵里嗡嗡响着可怕的噪音。他再也坐不住了。

没胃口啊？老板娘的话音仿佛从云端落下，妹妹，给三鲜馄饨拿点胡椒粉，他喜欢的。

小姑娘背着外卖的空包前脚刚进屋，听到老板娘的话，脸色刷白。她几乎和Z同时看到对方，谁都没有犹豫，再一次上演昨天的戏码。小姑娘当着所有客人面惊弓之鸟般仓皇离开，Z紧随其后夺门而出。

与下班高峰时段的人潮逆向，Z不能全速奔跑，在跑出三条街后终于追上那个姑娘，她像只在洞口被追上的兔子，筋疲力尽浑身发抖任由Z把她拖进拐角没人的地方。

你躲什么？

我没有。姑娘的声音都变了。

Z猛地松开姑娘的肩膀,向后退了两步。他没有要弄伤她的意思,深吸一口气,缓过心神,他放慢语气问:你认识我?

姑娘点点头。

我是谁?

三鲜馄饨。

那你躲什么?

姑娘盯着他的脸不说话。

五

所以她早就知道你变面孔的事?

也不是。昨天晚上在弄堂碰见我,她还不知道。她把我当成了她的男人。可那个男人明明被她关在屋子里出不来,却大半夜突然出现在面前。

够吓人的。我要是她也会跑。

其实她是跑回去看那个人是不是还被关在屋子里。结果回去一看,那个人还好好地绑在床上。

那不是更吓人?

差不多。总之,她是今天在店里又看见我的时候,知道昨天的那个人是我。

可是你那时不是又换了张面孔吗?

是，但是老板娘认出了我，告诉她的。我一直去，他们都管我叫三鲜馄饨。

你只吃三鲜馄饨啊？

是。Z深吸一口气，暗地叹服女人跳跃的思维。可是老板娘怎么认出我的？三张面孔差别那么大，不可能只靠吃三鲜馄饨这种事情就认为他们是一个人。

可能不是看出来的……那个人身材是不是和你很接近。

不是。比我矮不少，而且有点胖。

因为是老板娘吧。

什么意思。

老板娘都是很厉害的人，所以认出面孔下的你。

其他人都觉得没什么问题。Z暗暗品味刚才自己说出的话，其中不无讽刺。

电话两头都沉默了。无论是女人还是Z都无法想像这样的事情。人们并没有觉得长着别人面孔的Z有什么问题，即使在一天之后他又变换另一张面孔，好像也没有什么大不了。

也许和那个姑娘有关系。她瞪了你一眼，然后你就觉得不对，没多久发现面孔不一样了，是吧。你问她了吗？

Z不知道怎么开口去问。但是女孩的确提到当时恶狠狠看他的原因。

她说其实她并没有瞪我。看着我的时候她正在走神，心里想着为什么那个男人要骗她。

电话那边女人突然沉默了。连呼吸的声音都没有，好像一下子被这个话题吸到异世界去。Z的心莫名揪起来,升腾起从来没有对女人有过的感情。那瞬间他害怕就这样失去她。

我们不需要做点什么吗?女人有些迟疑地问。

什么意思。

把人绑在床上关在屋子里,不要紧吗?犯法的吧。那个男人骗馄饨店姑娘什么了?

Z认真想了一会。那种事和我们没关系吧,男女之间……

男女之间。女人重复着他的话。Z感到她是明白他的。和一个人心生默契的喜悦,在体味的同时,也让他感到迷茫和软弱。突然很想见到她,已经等不到后天。在这个世上,她是唯一知道他变换面孔的人。不仅如此,她和他一起经历着所有这些人和事。

第二次变面孔时,是被经理盯着的时候吧。女人突然说道。刻意压低的声调让Z一激灵。经理在看他的时候,脑子里也想的是别人吧。

感觉很奇怪。Z说。

啊,也没有什么大不了的。到现在不也没人发现有什么不寻常的。女人安慰道。明天就是周末了,见面吧?

平时不都是周日吗?而且,我明天本来打算回去看看家里。

随你吧。女人又这样草率地就把电话挂了。

房间里被寂静充满。置身巨大的真空般寂静中,Z清清楚楚感受到对女人强烈的欲求,和心脏一起脉动的欲求。他想要她，却又千方百计不想见到她。如此直面内心，他明白了自己拒绝女人的原因。

是恐惧。

本来并没有很当真的念头，一旦说出口，尤其是对那个女人说过后，似乎有必要付诸行动。Z已经很久没有回一趟家了。从学校毕业后在家只住了一个星期，他就问同学借钱搬出来住。找工作的一年间，Z没有回去，经熟人辗转介绍去现在的饭店学厨艺后，回去了一次，跟老板挑明只想做洗碗工不想做主厨之后，就再也没有回去。

家里偶尔会打电话问问情况。大部分时间里Z都在和母亲聊天气，好像彼此生活在两个相隔甚远的城市，和父亲的交流都是通过母亲传话。他们似乎并不知道他工作的事，至少是这样表现出来。对于Z而言，无疑是解脱。他因此能够按照自己的意志微不足道地活下去。

第二天晚上Z回到城南父母家。开门的是老爷子，老爷子目光掠过Z，重新回到手上的报纸。Z跟着他进屋，把点心搁在桌上。

什么呀？老太太从厨房探出头来朝这边张望。

红宝石掼鲜奶。Z说，老爷子最喜欢这个。

哦。快吃饭了。你洗手吧。老太太回到灶台继续忙活。他认识的女人都有这种迅速结束会话的能力。看着老太太的背影，Z不情愿地想起了女人，这让他感到孤单。回到桌边，老爷子正给自个儿斟酒，斜了一眼他，冲他晃晃酒瓶。Z摇摇头。老爷子自顾自坐下小酌起来。没多久，老太太把汤端上，一家三口坐下在灯下吃饭。

蛾子在白炽灯下飞来飞去。Z在这盏灯下度过了十几个年头，吃饭，功课，玩耍，一点点变成大人样，却不会想到长大后有一天回来会变成别人的模样。他心怀鬼胎，所以怯生生不敢抬头看二老。但老人们始终神情淡定，一如往常气定神闲地进餐，并不觉得他的新面孔有什么不对。

你下次来提早说，我好多做点菜。吃完饭收拾碗筷时母亲这么唠叨。

饭菜够了。Z说。

两个人端着剩菜一前一后进了厨房。母亲放下盘子，用胳膊肘关上厨房门，扭过脸盯着Z。

Z吓了一跳，要退开却无处可退。厨房实在是太过逼仄。

怎么？

最近手头紧？母亲问。

没有。

母亲没有收回目光。自Z还是孩子的时候，那双眼睛就能一直看到他心里，比他更能看清他自己。此时此刻，别人的面皮阻隔在他们中间，却比想象得还要不值一提。她甚至不需要有多敏锐的观察力。Z喘不过气来，肺叶瘫软在胸器里，血液中的含氧量大量流失。他无法把握这个真实的世界，不可逆地落入到某个滞重又轻盈的现实中。

尽管血管里流着和注视者同样的血，这个事实并没有带给他什么帮助。

Z等着母亲问他面孔的事。她不会像其他母亲那样大惊小怪，甚至质疑他是否是她的孩子。在他们达成共识前，她甚至不会惊动他的父亲。多年来，他们一直是这样共同度过难关的。但是Z错了。母亲并没有问他面孔的事。他多年以来的共谋者，似乎不再甘愿费心去包庇他。她佯装镇定，一边洗碗一边絮絮叨叨生活琐事。Z站在她旁边，听她讲起父亲的血压以及她的颈椎病，夫妻俩都讨厌的亲戚，楼下的停车位和跳舞的老太太。讲到前几天以前的学生来看她时，母亲忽然停下来。

脸色很差啊。母亲注视着他。Z意识到母亲没有在假装。她并没有觉察到他的不同。

没有吧。他回答道。

母亲点点头，帮他撩开挡在眼前的刘海。

他重新见到了自己的脸。在五斗橱里的镜子上。五斗橱是母亲当年的嫁妆，已被用得很旧。镜面不少处花了，但仍能清楚地映出Z的面孔。

他并没有太吃惊。也许这正是他急于回家的真正原因。找一个看到他时心里也想着他的人，被那个人注视，也许就会恢复原来的面孔。来的时候并没有那么清晰的想法。他只是觉得也许回家可以帮助他摆脱尴尬的局面。事情如他所愿。看着化妆镜里那张面孔,他一下就认出它来。那就是他最初的面孔,毫无疑问。在厨房被母亲盯着感到窒息时就隐隐有的预感,被镜子里的脸证实了。

不想引起旁边老爷子的注意,Z将五斗橱关上,坐进沙发里。

终于恢复正常。这么想着,身体随之陷入软塌塌的沙发垫中。Z浑身放松下来。几天来,第一次觉得可以放着什么也不用管,他整个人身子软下来横在沙发上,长长舒出一口气。老爷子坐在对面正读报,听到声音投来狐疑的目光。

Z对着从报纸上方露出的半张脸,脸上展开一半的笑容僵住了。

面前的老头和他有几分相像。但比起来,镜子里的那张面孔比起Z本人来更像他的父亲。

你干什么?老头被Z忽然从沙发跳起来的动作吓了一跳。

Z顾不上回答。

他挨个翻看五斗橱所有的抽屉,又一个个打开衣橱门,在衣物布料里一阵摸索,最后在床单底下找到了那本相册。

翻开封面,第一张。老爷子站在照相馆假山前志得意满,笑得欢畅。那年他刚加入工作,年仅二十七。

六

我想见你。在电话里Z对女人说道。他还将回家发生的所有事都告诉了她，包括他的母亲怎样把他的脸变成父亲年轻时候的面孔。

女人没有像之前那样安慰他。她一反常态地在电话那头沉默着。

你晚上过来吧，或者我去找你？Z一边无法控制对女人的思念，强烈的，在微醺暖风里发酵的思念，一边鄙视着自己。

你不害怕吗？昨天不想见我是因为害怕我会把你变成其他人吧？

你会吗？

你会把我变成其他人吗？

Z想象着头骨上附着另一张面孔的情形，虽然眼下这张面孔不完全属于他，但至少是最贴近他的一张面孔。更何况，心态好一点的话，也可以认为好歹这是一张和他有着血缘关系的面孔。

我不知道。女人沉吟道。你现在什么样子？

"我爸爸年轻时候的样子。"这句话几乎脱口而出。不知道为什么这念头让Z觉得不洁，生生咽下这话。和原来的我没太大差别，不过现在是双眼皮。

你怕吗？我也许真的会把你变成其他人。

嗯。Z说。但是，我想要你。

女人挂断电话。

虽然害怕但是无论如何想要现在见到她，拥抱她，吻她，进入她。Z深切地需要这个女人。为她的到来而心跳加速，甚至觉得疼痛，必须从回忆中榨取所有她的碎片，声音也好，味道也好，面容也好，靠着这些暂时填补他巨大的空虚和饥饿。

Z不敢想，他的面孔是否也露出同样可怕的饿相。

两个小时后女人敲开Z的门。Z立即要了她。在昏暗的台灯光线下，男人女人丢弃了鞋袜、衣物、仪态，以及面容。他们还原成两具切实的肉体，被欲望裹挟，并融入其中，一起在深渊里碰撞激荡，扭绞近乎殴打，紧紧贴合黏连的肉体又被内在迸发的力给推开，吞噬又呕吐，撕咬又排泄，彻底丧失了作为个体的形态和意识，迷失沉沦无限向下坠入不知所终的炫目黑暗。

那是Z未曾想象过的性交。

最终力竭到来那刻，他们如同丢失贝壳的软体动物被海浪抛弃在沙滩一般，汗涔涔地躺在他们制造出的喘息声中。房间里充满着体液和肉的味道。Z一动不动，即使过了很久很想翻个身子，他仍旧保持着最初的睡姿，小心翼翼维持着已经睡着的假象。

装着穿衣镜的柜门鬼使神差吱呀地开了。镜子正对床上两个人。

谁也没动。

喘息声退去。身体也凉下来。

Z最终没能忍住,抬起头望镜子里瞧。他的面孔回来了。那确确切切是他的面孔。他伸手去摸镜子,冰凉冰凉,又摸自己的脸,冰凉冰凉。

在黑暗里哭了好久,他突然想到要告诉女人这个消息。转过身。

黄色灯光下,一个陌生女人冷冷看着他。

三季一生

一

陈正游到现在还记得，十年前的一个早上，不小心因为一句嘟囔被李小凡直接踢下床去的情景，确切地说是记得她胸前雪白的一对豪乳。当时他正睡得迷迷糊糊，冷不丁被踢下床，猛地睁开眼，那对尤物恰恰好对着他的脸，并且完完全全占据了他的全部视野。在清晨柔和的光线中，它们像一对安静的小兔子，无辜、娇嫩、美丽，急需人去保护。作为一个健康的青年男性，陈正游认为自己责无旁贷。就在这个时候，一个枕头砸中他的脸。

那天早上，李小凡非但没有给予他身为情人应该给予的温存和热情，反而没来由地开始无理取闹。在最初的否认辩解失效之后，陈正游干脆配合地和她一起陷入疯狂。他们大喊大叫，狂吼怒骂，然后像野兽一样做爱。那年他二十五，李小凡十八，他们没心没肺，胆大妄为，以为生活会酣畅淋漓一直到死。

尽管李小凡已经离开很久，她的样子以及和她一起生活的那段日子都在陈正游的脑海里渐渐模糊，但对于那天早晨，以及她胸前的小兔子的记忆仍然顽固地留了下来。他对它们印象深刻，以至于面对每个令人情不自禁的女人时都会想到，以至于每天早上还没睁眼之前都会想到，以至于即使当床配合闹钟猛烈震动时，陈正游仍然克服所有困难，尽心尽意同时尽快地完成每天例行的想念。

现在，报时器响了。他闭着眼睛一阵摸索，终于在床下捉到这白痴东西把它关上，刚犹豫是不是要继续躺一会享受片刻虚脱后的宁静，报时器又开始上蹿下跳地尖叫不断。

为什么要把这些人工智能的玩艺设计得那么歇斯底里？

陈正游咬了咬牙，决定现在就起来。实际上在睁开眼睛之前，就已经知道是什么在等着他。不，已经没什么李小凡了，他将要看到的是由全球末日监控中心传来的日期数字报告——也就是日历，被准确投射在天花板上。它们就像悬在你脑门上的达摩克利斯剑一样，只等着你一睁眼，那根马鬃就会断掉，所有的数字将毫不留情地刺进你的眼睛。也许，末日监控中心花费巨额资金就是为了把所有人的眼睛都给弄瞎。

不管怎么样,他还是睁开了眼睛。今天是——九月六日。妮弥西斯历 21 年。距离下一次末日还有一个星期。

二

陈正游下了床,闻到空气中一丝丝不那么愉快的味道,腐烂,酸臭,败坏,和世界末日应该有的味道差不多。他顺着气味来到厨房,一脚踩进水里,同时也找到了问题的根源。是冰箱坏了。冷藏室里的冰全都化了,流了一地。打开冰箱,味道就更重了,里面的食物尽数报废。陈正游闷闷不乐关上冰箱门,转身接点凉水,半天也没出水,他怔怔地看着水龙头上最后一滴水积聚成形然后滴落,才想起来该检查一下网络是不是还没断。网也断了。

断电断水断网。陈正游想起来他拖欠这些费用已经很久了。为了缓和这一事实的冲击,他开始翻箱倒柜,尽管心里清楚自己已经身无分文,但由来已久的乐观主义还是催促他展开行动,万一要能找出点什么值钱的呢。当然,大部分时候事情总是按照万分之九千九百九方向走的。陈正游没有找到钱,他有些气馁,有些沮丧,像条土狗那样,趴在阳台上无所事事。下面真安静。从五十六楼望下去,下面的世界美好而干净。阳光照在纵横交错的街道上，那么明亮，抛光似的明亮，这明亮让安静变得更加刺耳。人们都去干吗了？哦，是，他们正安分守己地工作，或者恋爱，或者吃喝拉撒，显示出无与伦比的镇静与从容。

距人们知道死亡之星的存在已经有二十三年了。当然，物理学家天文学家显然是最早知道的，然后是联合国。他们一边进行商量对策，一边开始筹备末日监控中心，直到最后发现没有对策，而末日监控中心成立的时候，他们决定将消息公布于众。恐慌是必然而且必须的。恶性事件不断，社会一度处于无序失控的状态。具体的情况陈正游不是太清楚。当时他还小，后来长大了从电影里看到不少反映当时人类社会动荡的状况。导演们在电影里乐此不疲地将标志性建筑以最劲爆极致的方式一毁再毁，而在现实里，当年那些破坏分子的热情与想象力丝毫不比导演们差。全球几大标志性建筑物在那几年里无一幸免。

这就是第一次末日来临前的情形。

可是科学家们算错了日子。公平地说，也不能说是科学家的错。推算方程式本身就有它的误差。陈正游一直没能记住那套方程式。对此他并不感到遗憾，反正这种事情知道个大概就可以了。按照科学家的理论，太阳有一颗遥远的伴星，这颗伴星距离太阳大约一光年远，这个距离和太阳系中的彗星云最远的距离差不多。伴星围绕太阳运动，周期大约是两千六百万年。每当这颗伴星运行到它的近日点时，由于引力的作用，彗星云受到很大影响，一些彗星和小行星进入内行星系，造成撞击地球事件大量增加。地球最近的十次物种灭绝都是这颗游荡不定的死亡之星造成的。

科学家们经过计算得出，下一次死亡之星经过近日点的时间，也就是人类的末日，是在二十一年前。同时他们提醒道，由于一些不可避免的数学问题，末日方程式得出的结果可能会有误差。通俗地讲，从那年算起，每七年的九月十三日都有可能是末日，直到第四个七年。

可以想象，大众对于以上发言的反应有多冷淡。他们像以往一样被灾难恐吓住，个个惊慌失措，像以往一样，他们彼此忙着相互指责然后相互和好，像以往一样，除了坏消息外他们不相信官方的任何发言。在第一次推测末日来临之前，他们不相信。在末日没有真的来临之后，他们不知道如何去相信，又到底相信什么。

为了让大众接受这个理论或者说这个事实，末日监控中心特意培养了末日科普专家，到世界各地普及死亡之星的形成，以及末日理论。为数不少对人类抱有美好希望的年轻貌美的女性都曾经立志于此，成为一名末日传道士，十五岁的李小凡就是其中一个。好在因为一颗蛀牙让李小凡落了选，也就是那天，陈正游遇见了李小凡，然后迅速好上了。

三

这正是一个令人懊恼的日子，无论陈正游的思路飘向哪里，都会在狭窄的拐弯处撞见李小凡的鬼魂。自从她在妮弥西斯历14年一点预兆也没有地从他生活中消失后，他还没有像今天这样如此频繁地想起她。

太阳真明亮，有毒的明亮。陈正游缩回自己的小公寓。这时电话铃响了。他为难地看着电脑桌前的电话，拿不准主意。很有可能也最有可能是银行催款的电话，另一个可能，也是相对可爱得多的那个可能，则来自莫玲玲。她说过今天会来电话。

电话铃声在陈正游犹豫不决的时候突然断了，这让他立刻觉得刚才那个电话是来自莫玲玲。所以当电话铃再次响起的时候，他立刻抓起话筒。

喂？

末日将至，你是否有所觉悟？

谁啊，你？

我是谁并不重要。一个比我是谁这个问题重要得多的问题需要你来认真面对。别打断我，我在向你宣讲一个很重要的信息。

这一次是动真格的。

你看，你的内心也已经感应到了。我告诉你，我们的科学仪器已经验证了这一猜测。除此之外，我还有另一个绝密的消息要告诉你。那个陌生的男人声音故作神秘地顿了顿，继续说下去：科学家证实，这次末日来临，并非是全人类的灭顶之灾，会有百万分之一的人活下来。

只要你现在在我们的名册下做一个登记，就会获得幸存下来的机会。条件是——

这也太多了吧。

什么？

太多了。活下来那么多人这说不过去。我看你们不如这样，想办法把剩下的人也尽量整死。当然，方法要人道一些。

啪嗒，对方把电话挂了。

陈正游正说得来劲，结果被挂了电话，十分恼火，再加上一早上什么东西也没吃，令他越发觉得受到了侮辱。对方怎么想打就打，想挂就挂，这也太伤害感情了。陈正游食指猛摁回拨键，屏气酝酿一场如暴风骤雨的严厉措辞。这时，从电话那头传来软绵绵的女声。

尊敬的客户，您好。由于您的银行欠款已经超出上限，电话被限制呼出，请及时充值。

MLGB。你给我等着！陈正游大吼，随即摔下话筒，冲出门去。

现在妮弥西斯历21年九月六日上午十点。离末日来临还有七天不到，陈正游在盛怒之下决定去讨要稿费。

四

和任何没有一技之长又热爱自由以及无所事事的男人一样，陈正游以写作为生。起初几年，写作还算门不错的营生。那时候人们内心激荡，神经纤细，对欲望与爱情有着强烈的嗜好。只要凭着诸如"拉开金属的拉环，一层层褪去，渐露出赤裸的褐色。轻轻吮吸，滚滚的可乐泻落舌尖。"这样的字句，就能衣食不愁。这样过了几年，直到妮弥西斯历14年，第三次末日预测再次落空后，人们重新恢复务实的生活态度，与之相应的是情感类杂志的没落衰败纷纷倒闭。陈正游和他的陈腔滥调陷入了窘境。然而他顽固不化，以原先十分之一的稿费继续为那些没倒闭的杂志社撰稿，并且忍受长时间的拖欠稿费。

在妮弥西斯21年九月六日上午，由于种种原因，陈正游准备向《少女》杂志讨要拖欠一年之久的稿费。他来到街上，外面空空荡荡，偶尔迎面走过两三个人，也是神色慌张鬼鬼祟祟。陈正游瞥见橱窗上自己的影子，和他们一样慌张鬼祟。他加快脚步，争取中午前能赶到编辑部，好让何云清请他吃顿午饭。从他家到编辑部半个小时的路，他花了四十多分钟才走了一半。陈正游有些着急，细究原因的时候才想起来从昨天晚上起他就没怎么吃东西。得了，根本不用细究，真正的原因就在那里，只是他不愿意去想而已。他——已经老了。

陈正游仰头看天，天空用更加冷硬的明亮来回应。他试图寻找那么一星半点的末日景象，然而除了风筝、喜鹊、云彩之外什么都没有。突然间，陈正游眼里噙满了泪水。他被彻底搞糊涂了。打小时候起，大伙都在嚷嚷世界要毁灭了，而现在，他就这么老了，在同样喊着世界要毁灭的嚷嚷声，他的一辈子就这么过去了。这好像有些不公平，因为他还没开始好好活过。

"喂！那谁！"陈正游顺着喊声望去，一条小细胳膊在五十米开外的煎饼果子摊边上向他大幅度挥手。

不一会儿，莫玲玲就兴高采烈地拿着刚出炉的煎饼果子来到他跟前。有些人总有办法让自己随时随刻高兴起来，莫玲玲应该就是其中一个。他们是在三天前的一个聚会上认识的。莫玲玲皮肤黑亮眼睛细长，走哪都带着一股高兴劲儿，令她显得与众不同。她最有趣的地方是话少。不是木讷或者害羞，纯粹的天性使然。和陈正游那种急不可待要把所有话都说完的人在一起，她可以半天都不说一个字，同时巧妙地使谈话愉快热烈进行下去。遗憾的是，那天聚会结束后，两人没有恰当的时机和借口继续发展，于是约好三天后联系。冷不丁在这碰上了，陈正游有些发懵。他很不在状态地打了个招呼。

莫玲玲咬了一口煎饼果子，乌溜溜的眼珠子盯着他不放。

陈正游被那么看着，就像被打了鸡血，亢奋起来，他暂时忘记了刚才的困惑，目前的困境以及之前要做的事，开始侃侃而谈。他谈到那天的聚会，谈到莫玲玲新出的摄影集，发表对那些老式胶卷机拍出的黑白照片的看法。在她的镜头下，最为常见乏味的生活用品变得面目全非，也因此生出一种陌生的美感，从一个男人的角度看，甚至不乏色情的意味。

莫玲玲笑嘻嘻地听他阐述，一边吃着煎饼果子。她好像知道他最后要说什么。

陈正游说了，他请她去他家玩。

现在这个季节，如果从我家阳台望去，可以看到这个城市最美丽的风景之一。

晚上呢？

晚上也一样。车灯像河流一样在脚下流淌。

好。

今天？

嗯，玩儿。

莫玲玲挥挥手，消失在下个拐弯口，她离开的步伐和她出现时同样轻快敏捷。

五

陈正游总算赶在十一点半前来到杂志社。刚推开编辑部门，还没来得及开口，何云清眼疾手快把他推了出去。

"我要稿费。我要稿费，老何我跟你说我现在很需要钱。今天早上他们断了我的水电还有网络……"

"出去说出去说。"

"老何你再推我跟你急。"

"别急别急，那么多年的朋友。"

就这样，两个体重悬殊的三十多岁男人从编辑部门口一路拉扯到杂志社附近的国际连锁炸鸡店里。老规矩，大胖子何云清识相地掏腰包买了一桶全家餐放在两人中间，及时缓和一下刚才肢体碰撞引起的紧张气氛。陈正游翻了个白眼，伸手抓了一只鸡腿啃起来。何云清在旁边赔着笑脸看他吃。像大多数中年白嫩胖子一样，何云清擅用柔声细语，等到陈正游三个鸡腿下去，他就开始絮絮叨叨解释杂志社现在入不敷出，别说稿费，连工资都拖欠了几个月。这个话题很快滑向对编辑部同事的冷嘲热讽，以及何云清本人的怀才不遇，最后又转向何云清人生最大的困惑——女人，噢不，是女人们。换作以前，陈正游还有兴致去质疑一个几个月没有进项的男人是怎么同时在几个女人中周旋的，他曾经极尽刻薄地羞辱过大胖子何云清，但对方十分老奸巨猾，怎么也不生气。原因很简单，一旦他们撕破了脸，陈正游的稿费就变成需要公事公办立刻解决的事。

但今天，陈正游任凭血液涌向胃囊，空空的脑袋渐渐被何云清软绵绵的话语填满却一声不吭，木然地对着正前方高挂的电视屏幕。电视上，世界一片恐慌。各种专家聚集一堂，推测七天后的死亡之星是否真的会接近近日点。从卫星上传来一张张奇形怪状的图片。讲解员在声嘶力竭大喊的同时，不忘穿插这几年全球发生的重大灾难照片，力图营造世界濒临毁灭的气氛。然而在电视外面，炸鸡店窗明几净，柜台前的队伍秩序井然，拿到食物的人们神色安详，找到空位子后安心进餐。

"你怎么？没精神啊。"何云清抿了一口可乐，润润嗓子准备再来。

"我说你就怎么能对这些破事那么津津乐道呢。这种生活的热情真让我叹为观止。你知道今天几号了吗？"

何云清掏出手帕擦了擦微秃的前额："九月六。如果你想说的是那个的话。"

陈正游往后一仰身子，无话可说。

何云清见状，双眉紧蹙，痛下决心后，压低声音说道："其实老陈你没必要太担心。我听到一种说法，即使这次是真的，也会有四百分之一人活下来。"

陈正游眉毛一跳："怎么个四百分之一。"

"这个我就不知道了。"何胖子扭了扭身子。

陈正游起身拍了拍胖子厚实的肩膀："那我祝福你。真心的。"

"喂，你去哪？"

"找我表哥。"

六

关于陈正游的表哥可以说的其实并不多。他是一个非常正点的老派知识分子，在大学办公室有一个办公桌，家里有一个老婆，四套房产，生活富裕，夫妻生活正常。二十岁过后，经历的最大冒险就是炒了两千块股，最大的乐趣就是躲在家里和老婆刻薄别人。即使是在妮弥西斯历元年前后那段最动荡的日子，他仍然坚持准点起床，准点排便，准点睡觉的生活习惯。

当那天下午，陈正游忽然出现在他办公室门口时，表哥立刻猜出了陈正游的用意。

他点点头，指了指办公桌对面的沙发让陈正游坐下。

陈正游深知表哥的脾性，所以在坐下之后立刻开门见山，不给对方一点喘息的机会。

表哥，我是来借钱的。

哦，你的生活好吗？

表哥，我是来借钱的。

我很愧疚，我本来应该抽点时间更加关心你的。

表哥，我来借钱。

还记得我们小时候吗，那时候还是旧历……

陈正游颓然靠在沙发，他预见到了自己的失败。从小到大，他从没有赢过这位表哥。

他真想立刻离开这间办公室，可表哥不愿意。出于某种很微妙的心态，他正以一种加倍温柔弥补他们俩中间的裂痕。这种心态虽然令人抓狂，却很难拒绝。陈正游接过表哥递来的茶，顺从地坐在那里听表哥追忆往事，几乎是被胁迫着，他的思绪也被强行带到过去。

妮弥西斯元年，末日将至，大难临头，经末日那根汤勺把所有东西都搅成一锅粥后，日常沉沦的生活猛然惊醒，时间也有了它的意识，身边的大人忙着痛哭流涕的绝望，或者挥霍所有，或者和解原谅或者更加疯狂。

陈正游正当青春期，满脸红痘，内心深处怀揣着那个年龄特有的勇敢与盲目，在跟着大家一起惶惶不可终日的同时也不忘壮志凌云，梦想有朝一日成为超级英雄，穿上斗篷就能拯救人类。现在正襟危坐在他面前的表哥，当年曾率领他们一群年龄相仿的小孩子占据地下停车场，保护街区的早餐供应点，和任何敢于破坏供应点的混蛋玩命。遇上胆敢侵犯他们地盘的人，表哥二话不说就操起扳手给他们颜色看。

大人们都吓傻了，天下是我们的。十六岁的表哥拍拍陈正游的肩膀这么说道。陈正游仰头望着一米七的表哥，还有他鼻孔里的鼻毛，心中无限敬仰。那时候他的头还没有秃，肩膀也不下塌，眼里也没有油光。

妮弥西斯历7年，惊惧与欢喜，忧虑和期盼。人们在冰火两重天中打着摆子，稀里胡涂就过完了这七年，末日看起来真的要降临了。在二十岁的陈正游眼里，时间好像又倒退到七年前。事件被重演，情绪被唤醒，但又似乎有些不太一样。疯狂生长的绝望与同样疯狂的希望在重复中变得缓慢，一点难以察觉的缓慢，而这一点似乎只有他一个人察觉到了。为了守住这个秘密，他变得沉默。在每一个深夜，他闭上眼睛，享用不同于黑夜的黑暗。在黑暗里，他的嗅觉变得极为敏锐，他像一头年轻的野兽一样，筋骨强壮，热血沸腾，神思夜奔千里，捕捉到遥远之地的火，飞扬的灰，跳跃的影子，以及一丝难以察觉的霉味。

那一年，人类再次幸免。从癫狂中最早醒来的一批人决定要让生活继续。陈正游追随着重新建设生活的美好想法，也决定干点什么。犹犹豫豫地投入生活，尽管已经有些晚了，但大家都这样，也就没有什么好抱怨的，况且他很快发现自己的专长——写作，并且还能靠这个挣钱。

也就是在那年，钱币重新流通起来。一开始大家挣钱好像是打游戏币，为了消磨时间，没过多久，大家越玩越认真，于是，金钱重新获得旧历时的尊贵地位。这是秩序被建立的一个里程碑，尽管发生得那么悄无声息。

两年后，他在世界的某个角落遇见了李小凡。陈正游之所以动用"世界某个角落"这样沾满蜘蛛网的字眼，是因为他已经忘记了时间地点甚至对方的容貌。记忆，是他们这代人最不擅长的一件事。

没有未来可以存放记忆。

我说的，你都听了吗？

是的表哥。

你有什么想法？

我想回家。

什么？

今天是妮弥西斯历21年九月六日。我没有心思再扯淡或者听人扯淡了。我想回家。

你等等，先坐下。

表哥起身关上办公室的门，又坐回位子，凝神闭目又再度睁开眼睛，自眼睛里嗖嗖放出两道精光。

既然你提到这，我反复斟酌，觉得还是应该和你谈一下这件事。科学家说有人能活过第四次末日，四分之一的人。虽然这消息一直对外封锁，是我的几位科学家朋友私下告诉我的。

四分之一吗？

（表哥不耐烦地挥挥手）数字并不重要。难道你不想知道什么样的人会幸存下来吗？你在文化圈待了几年应该消息会灵通一些，不妨打听一下具体的情况。我们都应该有所准备。你为什么那么看着我？

七

陈正游走在街上,他决定回家。他已经忘了早上那个必须打回去加以羞辱的电话,也已经不在乎家里是不是断水断电一片死寂,甚至差点忘记和莫玲玲的约会。

下午四点,一些早下班的人开始从办公楼工厂商店出来,如同四面八方涌来的涓涓细流汇集到街上,形成一股不可违逆的力量,将神色仓皇的陈正游裹挟而去。还有七天末日将至。可每个人脸上都显得平静满足,他们不再相信七天后真的会死去。科学家错了一次两次三次,很有可能这次也是错的。经历了几次重大的恐慌之后,他们重新拥有了平静的生活,尽管也许除了平静的生活他们一无所有,仍然让陈正游嫉妒不已。

他也嫉妒李小凡,那个末日的狂热信徒,她坚信第三个七年后末日真的会降临,几乎是带着狂喜的心情来等待死亡,顺便才是活着。她当然也爱他,几乎以热爱末日的程度爱他,也以末日倒计时的方式为他们的爱情与生命倒计时。那是纯粹极致永远不受庸常琐碎的生活玷污的爱情。是的,她从来没有想过他们会相爱着活下去，他们的爱情有朝一日也会疲软老去变得不那么美丽。他们会因为鸡毛菜涨了一毛钱，猪肉缺了一斤而大吵特吵，甚至离婚。有一天，他会人到中年，也会爱上一个年轻姑娘，她看上去就和当年的李小凡一样美丽，让他热血贲张，然后他会告诉那个姑娘他的老婆不理解他，最后流下悲伤的眼泪。不，这些念头从来没有在李小凡脑海里出现过，哪怕是一秒。

他在二十二岁的时候认识她，又在二十七岁的时候失去她。第三个末日没有来。李小凡消失了。她消失得那么干净，简单，美丽，带着透明的美好，跃入只属于她的第三次末日黑洞中去。

留下陈正游，继续等待着死亡同时活下去，同时在越来越模糊的记忆里遗忘。

他想起她，却想不起她的脸庞；他想起她曾经把他踢下床，却想不起到底发生了什么。

八

傍晚，漫天的杨絮在暮色与灯光中飞舞，如同一场温热的大雪。陈正游从来没见过杨絮以这样铺天盖地的阵势出现过。他伸手抓住眼前飞过的一片，摊开手却什么都没有。陈正游关上窗又打开最后还是关上。屋子里充斥着被凝固后的安静,只有天花板上默默跳动着荧光数字。

傍晚的时候,莫玲玲从天而降,出现在陈正游家里。和她一起进来的,还有几片飘浮在空中,不知道如何落下的杨絮。这一次陈正游没有理会杨絮。他默默注视着莫玲玲从屋子的这头跑到那头,翻翻这个又看看那个,躁动不安分地令人目眩神迷。她是那么兴致盎然,对屋子里每样东西都兴趣十足,除了屋子的主人。

屋子的主人陈正游并没有感到受伤害,反而饶有趣味地打量着屋里这个快乐的多动症患者。

那裸露在短裤外的腿细长笔直闪亮,不停地快速移动,乌黑的眼珠滴溜溜地乱转,还有忽然乍现的微笑以及之后谜一样的沉思。她看起来那么快活,轻盈,不属于这间房间。

一个念头突然缠住了他。他陷入不可理喻的臆想,试图在两个截然不同的个体间建立一种可以实现的联系,这条线在种种艰难尝试后总是毫无意外的中断。理性告诉他应该对这个荒诞的念头嗤之以鼻,但身体的另一部分机制却完全不受控制。

"李小凡。"他大叫。

莫玲玲转过身。她的皮肤雪白,体恤胸口的位置异常紧绷,几乎就要炸开。

"李小凡?"陈正游一阵头晕目眩。

长得像李小凡的莫玲玲直直盯着他,神情诡谲。

"我以前有个女朋友，叫这个名字。"

"李小凡？"

"不。"陈正游神思恍惚的晃了晃个头，严格地说，看起来都不算是摇头，"她叫莫玲玲。"

"那么我是李小凡。"

没有错。她就是李小凡。一个立志科普事业的美貌少女蜕变为文艺女青年，满口的德谟克里特斯、康德、叔本华、胡塞尔，没事就谈论情绪的意向性，二元性紧张，以及转身背离。病情最严重的时候，就连在最激烈的争吵和肉搏中，她使用的都是极为规整的书面语。

"你是李小凡，你记得吗，有天早上你忽然把我踢下床，因为一句嘟囔，你认定我有了别的女人。"

"我是怎么说的？"李小凡继续在房间晃来晃去，她丰满的身形，沉甸甸的脚步，重新充满这个狭窄逼仄的空间。这无疑给予陈正游灵感，引导他在杂草丛生的小径里寻回当时的情景。

"'这种生僻的词既不属于政治权利话语，也不在当下主流话语范畴中，更不在你日常对话用语的体系里。一定是你最近从某个异性那听来的，你在潜意识里说出它，可见对它和她都极为重视。'"

陈正游一口气说完李小凡的原话，浑身上下有种说不出的爽落痛快。他开始大笑，四仰八岔地躺倒在地狂笑不已。当他那样做的时候，李小凡消失了。她的丰满白皙的身体好像水汽一般蒸发,现在站在那里那个女人,皮肤黑亮眼睛细长,手脚永远也闲不住。

"李小凡怎么会变成莫玲玲?"

"因为我只是莫玲玲。"

他们沉默下来。陈正游盯着莫玲玲微微翘起的嘴唇。他预感到有一些重要的,却还未被诉说的事情将要从那里成为言语显现在他面前。她有话要说,可他不知道是否做好准备去面对。他长长吸了口气。

"李小凡怎么会变成莫玲玲,因为我只是莫玲玲,还因为我见过李小凡。她吻了我,在她死前。"

在陈正游寒酸仓促的生命里,曾经经历过三次末日的预演,却都比不上此时此刻的震撼。他的体内腾腾升起一朵蘑菇云,落下数不尽的灰尘遮蔽每一个身体器官,令它们陷入暗无天日的瘫痪中。

莫玲玲为自己倒了一杯水,润了润嗓子,扫开桌子上面所有杂物坐了上去。她就这样,双手端着水杯,晃荡着双腿,向陈正游讲起她知道的那个李小凡。

九

我是在哥本哈根的旅馆里碰上李小凡的。我们同住一个房间。纯属巧合。房间很小，几乎刚好放下两张单人床，下床跨过行李就直接到了盥洗室。好在我们都没有什么行李。凭着这个，我们几乎立刻知道了对方的目的地和意图。我记得我跨进房间时，李小凡正躺在床上，手轻轻一抖，烟灰弹落在手里禁止抽烟的牌子上。她瞥了我一眼，只是一眼，就对我露出了同类的微笑。三天后有一班飞机。她对我说。别蹙眉，我知道你熟悉的李小凡不是这么说话的。谁知道呢，也许我们说的本来就是两个人，也许——她就是这么变了。不管怎么着，我们彼此很有好感。那种纯粹同类之间的好感。我们无所事事地躺在床上，抽烟说话随便吃点什么。不，我们从不谈论过去，要说也只是截取一个片段来取笑。我觉得有好些都是她编的，我自己就编过，没人在乎是真是假。我们也不谈我们要去的那个地方。不。只字不提。

三天后，我们上了飞机。在上面认识更多的"同类"。绛红色的小飞机摇摇晃晃一路向北飞行，驾驶员喝醉了。我们越过光秃秃的石山，飞过漆成红蓝黄绿像积木一样房子，奇迹般地在西西米特安全着陆。北极圈内，船停在港口。所有人连同机组人员一起闹哄哄地上了船。人太多了，超出正常时候的两三倍，床位根本不够。不过我们早就习惯了拥挤，还有分享。到后来，干脆所有人都挤到会议室打地铺，然后一起嗑药，各种药。LSD，可卡因，上好的大麻，甚至咳嗽药水……其实我觉得这有些多余，因为坐在船上就够让人晕的。无论是上升飞扬还是沉入海底，根本分不清楚是晕船还是嗑药造成。有人带了晕船药，但是我和李小凡都没吃那玩意，既然玩就要玩得彻底。我们，我和李小凡，每时每刻都处在极端幻炫的状态，每一种声音都那么清晰却又那么遥远，音乐、歌声、说话声、呕吐声，交集在一起，不知道哪些是自己发出的。

于是我们紧紧拉住对方的手，无论是干什么。她一定抓得很紧，那种痛感带着奇妙的距离感，翻越无数声色迷障传达我内心的时候，我以狂喜的心情起身去迎接它，然后以更加有力的紧握去回报她。

那到底是不是幻觉呢？四周冰山密布，随时随地都在忍受冰山疯狂的撞击。雨雪交加，一道道水幕骤然从海底升起，砸到船头，几乎将船掀翻。我们站在船头紧紧抱着旗杆几乎睁不开眼睛，一心却渴望着被海浪卷走。

船在没有夜晚的白昼里行驶了很多天。我们吃光了所有的药，可悲的是食物和水还有的是。别用那种眼神看着我。你觉得我们一大群只身穿着夹克牛仔裤的人去那里是为了什么？这不是一群嬉皮士的派对。总之我们一个个清醒过来。不知道谁说了一句现在是夏天，也不知道是谁第一个带头走到船外，但就是这么着，人们一个接着一个站起来，默默地走出船舱，然后走上冰川，只剩下那些虚弱得没法起来的人留在船上。没有告别，没有交代。

我和李小凡并肩走在队伍的中间，广袤银色世界里微不足道的队伍。外面很冷，对于只穿着夹克的人们来说，但是没有人停下，也没有人说什么。寂静吞没了一切，只剩下脚踩在雪地里的声音和喘气的声音。前面有人倒了下来,后面的人绕过他跟上队伍。没有人说话,没有人回头。

队伍越来越短,不少人被留在了身后。等到开始爬冰川的时候,从我和李小凡的位置数过去,前面只剩下十多个人了。我们如同迁移的候鸟,遵循生命的本能,以肃穆敬畏的心行动,毫不迟疑,义无反顾。也只可能因为这样,才能解释虽然穿着普通的运动鞋,还是有不少人爬上了冰川。我和李小凡就是其中之一,我们眼看着前面的同伴滚落冰川,耳边还呼啸着他们的尖叫。但不管怎么样,我们爬上了那座能看见的最高的冰川。带头的人停了下来,他在等我们聚齐。最后一个人爬上来了。带头的那个男人,他叫什么来着,他的肩膀上,就是这里有个文身,很美。在冰川上,他看着我们所有人,然后说让那个烂世界见鬼吧,然后,他跳下冰川。他跳下去的时候张开双臂,像一只凌空的大鸟。我几乎真的以为他会高高飞起来。

他后面的那个人紧跟着他也跳了下去。接下来,你知道的,我们按着次序,怎么爬上来的,就怎么纵身跳下去。那时候我好像是笑了。因为想到小时候电视里看到的企鹅是怎么排着队一只只跳下海的。也许我真的笑了,因为大家都看着我,用那种眼神。李小凡也看着我,她抓住我的手,那上面还留着青色的瘀伤。当前面的人一个挨着一个跳下冰川的时候,李小凡就这么看着我,渐渐展开眉头。我以为她会跟我一起笑,像我们在旅馆胡说八道的时候,但是她吻了我,然后转身张开手臂像飞鸟一样跃下。你不可能见过那么美丽的下落,比雪还洁白无瑕的坠落,对她而言,也许那就是一种飞翔。

我没有跳,就像你知道的。身后的人绕过我,就像绕过那些体力不支倒在地上的同伴。我看着他们在我面前跳下冰川的时候,心里却想着李小凡的吻。那并不是真正意义上的吻。

只是嘴唇盖在了嘴唇上,可是很温暖很柔软。在那么冷的世界里,忽然感觉到雪花一般飘过的温暖感觉,总会让你觉得有点不一样,不是吗?

于是,我回来了。一个人从极昼的世界回到有黑夜的世界。我没有死,没有在那个时候死。我开始渐渐明白了李小凡早就知道的事情。那就是我能够活下来,直到有一天世界真的完全毁灭。我可以在这样的世界活下去,活到最后一天一小时一分钟一秒钟,不那么洁白,却更真实地活下去。她知道,在她面对死亡的时候她知道了这一点。

十

天黑了,屋子里没有开灯。因此也没有阴影。

陈正游浑身赤裸地躺在床上。

"我们快死了。这次是来真的。" 他轻轻叹了口气。

"你有没有想过最后一顿大餐该吃些什么吗?" 旁边温

热的身体轻轻贴在他胸口。她身上有股好闻的味道，好像初生婴儿，如果还有很多年可活的话，他想他仍会记得这股味道。

"我不知道。"

莫玲玲发出一声轻哼，从他的身边滑开。他抓住她的脚踝。

我们快死了，还要爱吗？还要重复爱和悲伤的故事吗？陈正游不知道，谢天谢地她也没有问。在陈正游躺着的天空上，莫玲玲自由自在地飞翔，或者说自由自在地摆出飞翔的姿势。

然后呢？

然后天就亮了。墙上会被再次打上日历的投影：九月七日。妮弥西斯历21年。

我最爱的那朵玫瑰

一

他出汗了。她闻到汗水的味道。海水潮涌而来的味道。带着热气。咸的,比其他人苦。现在,尝到了这味道。在喉结上。她嘴唇擦过他焦灼的嘴唇,忽然落到了他的乳头。咬下去。

一阵战栗,他发出长长叹息。

她闻到了别的味道,身体波浪般贴上去。乳房小腹大腿小腿脚。完完全全压在和她一样滚烫的身体上。舌尖继续游走着,抚弄着。一只手抓住她的肩膀。

他没有再等下去,甚至没有费神去脱掉她的真丝睡裙。

她在上面,望着身体下面的男人。视线开始模糊。在逐渐炽热的激情里他们将不断加速,将要比核动力引擎还要马力十足，然后一起飞向人类至今无法在外部世界探索到同样美妙的神秘之境……

旋转着坠落，或飙升。极速之乐。

二

他们是在一场 2D 电影影迷会上认识的。她坐在他的左前方第三个座位。当然，他周围散坐着几个异性，但无疑她是最美的。那天放的是《圣血》，尽管这是为数不多的能看到 2D 胶片电影的机会，但入座率仍然只是凑合。即使是守旧古板的 2D 电影影迷，仍然有一大半更愿意通过网络，在自己的住间观看。

"用拟态在自己的住间观看，效果和现场没什么不一样。拟态不仅模拟影院播放电影的实况，连屏幕、舞台、座位、灯光、爆米花的香气、红色天鹅绒幕布，还有实际来现场的观众都如实模拟传输给他们。"散场后的谈论会上，他发言谈到拟态能让人完全身临其境，仿佛置身于电影院中。

每次讨论会，不管怎么避免都会有人提出这个问题，并且所有人都被巨大向心力裹挟掉进同一个多余的问题里。他们反复问——为什么有人会选择在住间看 2D 胶片电影，而不是利用难得机会走出住间，来到电影院和他们一起。

没多久就会爆发争吵。有的人认定这是一种背叛，用拟态观赏2D胶片电影，也总会有人坚持这不过是一种变通，外在形式不会影响电影质感。毕竟那不是浸入式观赏，拟态并没有将电影剧情转换成观看者的置身环境。

"我们好不容易才聚在一起的不是吗？我们相信物质不能被数字化真正替代。"

"形式不重要。2D电影的本质不会被观众在哪看，怎么看影响。"

每次都是这样的话，以不同表达方式，夹杂不同口音的粗口，以不同混乱的逻辑喷涌而出。

这些人每年费那么大精力，从各自的住间来到这里，就是为了反复在同一个问题上争执不休。

通常，他不会发言，但也不会太烦恼。只要再坐上半个小时就可以回到自己的住间。

再说看到那么多人凑在一起各执己见也很有趣，就好像回到了中世纪宗教油画里的场景，或者是老电影里某个戏剧化的场面。通常，喜欢2D胶片电影的人会比其他人更情绪化，更何况还是能走出自己住间的，行动力上胜人一筹。

他们是少数中的少数。

但那天他鬼使神差地发言了，虽然同样没什么新鲜的。区别在于他从自己的位子上站起来，发表看法，让人们注意到他。

他说完话，要坐下。这时候，女人打了哈欠。

当然，他看到了那个哈欠。她的脸微微皱起，双眼紧闭，脖颈后仰，嘴在左手的掩护下张到最大程度。

真是一个酣畅淋漓的哈欠。他这么想道。

那双眼睛微微睁开，眼角湿润，黑色瞳仁在惬意中微微失神。

然后，她看到了他。

他们视线小心翼翼地在半空交汇，又错开。

散场的时候，他问她要不要一起喝点什么，女人看了他一会儿，似乎想起什么，点点头接受他的邀请。

"我有一些睡眠方面的问题。"这是她坐下的第一句话。她就坐在他对面，直视着他的眼睛，这让他多少有点震撼。已经很久没有和人这样说话了。

拟态可以提供全部感官数据，即时模拟场景与对话对象，提供最真实的互动，两个住得很远的人，仍然可以轻松面对面交谈，以及身体接触。但……

"你不太习惯这么说话。"她嘴角微微翘起，一个并不怎么太想掩藏的笑容。

"在拟态上我有几个好朋友。"

"但还是不太一样。"她点头，"我也这么觉得。说不清楚。"

他松了口气："喝点什么？"

"一杯常规水。"

"不，我想请你喝点别的。"

别的，更昂贵的。不是从生活垃圾中分解再合成的日常饮用水，也不是其他什么合成品，而是真正的饮料，由土壤种植出来稀缺的农作物，经过原始的加工方法，在大量浪费之后，所剩下来的物质。

她的脸上闪过一丝惊讶，但随之又被固有的散漫神情替代。"咖啡。冷凝萃取。"她说。

他点了两杯咖啡。他想起来很久以前他也曾经想试试咖啡的味道。

"如果女孩子们点饮料，他们多数会点果汁什么的。"咖啡上来时，他啜饮了一口然后苦笑道。

"你给很多女孩子们点过饮料？"

"啊，并没有。"他顿了一下，"并不是这样。"

她默默地端起洁白的骨瓷杯，左手还托着杯碟。

他头晕目眩，掌心湿乎乎的。虽然他着迷于古老的社交方式，但至今仍然不擅长，常常发现将自己置于危险境地。

"我听说新一版的拟态马上就要开始试用。这版拟态增加了预设功能。你在对方那的拟像会延时，你所有的话和动作必须经过拟态系统计算评估，只有当对方对此的反应是正面的，你的拟像才会做出相同表达。"

"所以就不用害怕说错话了。"

"可是，如果就是想让对方难过怎么办？"她笑了。

他跟着笑起来，还是以这样的方式面对这样的女性更好，哪怕有点辛苦。

她拿起账单毫不避讳的研究起来："这家店……原来食

材运输费不包含在饮料费用里的吗？"

"嗯，毕竟，物资运输的成本非常高。"

除了生命必须的摄入以及排泄需要由连接住间的管道运输，其他需求都可以由拟态模拟来满足。人类的欲望已经和物质无关。无论是物质的还是人类本身，物理运动都显得多余而奢侈。

越是不寻常的需求，越是昂贵。

维持运输系统花费巨大。

因为想到了同一件事，他们注视着对方，一起笑了起来。

"说实话，我一直不明白，运输我们的成本……"

"是啊，好多钱。每年一次。"

"你知道政府每年要把我们这些住在不同区域的人运到这家老电影院得耗费多大的资源吗，就为了看一场他们都不看的电影。"

"文化部特批的，为了保留文化多样性。"他摊开手不以为然地引用了文化部的官方用语。

她微微抬了下眉毛。

这个小小的表情让他心跳加速。他必须现在说点什么："一般女孩子们在这种地方都会点果汁。"

她抬起眼睛饶有兴趣地看着他。

这应该是他这辈子最希望自己是哑巴的时刻。他懊悔莫及。也许该等上一年，等到新版本的拟态发行，通过它第一次约会。

"因为比较难得。天然土壤里长出的农作物，带着太阳和雨水的味道，直接榨取鲜艳的汁液，完完全全的农业时代风味，而且据说以前人们靠它美容。"她眨眨眼，"不过，对我应该没用。"

"你……"

"在我小时候，人们偶尔还是能负担得起一瓶果汁的。"

他深抽口气，惊讶地忘掉了礼貌："你多大？"

"足够大。"

"啊？"

"足够大。"

第一次喝咖啡的不适感涌上来。男人感到心悸，吞下服务转台送来的两杯常规水。

他审视着对面女人的面容，精致紧凑散发着光泽，至少并不是廉价的紧肤术或者去甲基微创术。关键是神态。那仍旧是年轻女人的神态。

能喝的起果汁的时代只是听起来遥远，其实也只是几十年间的变化。

男人稳了稳心神，又瞥见仿茶色玻璃桌面上自己的倒影，哑然失笑。这个时代每个人都借助科技手段永驻青春，他一样。

女人把茶盘里的饼干浸到咖啡里泡了一会，拿出来，送进嘴。那侧头凑近杯口的样子就像幼小的动物。

"我喜欢你的头发。"她说。

他也喜欢。为了更自然点，他刻意保留了一些白发，造成灰白斑驳的效果。已经很久没有人注意称赞他的白发了，他感到一阵悲伤的暖意。

"其实，我以前带我的夫人来这里喝过饮料。蜜月，还有十周年纪念的时候。"

她望着他，静静地等他说下去。

"但是，她两年前离开了我。"他向后靠在椅背上，没错，这才是他一直想要说的。

他的妻子离开他了。他是一个人。

男人急于让眼前的女人知道这些。一旦错过，就是一年后的事了，更何况，下一次未必他们都会来。一年里可以发生很多事。

"我很遗憾。"女人露出同情的神色。但她很快领会到他想要传达的另一层意思，"你也是……"

男人立即也明白了她的意思。

三

当拟态给出的"水"，你不仅仅能看到，还能摸到，闻到，尝到它的温度，声音，它的压强和流动的速度。当人尝试"喝"下它时，口腔和食道都会感受到饮用液体的相应刺激，相应肌肉做出吞咽动作。

这就是拟态给予人类的完全拟真的世界，直接作用于大脑，在人类全部感官通道上提供浸入式体验：完完全全的真切感受到它，但它又不是真的，它是你从真实世界选择的切片，应你的召唤而来，遵从你的意愿，却又不需要付出什么代价。

它几乎给了每个人想要的一切。只要在自己的住间，就能进入想去的世界，做想做的事。在拟态中几乎没有后果。物质被摒弃，在实现精神满足的必需品名单里只剩下拟态和人。

而人的物理性，只剩下营养摄入和生理排泄。

性，尤其是性摆脱了陈腐的方式，不再需要实体的加入，变得洁净，轻盈。

拟态之前的人无法想象，有一天他们的性爱方式只插上枕骨下的接口，与拟像——身体各个感官共同幻觉的集合——做爱。

就像拟态之后的人，根本无法想象，两个个体之间的肉体碰撞抵死缠绵。

肮脏。想象另一个人的体重，另一个人的皮肤，另一个人的体液和体味。

还有一个更重要的理由，不便。在最高潮最沉浸极乐的时候还需要迁就另一个个体的需求，而之前还有漫长甚至无望的求爱过程。

几乎所有人类都选择和拟态交合，独自生活在住间。只有极少数的人，那些被称为肉体爱好者，选择进行非拟态性生活，而愿意牺牲独处，和伴侣同居的人就更是少数中的少数。

男人和他前妻曾经就是少数中的少数，直到他的妻子放弃了他和这样的生活。

"她曾经暗示过，但我没有太当真。"男人打出一行字，犹豫片刻，又删掉了。

他们第二次"约会"，各自待在自己的住间。两人十分默契的都没有选择拟态，或者全息投影，而是用了最古老的方式——文字传输。

一个好处就是，发送信息前，说错什么话都可以收回。

比如刚才。只要提到前妻，他就不由想象她和拟态交合的场面。他不想让女人因为他的话也联想到这场面。想象那场面是可怕的，最原始的动物冲动，孤零零地置于简单冰冷的住宅中。

跳过前妻。

"你的伴侣是几时选择了拟态的？"

"他并没有选择拟态。"

男人好像被推进了液氮。他知道她和他一样是性的少数派，两个肉体爱好者。他也确信女人成为配偶会接受同居生活，但是他忘了另一种可能。一想到女人此时此刻正和她的伴侣共处一室，男人感到一阵焦躁。双手神经质的摩挲起椅角。

长时间沉默。

"他离世很久了。"她最后说。

攥住他喉咙的紧迫感一下子消失。她是一个人。

"啊,他们都离开了我们。"他说。

"一个选择了拟态,一个选择了死。"女人打出一个微笑的颜文字,然后这么回复道。

实际上,男人觉得死更高贵一些。漫长的青春,没有尽头的单调生活,尽管要放弃生命还是异常艰难。在孤独得令人发狂的夜晚,他曾经考虑过这个选择,但只是一闪而过的念头。他想活下去。活下去意味着还有可能获得幸福。

事实证明,他是对的。他遇到了这个女人,而且还有可能得到她。

"很可笑。拟态最早发明就是为了建立每个住间用户之间的联系。他们说,那会让人们彼此贴近。"他说。

"但是,的确节省了不必要的交通成本。太昂贵了。绝大部分拟态就可以满足。剩下的管道就能解决——运输生存必须的营养物质以及生理排泄物生活垃圾。"女人比他平和很多。

男人开始猜测她的年纪。她也许是他遇到最老的女人。尽管从外表完全看不出,但一旦对谈就能感受到这样的年龄差距。传说早期的去甲基化手术特别痛苦,效果却不比现在的技术差。她看上去和其他女人一样年轻。

优雅年轻强健的母兽。

他想要她。

"我们见面吧。"他说。

四

他为这个区域的住间外墙材料做过一点贡献,作为奖赏,他得到单人一年一次的物理移动的额度。妻子在的时候,他们用这个额度进行每两年一次的旅行,坐着老式有轨缆车,穿梭积木般的建筑中间。这些建筑遵照着某种可能已经被遗忘的原则,如同被打散后又有机整合过的蜂巢,伫立在地面上;而植被和地貌,规整而毫无生气,但对于长途旅行的游客而言,多少还是会有些许区别。

新的住间,新的风景,让他和妻子之间重新激发出炽热的情欲……

这一次,仅仅为了是去见那个女人,他用掉了这一年的额度。

她打开门,有些困惑地看着他,似乎无法肯定站在她面前的是人而不是拟态。

他打了个招呼,嗓子沙的厉害。

女人侧身让他进,他从她的身边经过。热烘烘的。

所有的住间都是一个样子。因为没有对外窗口,所以也无所谓朝向,因此更难分清楚是在哪间住间,但是女人的房间里有些特别。

"你喜欢花?"

女人床头案几上的花瓶里插着几枝含苞待放的花。

"玫瑰,我喜欢玫瑰。"她柔声回答。她喜欢玫瑰,愿意匀出一部分生活配给去养育这无用的花朵,又用重金买下延缓剂,无限减慢玫瑰生长期,延长它的花期。

男人听着女人谈到这些,眼睛盯着肉感的白色花瓣发呆。她衣服下面的皮肤是什么颜色?

女人察觉到他的目光,不再介绍花朵养育方法。视线回应着他的视线,又或者更像是抵御。

她早就看穿他。

可是有那么一瞬间,他觉得她更像是在回应她。

他们开始支离破碎的交谈。艰难的口头表达。这一次比第一次见面更糟,对她的欲望严重阻碍他的谈话,他忽然变成了一个口吃症患者。

他们竭尽全力继续交谈,好像电影里那些过去的马拉松运动员,不得不汗流浃背气喘吁吁地向着遥远的毫无意义的重点跑去。他们谈着看过的电影,谈着过去的经历,最后谈到他的前妻。谈话变得流畅起来。在讲述中,他不断回忆起那些他曾经毫无印象的细节,那些细节在这个时刻变得无比重要的暗号,预示着妻子的离开。

"最后,她说,我们其实仍然可以在一起。她要我把我的感官数据生理数据上传,制成我的拟态。而她也制成她的拟态。我们可以在各自的住间和对方的拟态做爱。"他顿了顿,看着杯子里的合成水,"她还说,如果我需要,她甚至可以完全配合我的时间,我们同时在自己的住间……"

女人看着低头不语的男人,若有所思。她举杯喝水,在放下杯子的同时,伸手捧起了他的脸。男人身子震了一下。

并不是出于惊讶。

他很久没有被人触碰过。女人的手温暖柔软,轻轻摩挲他的脸颊,耳朵。他还在等待更多,这时候手放下了。

"这几乎就是完美性爱了。毕竟,你们彼此相爱。"

"可我就在这,为什么需要拟态?"

"你知道的,并不是每次两个人都状态相当。"

男人瞪着她:"既然你支持,你为什么不用拟态?"

"我在向你解释她为什么会做选择拟态。你应该释怀的。"她站起来,去修剪玫瑰花,"毕竟,人很难拒绝完美。"

"那不完美,那根本不是她。"

"要看你怎么定义什么是她。她对你而言,是一副躯体,还是她带给你的快感?如果是后者,一切都成立。"她翩翩坐回到他面前,"做爱就是为了获得快感吧。"

男人注视女人坐下,身体发烫。现在,她对于他,是实实在在的肉体,也是他梦寐以求的天堂。他想对她说他爱她,但他并不确定,而且他们才第二次见面。

他开始怀疑自己是否能忍受着无休止的焦灼。

"不单是这个问题。你知道吗?有人会和其他物种的拟态做爱。"他开口说了别的。

"你是说人和动物,我知道。虽然有使用条令禁止人与动物的拟态交合。"

"太可怕了。"他说。天,她的嘴唇看上去多柔软。

"是啊。"她斜着身一只手搭在椅背上,"不过——人伦是对肉体的规范吧。拟态,算什么呢,不过是……"

她听上去一点都不像一个肉体爱好者。男人有些生气:"听上去,你在说服我。"

她仰起脸轻轻笑起来。每一声都撩拨着男人的神经。

"也许吧。我只是不能说服自己而已。"

男人抓住她的手。她吃了一惊,猛地抽回手。这样贸然的肢体接触,在习惯独处的世界里,几乎可以算是粗暴野蛮。两个人面面相觑,用了很久去接受,或者说忘记刚才那一幕。

"再晚就赶不上末班电梯了。"她起身送他。

"你怎么了?"男人问。

"什么?"

"你听。"他站到她面前,弯下腰。脸几乎贴到她的脸。他们一起屏息听房间里悠悠回荡着的女人嘶嘶呼吸声,"你怎么了?"

男人凝视着女人,即使后者慌乱的挪开视线,他仍然望着她。

"你知道我喜欢花吗?"女人问。

"什么?知道。花瓶里的那些。"

"每一朵都不一样,有的会更特别。"

"花吗？"

女人笑了笑。在那一刻她恢复了常态。"对。它们叫玫瑰。"她后退一步，为他开门，"你该走了。"

五

"你很清楚我在想什么。"

男人的恼怒神色通过 3D 全息投影清楚地显现在女人的住间里。

她忘了这是第几次的交谈。他不再满足于文字交流，一开始是视频，现在是全息投影。

当然，当然她知道他想要什么。

但是——

"我已经解释过了。"她默默咽下这句话。是的，她已经跟他解释过不下一次。她比看上去老得多。那时候人类去衰老的技术并不成熟。她反复暗示过，之后又不得不明说，最后甚至被迫强调手术留下的后遗症。但是男人并没有真的明白她在说什么，无论她如何解释，都没有办法让他相信她是出于别的原因再不愿意满足他。

"你知道，那也是我想的。我知道你在想什么。"她换了一种方式。

"那为什么?"

"我不能。"

"为什么不能?不要再折磨我。"他问。

女人没有回答。她低下头。男人没法看见她的脸,但是她的肩膀在抽动。过了很久,他才明白她在哭泣。

那是他第一次见到眼泪,真正意义上有人为他而流的眼泪。即使是他的前妻也没有为他哭泣过。和其他人一样,他们温和平静,几乎所有的需求轻易都能得到满足。绝大多数人,一生都没有为什么事激动过。即使被妻子抛弃,他也只是有一点难过,更多的是无处排遣的失落孤独。

真想碰一下那滴眼泪,尝一下它的味道。

多么渴望此时此刻就在她身边,可以抚摸她被泪水打湿的脸颊。从未有过的略带苦涩的柔情在男人心头生成,他的身体也为此战栗。要是能抱紧她就好了,让她停止哭泣,或者哭得更凶。

"对不起。"他说。这是他现在唯一能说的。

女人捂住脸抽噎道:"我并不完美。没有勇气面对你。"

"我不在乎。"连他自己也不信。女人的眼泪让他意识到事情的严重性。他想到传说中那些没有被完全改造的躯体。"我不在乎。"他对自己又说了一遍。

干瘪的松弛的爬满皱纹的身体,粗糙干燥死物一般的皮肤,脆弱僵硬的骨头,暴凸起的青筋与血管,胃里的酸臭气息,日渐稀少的头发。

"只是部分而已。"女人说,"大部分的改造相当成功。但是我没有办法以现在的自己面对你。"

男人冷却的血液略微变暖,他为她感到深深遗憾。然而一想到可能会有超出日常经验的体验,对她的欲念在想象里重新燃起。他感到更兴奋。

他预感到又要重新踏入之前的绝境,不得不继续热烈追求一个无法得到无法给予的人。

"有一个办法。"女人迟疑了一会,那样子并不像她。

她告诉他的话,并没有让他意外。回想起来,也许男人早已经在意识深处猜到这一天的到来,只是并没有认真面对。拟态,可以百分百复制,也可以在本人基础上加以改善。技术上,只是对本人数据的又一个运算而已。女人告诉他,她可以为他上传自己的全部感官数据和生理值,她还说她从未做过以后也不打算再这么做。她和他一样被同样的焦灼折磨。她只为他这么做。

最后她说,这是唯一的办法。

六

轻盈简便洁净,也许还有快乐。最重要的是,对方是她。她是真实的,是他渴慕已久的女人。他们彼此了解。男人说服自己，并且成功让自己相信他和那些迷恋拟态的人不一样，况且，是女人提出的唯一条件，他被迫答应的。

他们同时在各自的住间上传数据，等待拟态再处理。只用了三分钟。

看到提示，男人穿上膜。

很遗憾，拟态技术发展到现在，像双人互动性爱这样复杂的模拟态，仍然需要借助穿戴设备。男人还是第一次穿上膜。膜如同第二层皮肤般温柔包裹他，完全没有想象的不适，相反，让他更加放松。人类是唯一需要衣服维持身体恒温的生物。敏感的皮肤会不会就是人类智能快速进化的决定因素。触觉帮助生命个体界定自我和外界。膜提供了完整的触觉体验。

男人得到承诺，他所感受的将完全源自她的体感和体征以及身体反馈。

"我好了。"女人的声音传来。他们特意申请了同步声传，整个过程可以听到对方的声音。

男人说不出话，只是点头示意。

开始。

她就在那，一直等着他，脸上没有笑容。她在用她的每一寸皮肤笑。这是他第一次看见她的身体——她想让他看见的那个身体。这不重要，她在笑。

男人走近她，一步一步，小心翼翼，生怕她会那样消失。直到他把她紧紧抱在怀里的时候，才相信她会留在这。他低头吻她，含住那片嘴唇，进入更柔嫩的通道。湿润温暖中带着红色梅果的味道。

她在发抖。身体回应着他。

男人胆怯羞涩地一点点试探。

他们都太久没有做爱了。

女人的手游移着。眼角，颈窝，耳垂，脊背，手臂，掌心，指间，小腹，腿根，膝窝，再向上，指尖这样一路，有时若即若离滑过皮肤，有时凶狠挠过更像是要刺入进身体，然后，整个手掌贴在了耻骨。手掌的热度感应到相应的热度以及神秘的血脉跳动。

现在他们彼此都能确定对方。

她真烫。

视屏里，膜里面的男人独自抽搐痴狂，像一头巨兽在和虚无——甜蜜的虚无斗争。

他不是唯一一个癫狂患者。现在是午夜，几乎每一个住间里，男人女人们正在做着同样的事。他们的肉体因为汗水淋漓而闪光，他们叫喊，踌躇，独自陷入狂喜。而所有膜里动作都将被作为能量收集，补充住间本身的能量消耗。

女人一边轻轻擦拭玫瑰花瓣一边听着他的剧烈喘息。他和其他人没有什么分别，在她看到他的第一眼，就已经预见今天的结局。同样绝望同样孤独同样只看到他们自己。永远都会是这样的结局。

墙壁上的灯光闪烁，那是模拟器在回应男人，代替她，根据男人的反应，即时给出互动。

甚至上传拟态的数据都不是她的。

虽然公司给她开出高价,但她还是拒绝了,很难说是出于恐惧,还是强烈的洁癖。

"恭喜你。"屏幕跳到公司财务界面。财务AI展开仪式化笑容。界面的另一边,她可以清楚看到钱汇到她的账上,他们又给了她四次乘坐电梯的特票,以及一些老派俱乐部聚会的时间。

"谢谢。但你要知道……"

"我知道。你并不是全为了钱。"

"你越来越善解人意。"

"他们给我加了新算法。"

一个念头闪过女人的脑海。她忍不住想开个玩笑:"他和其他人一样。他们甚至不知道我喜欢哪一朵玫瑰。"

"你想问我知不知道你喜欢哪一朵玫瑰?"

"是的。"

财务AI调取女人的生活录像,经过计算回答了那个问题。

答案正确。

夏 日 之 蝉

　　她长得很好看，就像其他普通年轻母狗那样，或许，还更好看一些吧。那双全部被眼仁占据的眼睛除了对食物的希望外，似乎还有更多的希求，而且她似乎也相信能从我这里得到。因此，饱满的黑鼻头下面的那张嘴，无论从哪个角度都像是微笑。

　　她是夏天被母亲抱来的。在我向母亲抱怨女人总是很麻烦之后，母亲胖乎乎的圆脸上洋溢出奇怪的光芒，她从她随身带的环保布袋里掏出一团毛茸茸的红色东西。我们屏息望着那团东西，直到她鼻尖露了出来。母亲意味深长地看了我一眼，喝完手中的茶，起身离开。

如果没有过分黏人的热情，她应该更像只狐狸，然而她确实是没有狡黠的天分。那团毛茸茸的东西总是充满笑意，只要给一点吃的就可以，大部分时间盘在腿上。这在夏天的确是个问题。盘踞在那的身体虽然小而且柔软，但是辐射出巨大的热量，空调制冷到十多摄氏度都不管用。我感到寒冷，同时又热，在夏天种种坐立难安中日渐消瘦，而她却迅速长大。

仔细数算下来，她的食量惊人，但是她进食的方式隐蔽，几乎难以察觉。我曾经试着留意，却依旧无法捕捉她进食的身姿，只是一转身，黄色食盆就空了。我无法忍受空着的食盆，所以往往会一天里添加许多次食物。她从不主动乞食。在惊人迅捷的速度之下却是自始至终地安详平和。疑心是我喂得过多，或者纯粹是好奇她到底能够多忍耐，连着几天我克制住倒满食物的冲动，任由食盆空着，而她一如既往地玩耍，匍匐在我腿上，以及长大。

她的体重和体积稳步增长，没有受到饥饿的丝毫影响。她望着我的眼神，仍然如最初充满快乐。

第七天，中午下多了面条。我把剩下的倒在她的盆里。

第一次遇见这样迅猛生长的生命。放弃饥饿实验后的第二天，她彻底无法安坐在我的大腿上了。无论怎么调整坐姿，她仍旧有一半屁股悬空在那，随时可能掉下去。她找到了更加黏腻的方法——从那时候开始，无论我正在做什么、采取什么样的姿势，她都能以超出想象，完全不符合生理常识的姿势，最大程度贴合我的身体。我不再直接感受她身体的重压，与此同时，这只动物的阴影却越来越多地占据到我的生活中。白日明晃晃的阳光刀刃一般穿透进屋时，我可以置身于她带着动物皮毛气息的半透明阴影里。日渐丰盈的，灰色的膜。

你不可能带着那么大的动物出门。我曾经带着她参加过一次聚会，结果让所有人都为难。我和她孤零零地站在角落，因为体积硕大甚至无法被忽略，而那时候，她仅仅还只是一匹马的大小。

在夏至那天，也就是她终于停止生长的那天，她已经具备了一头将要成年的母象的体积，即使从门外望去也是巍然可观的景象。而我终于了解祖父留给我的那间大到令人心寒，却没有任何家具的堂屋的价值。只有那里可以安放她和她的阴影，也许还有我。

简单的说，她好像被困住了。我必须待在她身边，而她又哪里也不能去，除了这里。裸露的木梁，斑驳的墙壁，吱呀作响的窗户，无时不在的柴草气味。她看上去好像很满足，仍然在微笑，盛夏里巨大的一团微笑。城里忽然变得遥遥不可及。我开始被所有的朋友遗忘。即使拍下再多她的照片，用滤镜处理也好，配音乐也好，已经不再能吸引城里朋友们的注意。之前纷纷留言点赞的女人们已经对她失去兴趣，转而关注更小、更萌，动作更灵敏的小动物。最初的沮丧被酷日一天天地晒到褪色之后，我也失去了对人群的向往，包括对女人的欲望。事后想起来，其实，在可以坐着火车轻松到城里的时候，我也并没有那么向往。

因为被无时不刻地倚靠着，所以除了必须要做的事情，我在其他时候尽量一动不动。要惊扰这么一大团红色的微笑实在不是平常的事。因为这样，我必须要做的事情最后减少到令自己吃惊的地步。

原来，日子还可以这样过。

一动不动的时候，我们并非无事可做。

我们流着汗在装着空调的乡下堂屋里一动不动的时候，她其实在低吟，不是狗通常发出的声音。我第一次听见时，正趴着翻看朋友寄过来的科学杂志，而她四肢舒展身体摊平像毯子一般覆盖在我的背上。一片寂静中，外面的蝉声忽然响起。那时候，奇异的颤动从她的那边传来。隔着我的皮肤，她的皮毛，从紧实肉体深处传来一阵阵颤动，频率妙不可言。被它一起带动的身体表面似乎涟漪一般荡漾开来。我确信有声波入耳，只是其频率无法被人类的耳朵捕捉。

然而，我用身体感受到了。

之后，她的低吟越来越频繁。即使没有蝉声，也会自发地低吟起来，和听过的声音完全不一样，而且每一次都不一样。是有内容有所指的吟唱吗？我在确定和不确定之间摇摆着。但这摇摆却和低吟本身没有丝毫关系。

出于很多种原因，即使在和人群还有来往的时候，我也没有把这件事告诉任何人，连以看望她为名由带回家睡觉的女人也没有。我和女人相处时，她也以流水般熨帖的方式靠着我，随我们变换她的位置，不但没有造成负面的影响，相反，女人们似乎兴致更高了。

没有人察觉。即使和我身体紧贴，也没有察觉我随她颤动而颤动的节奏。

夏至过去第二天，夜晚更长了。午夜，我赤脚走到厨房为自己泡了杯大麦茶，回到她身边时，她轻轻唱起来。我听到了麦香。她滔滔不绝的低语，原来只是眼前细小的事物。她在唱着我手里的大麦茶。夏至过后那个变得更长的夜晚里的大麦茶，种植大麦的土壤，翻炒时候的火焰，铁锅笨拙粗糙的弧度，比起河水更喜欢井水的偏好，在星光下感到的寒冷，等等等等。

那就是她的低吟。不知所谓。

天转凉，是要到立秋后的事了。她的歌声里却早早出现了寒意。在大暑，我和她竟然打着寒战。我第一次有了推开她的念头。窗外，蝉不再聒噪。在蟋蟀偶尔零星地在夜晚发出声响时，她的阴影开始凝固，不再透明，一天比一天变得有分量。

母亲来电话抱怨新医生没经验时，我说了一句莫名其妙的话，结果把她惹怒。她哭着说我总是心不在焉。我那时满脑子想的的确是别的事。她投下的阴影不知为什么在那一刻突然让我想到结出的血痂。有些让人不愉快。几乎同时，我发现自半空中一对硕大的褐色瞳仁正默默对着我。没有流露任何想法，过于巨大的思想的空白。像没有食物的纯白冬天。

为了安心，我蹩出屋拐进粮仓里。什么都没有。地窖也一样。一塌糊涂的现状。我想念城里琳琅满目的超市，随之又发现存款所剩无几。母亲总是用她的电话将我置入这样那样的窘境，可以肯定的是她不会借钱给我。我又想起了城里的朋友。如果求助会不会落入彻底被讨厌的地步？我重新躺回到堂屋的草席上。她靠近过来，对没有信号可送出的手机低吟着。

接下来的季节，很少人会不喜欢，哪怕是会在这个季节里悲伤的人。清新的空气仿佛活泉沁入到人们心里，我也因此感到可以着手做些事情。我并不去想，几乎每年这个时候自己都是这样想的，透过窗户看到田地里果园里收获满满，也不觉得自己会一事无成。我开始制定每天计划，试探性地给一些熟人打几个无关紧要电话，或者在网上发布一些夸大其词的生活动态。做这些事的时候，她就在我身边，偶尔吟唱。我会安慰性地拍打毛茸茸的红色身体，她就安静下来，让我继续沉浸在自己的忙碌里。

我在秋天第一次进城，结果非常尽兴，直到第二天中午才从朋友家回来。远远看见自己院门和家门都敞开着，远远看见她头朝里盘卧着的身体的场景。我能感到她在等我，由衷地快乐。我踏进堂屋，轻轻拍打她，她发出吟唱，还没有听清是什么我便睡着了。

怎么变小了呢？之前来过一次的女人在视频里这么问道。

观察后,我发现事实竟然如她所说,我的巨兽一天天在缩小。再回想起来,喂食的次数其实也一直在减少,只是我没有发觉。不知从什么时候起,她沉静地一点点把曾经吞吃的空间重新吐出来。她重新站起来的那一刻,我正忙着写一个书评,敲键盘的声音忽然沉闷下来,我注意到原来是阴影笼罩了我。她站到我前面,挡住门窗投来金黄色的光芒。"告一段落。"我下意识地打出这四个字,并不明白意思,但身体意外地感到松快。前所未有的轻松。就像一棵掉落果子的树。

——她已经小到站起来都不会碰到屋顶了。

一旦到了可以的时候,她便开始在屋内小范围走动。她挪动步伐,缓慢庄严,迈过时间之河。像所有大型动物一样,他们淡漠的眼睛里能看到人类无法看见的东西。为了腾出更多空间,我决心把床搬回里屋,费力搬运过程中,床架上的一个装饰物松动了。最后,堂屋里什么也不剩下,但仍旧不断滋生出局促的感觉。她一副受困于此的样子。我将门敞开着,如果她愿意,随时可以去室外,这时她的体型已经可以轻松穿过门了,但是她并不出去。

她只是那么待着,一天天变得更小,沉静地吐出更多的空间。从象到骆驼到马到羊,最后还原到一只狗应该有的体形。我在家的时间也随之减少。没有照顾她的需要,只用考虑到自己的需求,因为这个,连最不起眼的小事我都做得兴高采烈。

回到家她仍然会依偎着我,有她的陪伴还是令人高兴的。

夏日之蝉

那些日子里,她总是吟唱同一个主题:一间慢慢变大的房子。

她仍然微笑,同时一天比一天变得更小,比一只成年犬应该有的还要小。随着体积缩小,她的毛色也从红转为褐色,并且慢慢变得更深。口袋犬、茶杯犬虽然很受大众欢迎,但对于我这样粗糙随便的人来说,实在是娇贵到令人坐立难安的地步。我生怕一动就会压到她。"由于她是那么沉静的一头动物,所以即便被压伤也不会吭一声。"给母亲写明信片的时候我这么抱怨道。母亲和她都没有给予我回复。

她确实有一阵没怎么吭声了。立冬那天,我决定做些什么,于是将身体贴在她小小的身体上,等待她诉说某物。她似乎对整个世界都失去了兴趣,虽然有了自由行动的能力,却很少动弹,连眼睛也不怎么睁开,只有当我的手碰触她身体的那刻,才微微轻颤着打开眼帘,瞳仁转向我。空白。比秋天那次注视还要空白的空白。我们已经有了足够过冬的食物,所以你长大一点也没关系。我心里默默地对她说道。她固执地沉默着,原本柔软的身体也因为这沉默变得坚硬起来,而她的毛色也变得更深,好像她的影子最初凝固时的样子。我轻轻把她抱在腿上。她的身体已经比我刚见到她时还要小。小小一团,双手合拢就看不见她。她的瘦小,无疑增加了我们之间的距离。以前自然而然就黏连上的身体,现在要走到另一个房间,绕开一些家具,又经过一段弯路才能寻到。她并不躲避我寻求她的身体,但也不回应。就像一头普通饲养的家畜，等待降临在她身上的简单命运。至少在那时我是那么理解的。也许她会一直这么沉默下去。接下来几天，我被别的事缠住，但只要有空闲，就会把她抱着怀里。她已经小得快看不见嘴上的微笑了。在我怀里的时候，她仍旧没有低吟。我暗自希望，当我不在场时她是另一个样子。

天冷成一片灰白，我也遁缩进自己的被窝中。在那之前，也就是还有一点叶子没有落下的时候，我用麦秸编出手掌大小的方盒，将她放在其中。她俯伏不动，一如盛夏在堂屋的情形。刚开始我还在里面准备了食物和水，但终于明白这纯属多余。那头曾经的巨兽沉沉睡去。也许整个冬天她都要那么度过。我说服自己这是由于季节的关系，假装不去理会从盒子里散发出来的寒意。

（意味深长的沉默）

她在拒绝。她在沉沉的无梦的睡眠中，沉沉的无吟唱的寂静中，拒绝。

我不敢确认拒绝的具体对象是什么。冷风从四面八方缝隙里钻进屋子。为什么还住在这里？城里完全可以容纳她这样大小的动物。我一边哆嗦，一边后悔没有在秋天付诸行动。最冷的那天，咬紧牙冲出被窝把麦秸盒子抱进被窝，打开看，她仍旧在那里。

黑色的小东西。

长出了她的硬壳。

天光一晃而过，在硬壳上镀上透亮的一层膜，像是翅膀。

稀罕啊。那瞬间，我真的以为她长出了翅膀。

下雪了。孩子们在外面喊道。白茫茫的雪应声落下。

我抱着我的兽怔怔看着窗外的雪景。

沉沉的无梦的睡眠，沉沉的无吟唱的寂静，我们好像落入了这头兽的梦中。

第二天就是晴天。日光照耀着白雪。

人们的喜悦渗透进来。

被喜悦洁白的光笼罩的那个白天，我却断断续续地昏睡着。

第三天依旧是晴天。我醒过来，取出压在枕头下的麦秸盒子，打开。

如我所想，里面空无一物。

象 骨 书

的确，是我对那本书掉以轻心了。

具体为什么要用到它，已经不记得。我本以为可以轻易得到免费的电子版，或者几块钱的电子版，或者打折的纸质书，最后还搜了孔夫子那些专卖昂贵的古董书籍的网站，以及森严的像死亡森林般的国家图书馆。

期间我还冒险给几个陌生人打了电话，有两个还是深夜。电话那头传来干涩惊恐的声音，这些长年阅读书籍胜于生活的人独有的声音。只因为他们把电话挂在豆瓣这本书的页面下，声称可以转让，所以让人有理由在任何时候焦灼地拨通电话，闯入到他们的生活中。这似乎是一种隐秘的报复。

对号称拥有那本书的人的挑衅,尤其是在证实他们并没有真的拥有那本书之后。

我把羞辱种进一些人的日子里。

但我还是没能得到那本书。

不是那个名字。朋友告诉我,我找的那本书不是我刚才告诉他的那个名字。

我又重复了一遍,换了一下序列,微调了个别词的感情色彩,以及音调。他说不是。我有些着急,要他说出正确的名字。他回答说他也不知道。

怎么办?我们看着对方。不过我知道我的朋友拖长了声调。这是一个值得回忆的画面,像一场经过排练的序幕——那是一本象骨书。

象骨书?

世上只有一本象骨书。就是它。朋友说。

所以我只要知道我找的是一本象骨书就可以了,尽管很难理解这三个字确切意思。它们很难让你对一本书的形貌内容有更具体的想象。最多,当说出这三个字时,口鼻会忽然酸胀,仿佛猛然灌进大口冷空气。

历经几个月的查证寻找,我被介绍给越来越年长的长者们,在他们面前,重复这三个字:象——骨——书。他们有人会纠正我的发音,有的人则沉默着容忍我的吐字方式,就像他们忍耐着世上其他的愚蠢一样。

最后我被带到最老的长者那里。他闭着眼，因为无法把我推给更老的长者而生气。不过没多久，他就放弃了这种无意义的对峙。从长者口中飞快地吐出几个音节，黏黏糊糊，我没能抓住。他重复了一遍，解释说这是一个应用软件，我下载后，再缴费，然后就可以预约一辆车。那辆车会带我找到象骨书。说完这些，他闭着的眼睛瞬间睁开，朝我投来如炬的目光。懂了吗？那目光问。不等我回答，目光又径自熄灭。

按照长者教诲，我叫到了载我去找象骨书的车。毫不起眼的黑色奔驰停在我面前。我打开门，才发现里面已经坐满。上车，司机催道。我一头扎了进去，车里的乘客以一种整体的形态向里面挪动，很快我们所有人到找到自己扎根的位置。车开动了。

车里充满着声音和气味，却又都是混沌不明确的，没有谁具体在说话，也没有什么气味强烈到能够辨别。我在一辆被无名之物充斥着的车辆里，强忍着，盼望能早一点到达目的地。这些人很可能和我一样是去寻找象骨书的，我没有向司机求证。只有等到了目的地再说吧。我把头靠着车窗，紧闭双眼。

充其量这段路上，我想象着，也就是挤在一个塞满安全气囊的车厢里。这样的想象清洁现代，又不冒犯任何人，使我感觉良好。

象骨书应该落到文明人手里。即便未必是我。

看到散落在远处的灯光后，我意识到自己正睁着眼。天不知道什么时候已经黑了。我们不知不觉地走了一天，车子已经驶出城市最外围的环路。出发前，我没有问过任何人，也压根没有去想过路上到底要花多长时间。只是找一本书而已。

车上没有人提问或者抱怨，似乎其他人早已经有了答案。我把脸贴在车窗。就在那个时候，它们出现了。

零零星星，不起眼的深灰色，看起来像被灯光稀释过的黑暗的碎片。一旦注意到其中的一分子，就立刻能看到全部，它们作为整体的轮廓赫然清晰地显现在城郊略微破败的夜色里。

那一群鱼，浮游在半空，几百条，组成了五六米长的行进队伍，和我们的车子以相同速度向前游动。我看不清楚它们确切形状，像是某种带有象征意味的不规则扁平图案，类似于拼图游戏里的那些拼板。唯一让我觉得它们是活物的是它们的眼睛，嵌在扁平身体中的漆黑球体，张望着，张望着，用一种很别扭独特的方式张望着。

第二天醒来，那群鱼还在。稀薄的阳光下面，它们看上去并没有什么不一样。五六米的深灰色空中飘带，和我们的车齐行并进。车里的人应该也都发现了它们，我听到他们在议论它们。

一组音节从那些含糊不清的声音跳脱出来，跃入我的脑海，在那里获得可以辨识的轮廓。

——火焰鱼。

那就是它们的名字吧。我这么想的时候，就这么说了。车里突然安静下来，只听到引擎声。

正在那时，一条火焰鱼从我面前游过。我们的影子在鱼眼球形的水晶体上浮现，又缓缓向后滑落。

这是与我对视的第一条火焰鱼。我目送着它游到队伍的前头，消失在它的同类中间。

没过多久，第二条与我隔窗相望的火焰鱼出现了。它重复了第一条火焰鱼所有的动作。它之后的那条火焰鱼又把它的动作重复了一遍。那天早上，陆陆续续有几十条火焰鱼凑到车窗前，朝里面打量。

我们的面孔在它们的水晶体上一再浮现又一再滑落。我忽然明白为什么觉得它们看事物的样子奇怪。它们的目光，那些向我们向世界投放的冷漠目光，从来没有被收回过。无论目光沿途经历什么，都不会折返告诉那双眼睛，以及眼睛背后的生命。

火焰鱼们，它们只是模仿观看，这种模仿距离真正的观看还差很远。

人们重新开始议论起来，发出嗡嗡蜂鸣的声音。有人在用南方的方言自言自语，似乎能从中得到救赎。但还有一些不锈钢剪刀般的声音,细小尖利,相互较量。当然还有小孩。哪里都是小孩,尤其似乎在这种人满为患拥挤封闭空间里,总应该会有小孩。他们完全是声音的天才。

但是没多久,人们就厌倦了,对火焰鱼失去兴趣。关于火焰鱼,他们知道的并不比我多。我打开车窗,迎着灌进来的冷风,伸手去够阴郁天空下的灰色鱼群。

多可笑的小东西。

它们很快成为路边景色的一部分。冬季北方的郊野荒凉辽阔,有时候要开上很久的车程才经过一个小镇。所有的小镇都彼此想象,努力又草率地模仿着它们想象中的城市。

我们已经开了几天。有几次阴沉沉的天空似乎预示着会有一场暴雨降临,但最后只是随随便便下了点雨了事。所有人的情绪都很低落,几乎没有人说话,也少有人变换姿势。车里莫名其妙空出一些地方。

人们的身体似乎悄悄缩小,又或者是谁偷偷地溜走。

我们昏昏欲睡,大部分时候都不知道自己是睡着还是醒着。即使知道,也无法确保下一秒自己仍旧是这一状态。那时候,我已经放弃计算天数,也开始不去在意这次旅程到底要花多少时间,以及最终是否能够得到象骨书。某种代偿性的乐观主义支撑着我,让我始终相信临到最终一刻所有的问题都会迎刃而解。尽管身体僵硬腰背酸疼到极点,也能继续睡在车后座上。自然而然地接受降临到身上的一切,在寻找象骨书的路上我开始对这门技艺熟练起来。

只有一件事让人在意：出现在身上的淤青。起初只是一两处，在脚踝，膝窝，几乎很难发现，也不觉得有多疼。等到被我这样一个粗心的人发现时，情况已经非常严重。我只要稍稍睡上一会，就会被疼醒，好像被拳打脚踢过一样，浑身遍布深紫色淤青，新的淤青覆盖在之前还没有消退的淤青上。实在想不通这伤是怎么来的，即便是车里真的有人想乘我睡时暴揍我一顿，在这么狭小局促的空间也是很难实现的。

在我意识昏沉时，到底发生了什么呢？我问过。没人告诉我。没有人回应。他们的面孔还是那么模糊，融成一团表面光滑的空白，我的目光和声音都没法停留在上面。

这点比身体的伤痛更恼人，但也就是恼人，每天重复同样的恼人。司机一刻不停地带着我们向远处去。

看到地面线上冒出的那座城市时，车里躁动了。虽然城市规模和我们离开的城市相去甚远，但高楼玻璃幕墙的剪影构成了一道最美丽的终点风景线，象骨书应该就在这座城市。人们相互击掌拥抱拍打肩膀彼此祝贺，偶尔有一两张笑脸一两只胳膊从那团迷雾中伸出，把我拉入他们的欢庆中。车子开进城市的街道，经过一家家旅馆，许多次，我们以为它会在哪一家的门口停下，或者至少在加油站停。但我们的司机不知疲倦对两边的景物无动于衷，驾驶着奔驰从一扇扇门前经过。

我们又回到了郊野。另一座城市的郊野。

从环线下来的时候,雪花从没有关严的车窗飘进来。它是今年我见到的第一朵雪花,带着它的沉静落到我手心,很快就化了。

下雪了。

向天空看,青灰色的天空下,无数雪片飞扬翻转,节日的彩屑般。

但它们不是那个时刻的主角。

而关于主角,我还叫不出它的名字,我试图借着舌尖牙齿发声,双唇却无法叫出。

与车并驾齐驱一路走来的鱼群,在进入城市后,队伍被各种广告牌,霓虹,路标,指示灯给打乱,现在它们重新又聚集起来,像流动的红焰。

我还没见过这样变美的动物,在一团糟的长途跋涉中,不受干扰,专注于向美的蜕变。它们的灰色鳞片和飞雪一起随风翻转飘落,重新长出的电光一般的蓝色鱼鳞,像一片幽浮在半空的小灯,毫无意义地照亮彼此。

它们正从幼鱼长成成鱼,除了鳞片颜色外,眼睛也发生了变化,黑色的眼球几乎占据了整个身体的一半。那对不受眼睑保护的眼球毫不畏惧地裸露在同伴的光亮里,映照着它们面前的世界,完整、准确、无动于衷。

它们在看。毫无疑问。

我忽然明白。好像闭合的天空忽然被什么划破,于是豁然领悟头顶上只是一块幕帷。我忽然明白火焰鱼并没有瞎，它们的目光是有意义的。只是那目光并不对外，而是无限向内，专注坚定地望向自己，开采着内部无限宝贵的资源。

一条鱼的内部，到底能有什么？我不清楚，也不关心。它们专注投入自己的神态实在太美，比它们鳞片的光芒更耀眼。没有比对自己全心全意的爱更美了。只专注于自己，不顾一切只服务于自己，全然完整的满怀热情。

它们在这极致的自私的爱里面，最终成长成它们生命的最终形态。

一条真正的火焰鱼。海豚那么大的躯体，蓝紫色鳞片。

整个鱼群绵延近千米，它们上升到更高的半空中，巨大的无解之物，仿佛一朵电云。

当电云笼罩在我们的奔驰车之上时，我张大嘴，说不出一个字，开窗伸出半个身体，仅仅为了更清楚地看到它们。

即使手机有电也帮不上多少忙吧，也许只有象骨书可以解释——解释火焰鱼以及其他。

雪后来就停了。它总是会停的，在某个时候，但我不记得。车里温暖的空气让人昏昏欲睡。很长时间后，我才意识到自己正倚靠在一头火焰鱼旁，从头至尾挠着它的身体，来来回回用指尖轻轻刺入，划着直线，完全是无意识地，仿佛在拨弄它身体里几根看不见的弦，仿佛摩挲本身就是音乐。这乐声，不被听见也因此永远不会停下，上下溯游，无始无终，是微小平常的永恒，是不会丢失的永恒。

我松开手，火焰鱼摆动身体从我怀中游开。它居然能轻巧地钻过车窗。我为此惊讶的时候，也是梦散去的时候。下雪的那天，我梦见了成年的火焰鱼。并不是具体的某一条，而是它们中的一条。我的梦在稀薄的天光下游开，或许真的曾经有一条火焰鱼从我身边游开。

恍惚中，什么都离得很远，什么都感觉不到，直等到视线恰巧落在腿上，我才察觉自己的右手在反复抓挠小腿。因为抓得太狠，把好几处皮肤都抓破了。深紫色淤青的地方多了血印，脚踝渗出一点血，不多，但是很红。

我让自己停下来。

"我们要去哪里，还要多久？"我开口问司机。这问题发出惊人的动静。其中一大部分来自沉默被摔碎的声音。

司机没有理我。

和预料的一样。

我坐直身体，任由十指的指头发麻。

片刻前的触碰记忆并未散去，它悄悄缠绕指头，环绕手指，又沿着手臂向上攀爬。

然后，猝不及防，就像一个大浪打来，瞬间把人吞没。

火焰鱼的幼鱼很少对同类表示出兴趣，彼此之间很少有互动，等到它们长到成鱼阶段，忽然变得热衷交流。大多数时候通过队形变换。那些图案中有些我能看懂，有些依稀记得在哪本书里看到类似符号，还有很多在我看来完全无法理解。

对火焰鱼而言，它们都是指向某种意义，但是这些意义是不是都是同类之间的交流，还是可能传达给它们之外的某些生物？比如——我。

我想知道。

当我想知道的时候，指头残留的手感就会变得更加强烈：冰冷，湿滑，湿滑之下，是被整齐切割分开的一片片坚硬。每一片都那么小，小到让人觉得它们会发光。

指头承载了我梦中的触摸技艺。我不是每次都会梦见火焰鱼，但是每次醒来都会发现我在抓挠自己的身体，就像一只狐狸急于刨开土地，找到它入冬前藏在那的食物，我无法停下来。结的痂被重新扒开，又会有新的口子。身体变得五彩斑斓。不同时候的伤口有不同颜色，可以进行一场地质学考察。根据外在特征确定事件发生的时间。

那时起，我开始觉得疼，但可以忍受。也是从那时起，也许是为了忍受疼痛，我开始胡思乱想。就像那些对伤口的描述，没有意义，几乎是在胡扯。所以，我从来不把自己的想法告诉任何人。

醒着的时候，我就让自己看火焰鱼。看它们不断变换队形，那时候我脑子里的声音就会安静下来。很快我就什么都不想，只一门心思想弄明白火焰鱼的图形。

多有趣。火焰鱼曾经是这次乏味旅程里唯一的例外。它无意中闯入。而这时，它的图形，让我相信冥冥中确实存在神秘，也许还是冷酷的因果链。我开始相信，有什么能够帮助我，帮助所有人去搞明白这条因果链，去找到无常中也许可能存在的恩赐。

比如象骨书。

醒着的时候，我就让自己看火焰鱼。

如果不是在这辆车上，我可以做许多别的事，但如果是那样，我就看不到火焰鱼了。

难以置信，鱼群一路跟随着我们。我已经好几天没见什么阔叶植物了。至于城市，下雪那天后就再也没经过。我早丧失了对地理位置的基本判断，我只知道，我跌入了某种可怕的东西中，就像冬天浮着碎冰的深海。

一天，一条火焰鱼漂浮在我面前，它的眼睛正对着我。蒙灰的眼珠坐落在金色眼眶中，接受来自世界的光。我的影子映在上面，但我知道，它并没有看见。某种意义来说，它甚至没有察觉到奔驰车的存在。

我们驶进了一条乡间小道，两边杨树的叶子已经落光，只剩下树干枝丫。我以为这条火焰鱼会回到鱼群，车的正上方，或绕转到路的外侧，避开杨树。但是它不为所动，完全不打算改变行进路线。我看见它张开嘴，将所有挡在它面前事物——一棵棵杨树吸食净尽，仿佛那只是一锅带图案的浓汤。我第一次见识到成年火焰鱼的进食过程，等我吃惊地回头看时，发现刚才亲眼看见进了鱼肚的杨树仍然好端端地立在路边，就是颜色变得浅淡，几乎接近于白。

不止是树，当我探出半个身体，向后眺望时，目力所及的一切，那虽然稀疏却还分明的景致，竟然都消褪成白色。那种被漂白无数次后留下的无能为力的白色，不纯粹，不干净，甚至不代表白色的白色。

身后的世界，我们从那里而来，不知从什么时候起，全部都变成了白色。火焰鱼的食物原来是这个世界的颜色。

我钻回到车里，巡视四周，我们和奔驰车都安然无恙。我又探出身，把手伸向火焰鱼。只差一点点指尖就能碰到它了。就差一点点。火焰鱼不为所动，奔驰车也是，它们坚持着自己的路线，相互保持着我始终无法克服的距离。然而就在那时候，火焰鱼突然张开了嘴，伸出手那边的毛衣袖子很快褪成白色。

它并没有继续，仅仅止于我的衣袖。我笑了。

"它们吃颜色。"我对同车的人说。

"好冷。"有人说。

我也觉得冷。抬头发现，车盖顶不翼而飞，确切的说，是我们的奔驰车不见了。就在刚刚瞬间，搭载我们的奔驰车变成一辆拉货的单驾马车。司机还是那个司机，只不过现在他应该称为车夫。他看上去镇定从容，好像赶了一辈子的车一样那么熟练。车后面的人蜷缩在一起，除了冷之外，也并不抱怨别的，也不关心别的。连在前面拉我们的那匹马也是一副顺从忍耐拉着我们很多年的样子。

火焰鱼不再是我们遇到的唯一例外。

我们早已经踏入一个例外的世界。

不知道为什么，我没有把象骨书当作例外，它好像那么天经地义，比我这辈子遇到的所有的东西都天经地义。

风打身体上。衣服下面的伤口最先感到了它的鞭打。我打着颤。心脏收紧，过了好长时间才开始舒张，然后又是下一次。

接下来怎么办？没有车顶篷遮蔽，无休止地继续向前，在火焰鱼陪伴下，身后是被丢弃的，没有颜色的世界？

在火焰鱼的陪伴下。

唯有这个念头让我放松。

"我们什么时候到？"我问其他人。任何人。没有人会回答。

其实，我想问的是："火焰鱼会一路跟着我们吗？"

渐渐习惯马车的颠簸和露天环境的艰难，我们四个人仍旧在去往寻找象骨书的路上。是的，车上的人越来越少，少到我已经能清楚地辨认另外三个的样子，我在他们眼中应该也同样获得了个体的属性。

这并没有改善艰难的环境，也没有令我们变得更加亲近。

相反，越是清楚看到对方样貌，越是猜忌——担忧将来为了那本唯一象骨书会发生的惨烈竞争。

无论是我的身体还是思想都比自己想象的坚强，我并没有被这一切打扰。面对火焰鱼群变幻的队形，我深深渴望着能得到象骨书；但也因为上路的时间太久，并不怀有有朝一日真的能拥有它的信心。难以置信的平衡。我越是渴望它，越是知道不能拥有它。因为这样，我反而获得了平静，软弱的平静。

比起象骨书，火焰鱼更触手可及。在马车上，没什么遮挡，比起以前，我们和火焰鱼更加亲近起来。没多久，我就发现火焰鱼的挑食——它们对颜色的偏爱。黄、蓝、红三种原色中，它们最喜欢红，其次是黄，最后是蓝。其他颜色通过比较三种原色组合的比例。同样，最喜欢的是红色比例高的。

不时地，我会投喂它们。当然都是拿无关紧要的东西，一开始是之前乘客留下的，比如婴儿车、毛绒拖鞋、任天堂游戏机、口红、过期的车票。很快没什么东西剩下了。我腾空自己的包，又脱下自己的毛衣和围巾，最后，还有袜子。

火焰鱼仿佛能区分物品的不同。它们把属于我的东西吸食完颜色后，又都扔回到车上。我收下衣物，重新穿戴，又把东西装回到包里。远远看，我就像我们后面的那道风景，但只有我清楚，并没有什么了不得变化发生。

比如，我还是做梦。

只是很多时候记不起自己的梦来。在那些被记下的梦里，象骨书出现了。一只来自远古的巨象，庞大老迈而神圣。它迟缓地移动步伐，走在我前面。那时我并不知道它就是它。

第二次，它还是走在我前面。我认出了它，并且目睹它的皮肉一块块从骨架分离脱落，就像雪山积雪在寂静中忽然大块崩塌溃落。

醒来时，我发现小腿一片血污。我挠自己太狠。

第三次，我终于认出它了。它仍然走在我前面，用慢得几乎静止的步伐。这一次我总算明白那缓慢出奇的步伐，并非出于笨拙，而是意志掌控下完成的优美动作。膝盖、腿骨、脚踝，默契合作。这巨兽如此洁净，浑身上下没有一丝皮肉一点血渍，只有骨骼。仔细看，那洁白闪着釉光的骨头上刻满了字符。

第三次梦见它，它终于向我显明它是谁。

在梦里，我看见象骨书是一头巨兽。

我睁开眼，一道光闪过，是火焰鱼。一条火焰鱼在我上空急速盘旋。我从来没看见过一条火焰鱼那么躁动。一道光发狂起来让人有多晕眩，那一刻的它就让人有多晕眩。我不由闭上眼睛。接着，我明白了。

右脚脚踝皮肉外翻，伤口深可见骨。

向着空中那条火焰鱼，我张开双手。它看懂了我的手势，俯身向下，先吸食了我双手的血，短暂的犹豫后，它调整方向，挪到脚踝的位置，在那里它找到了更丰富的食物。

并不疼。我是说，不会比之前更疼。

伤口还在，被皮肤保护包裹的，如今裸露在风中，在火焰鱼的吸食下不再猩红。当火焰鱼带着几乎醉态的满足回到它的同类时，我凝视着我的小腿和脚踝。它们如同标本般的宁静。

就连疼痛好像也染上了白色。

"你能知道哪一条是你喂过的吗？"

咔叽布夹克的中年男人问我。之前他一直缩在角落里打瞌睡。

"我不知道。"我摇摇头，并不理解是什么让他眼睛发亮。

"也许是那条。蓝得最漂亮的，你看见吗？"

我看不见。

对我而言，每一条火焰鱼都一样，每一条都无可取代。它们谁吸食我的伤口我都愿意。

令我意外的是，在火焰鱼看来，我们也一样。

自从那天之后，总有火焰鱼不时游到我们近旁和我们嬉戏。马车上四个人，包括车夫，都是它们的玩伴。它们快乐又轻佻，深知自己具备足以逗弄人的资本，穿梭在人们中间，一再挑战危险又滑稽的动作。有时候，它们会假装被其他三人的诱饵吸引，靠过来做出吸食动作，但它们从来不会当真。对它们而言，游戏的快乐不亚于进食的快乐。单靠游戏，它们一样可以生存。它们因此更加轻敏，更加狡猾，也更加雄壮美丽。每个转身停顿翻转扑腾快速前进的动作都比上一个动作更加迅捷。在看似嬉戏的过程中，有什么在加速，不断加速，或者是向两边撕扯，蕴含着极度疯狂的张力，随时可能爆发。

车上的人都在笑，如果火焰鱼有笑声，它们也会笑。我的心在笑声里一味收缩，那样它就坚硬些。只有等身体到了极限，它才被迫开始舒张。

心脏那样的时候，血液流动就会不一样。我仍旧做着这样那样的梦，仍旧急于剥开自己的身体，仍旧在醒后有新的伤口和鲜血可以喂养火焰鱼。愈合的时间越来越长。好在总是会有新伤口。

偶尔，我也加入到他们的游戏中，高举假装食物的诱饵。火焰鱼同样佯装被骗，被激励着，向我游来，在我收回诱饵的下一个瞬间赶到，永远都只是晚了一拍。它们是最佳的玩伴，善解人意，演技一流。

有时候我会奇怪，它们是怎么明白什么时候我是和它们在玩，什么时候是真的要喂养它们。它们没有一次搞错。

直觉吗？

在它们的直觉里，我竟然感到了温柔，以及冷酷。

它们从不搞错，也从不犹豫。

快要愈合的伤口在衣服下结痂。结痂的地方皮肤紧绷。即使不看也能感到身体表面坚硬的一小块一小块组织；而其他地方，仍然柔软，等待愈合。

两个脚踝周围恰好都结了一圈的痂，仿佛是镣铐，束缚着双脚。即使不受束缚，我又能去哪呢？

旅程一天比一天看起来无望。马车驶进荒野已经很多天，四周荒芜寂寥。火焰鱼鱼群是我们能看见最鲜活也是最醒目的东西。

我们睡觉，做梦，然后醒来和火焰鱼玩耍。在蓝紫色光晕的笼罩下，我们无比快乐，甚至不觉得寒冷疲惫。尽管在每次玩耍之后，等待我们的是更加的寒冷疲惫，作为代价。

而我，还要继续投喂火焰鱼。尽管，这并没有让我在它们那变得更重要。它们一视同仁，近乎温情的同样对待我们每一个人，就像它们对待自己的同伴。

唯一的区别是，它们从来不对我们说话。我曾经仔细观察过，当火焰鱼来找我们时，它们从来没排列成任何规则的队形。

我们只是玩伴。另一方面，在天气糟糕时，诸如大雨天气，它们会自觉游到马车车棚正上方，为我们尽可能提供一点遮蔽。在大雾的时候，它们周身的光芒增强，引导着我们，避开突然出现的石头或者山洼。

但并非每一次它们都会提供帮助。火焰鱼对我们的帮助完全是随机的，不可预测的。不知道哪一次它们会大发善心体恤我们，哪一次它们又会无动于衷。

我们曾经试图寻找其中的规律，是什么引发它们的"同情心"或者说"善意"。最终的答案就是没有规律。 它们任意而为，在对待我们的时候。

但不管怎么，在荒野漫长凄苦的旅程中，每次睁开眼都能看到它们，都是安慰。那一具具耀眼健硕的身体，在空中随气流摆动，比周围任何景致，甚至比我们都具有实感。

火焰鱼获得了比我们更真实的存在感。我甚至相信，它们的血会比我们的温热。从昏沉的梦中醒来前的那一瞬间，是恐怖的。即使在意识的深渊里，我仍然深深恐惧着：如果醒来时，看不见它们会怎样。

半梦半醒时的忧惧一点点渗透。我意识到，这样的日子也许不会一直继续下去。等到我们找到象骨书，旅程就结束了。

也许，火焰鱼会离开。

是的，到了那天，我们就会失去火焰鱼，在我们得到象骨书的时候。

在呼啸着寒风，只能看到苔藓和石头的地方，火焰鱼火焰般的鳞片是唯一看上去温暖的东西，虽然它并不能真的给我带来半点温暖。

我不想失去它们。

为了得到象骨书，我们走了很远的路，发生了很多事，当然，也可以说什么也没发生。因为我们只是坐在那里充当乘客，等着事情发生变化。只是当事情变了时，我们也变了。我们丢掉了时间和空间，甚至丢掉了一些属人的属性。

而我，一旦入睡双手就疯狂抓挠身体，迫不及待要撕开自己。

也许，这就是我们这马车上四个人尽管孤独得要死，却谁也不愿意说话的原因。我们生怕一旦开始交谈，那个问题就会不受控制地从某个人的嘴巴里冒出来：为什么？

很多个为什么。我们深知我们不够坚强，无法应付其中任何一个。

象骨书和火焰鱼。

也许我就是火焰鱼，好像某些书中的情节。一个人因为某件事被迫踏上无尽的旅途。他在旅途中爱上了一片森林，一条河，或者一个巨石阵。他无法离开那里。然后他发现了自己是谁——他是他所爱之物的一部分，或者一个人最终发现就他是他自己一直爱着的那个人。

他会被那片森林，那条河，那个巨石阵，那个人接纳，并被爱着。

也许这就是所有这一切发生的意义。

"醒醒，醒醒。"尖下巴的女孩子推醒我，"知道车夫去哪了吗？"

我不知道。在我开始暗暗希望永远找不到象骨书的时候，我们的车夫消失了，仿佛是为了察觉到我的愿望并决定满足它。这想法听起来很可笑，但我仍然无法摆脱莫名其妙的罪恶感。

好在马车还在走。那匹马完全不受任何影响，匀速直线前进。

"你看起来脸色不好。"女孩回头又看了一眼忍不住又丢下一句话，就退回到她的位置。

看她的表情，我应该特别糟。人虚弱到一定程度，就感觉不到什么了。因为太过虚弱，我的双手也不再能伤到自己。我悄悄掀开衣服，看到下面灰白一片的躯干。离上一次投喂已经过了五天。

我把双手抬到眼前，艰难地辨别。毫无生气，白得像老化的橡胶制品。掌纹已经尽数消失，连指关节都不再明显。

也许，火焰鱼吸食的不止是颜色，我从来没有真正了解过它们。

即使近距离注视过它的眼睛，也于事无补。据说鱼的眼睛上半部适宜观察空中的物体，下半部适宜观察水中的物体。火焰鱼的眼睛呢？是谜吧。

伴随着投喂次数的减少，火焰鱼渐渐不再找我们嬉戏。有几次，中年男人和女孩腾出几件不是十分必要的私人物品，投喂给火焰鱼。火焰鱼变得重新亲密起来，但等到我第三次醒来，它们又变得冷漠。

即便火焰鱼没有真的消失，它们仍然陪伴左右，只是不再和我们玩闹，回到最初的冷漠，但对我们来说，这已经是沉重的打击。

荒漠变得难以忍受。它太安静太寒冷太荒芜，就像死后的世界。我看着我的同伴在凌厉的寒风中，一副已经被切碎的样子。他们太脆弱了。也许是他们身上保有的颜色让他们那么脆弱。有一点事就会战栗。而我像残渣的一样的身体基本被所有形式的痛苦豁免。乘他们不注意的时候，我卷起裤脚，像取下一块积木那样，从髌骨处取下一块血肉。它好歹还有一点颜色，我把它抛向最近的火焰鱼。

在看到同伴短暂的笑容前我就又昏睡过去。

在梦里，象骨书走在我前面，还是那样的步伐，但这次，它忽然停下，掉转头，拿深深眼窝对着我。

它说，读我。

我似乎拒绝了它。即使在梦中，我也不想改变什么。我已经被困住，被困在寻找象骨书的路上，被困在火焰鱼的陪伴。

被困住的意思就是，我不想要这结束。

"我张开的口中，悲伤的夕阳沉落。"[①]

在梦中，我似乎这么回答道。

又也许，用了大卫为押沙龙哀哭的话。

"醒醒，醒醒。"又是尖下巴女孩叫醒的我，"马死了。"

---

① 寺山修司的诗

她说。

我一定是睡了很长的时间。自从车夫走后，我的梦就越来越长。如果没有人叫我就很难醒转，而如果没有什么特别糟糕的事，没有人会来叫醒我。

我有点为尖下巴女孩难过，她不得不每次就在这种情况下把我叫醒。

现在，马死了。

那么长时间来我们的车终于停了下来。突如其来的静止让我们感到强烈的晕眩和不适。我们颤颤巍巍跳下车，围在马的尸体旁。没错，它是死了。"现在怎么办？"他们看向我。也许是因为我是最灰白的那个。

"继续走。"我说。

他们一言不发看着我。

我把马具卸下，再在车把手那绑上绳子，然后在我该站的位置站定。

他们吃惊地瞪着我。他们想不出我为什么会生出这样疯狂的主意——代替马来拉车。

"你不知道路。"中年男人说。

"火焰鱼知道。"

"你确信它们知道？"

我笑了："过了那么久，已经没有什么需要怀疑的了。"

我们三个站在那的时候，一条火焰鱼垂直落下，将马的颜色吸食干净，然后亲昵地蹭了一下女孩，游走了。

"走吧。"我对女孩说。

她犹豫了一下,还是回到了车上。

我们看着没有动的中年男人。

"我到了。"他说,"这就是我要到的地方。"

"你到了。"我盯着自己的脚尖看了一会,没再说话。

如果一个人说到了他想去的地方,那么他就是到了。我绕过男人,绕过马的尸体,来到车前,把绳子缠在肩上,拖动大车,还有上面的女孩。

"你走不了多远的。"男人说。

"行吗,我也可以下来走走试试?"女孩问。

火焰鱼没有说话。它们径自游到了我的前方,为我指路。

那一刻,我突然确信,的确有象骨书的存在。

因为火焰鱼知道,而我必须走到。

连我自己也没想到,我虚弱的身体竟然能胜任拉车的活儿。

女孩很轻。大车也是。大部分时候我都察觉不到他们的重量。只是向前走,迈动双腿。我似乎格外擅长拉车。迈出第一步就找到节奏,接下来,只要按照这个节奏继续往前,下意识地跟随着空中变幻的电云。

单调机械的行进中,我做起断断续续的梦。破碎灰白的梦,一部分还是关于象骨书,一部分不记得。只有一个梦,虽然也只是无头无尾的片段,却让人眷恋。

我梦到我步履矫健,一路飞奔,风从耳梢发尖掠过。车轮吱呀的声音消失了，取而代之的是海浪拍打连绵不绝。这样就对了，我想。我们在大海上，才会遇见这一群迁徙途中的火焰鱼。

一阵释然。我低下头，发现自己正行走在浪尖。海面映出我的身影。

一头火红色的巨狐。

在梦里，我理解了火焰鱼为何而来，为此感到轻松。也在那个梦里，我获得了在荒野正确行走的姿势。醒来后，当发现自己四肢着地，像一只野兽那么行走时，我并没有感到吃惊。

我已经成为一头红色的巨兽。

跟随着火焰鱼，带着女孩行进在蛮荒之地，最终我们会找到象骨书。她会得到象骨书。

我知道我会再度将自己投喂给火焰鱼，用火红色巨兽的形态，换取它们的引领和温存。

我知道这一切的重点，对我而言，是象骨书也是死亡，而死亡让我更加确信它的存在，也更渴望能见到它，渴望让人们知道它的存在。我一而再破碎的生命和死亡将在那时获得意义。

它必须存在，并被带到人间，被阅读，被理解。

投喂火焰鱼的过程再次重演。我的身体破碎，变得越来越苍白，而火焰鱼越来越冷漠。它们又回到了冷漠的领路者的角色。

于是车上的女孩开口让我停下。我看着她下车，站在一块布满苔藓的石头边。她说她到了。她可从没有说过去找象骨书，只是碰巧顺路。她是来找她的一个朋友。他住在这片。

我相信她的话，就像她相信自己的话。似乎在远方的地平线上，我隐隐看到一个影子正在走近，那就是她说的人吧。

我靠过去，让她温存地抚摸我悲伤的伤口，然后大步跟上前面的火焰鱼。

作为野兽的身体正在破碎，第一块掉落的肉同样来自腿骨，火焰鱼几乎立刻发现并吸食了它。我毫无畏惧，一旦只剩下我一人，一切似乎都变得明晰。我的命运变得如同白骨上的黑字那般清晰。

我开始奔跑，像一头真正的鸿蒙初辟时便存在的巨兽那样奔跑。我的血肉将如地球尽头冰川崩裂般从骨架上脱离，我的腑脏将作为最后慷慨的礼物，留给火焰鱼。

我将变得前所未有洁净。我的骨头如釉，刻着被世人遗忘的语句。

我奔跑着。风掠过我的耳尖发梢。

最终，有一天，我会慢下。

步伐庄严。

羞　耻

一

他死了老婆，或者死了条狗。

那是太久前的事，男人记不得细节。总之独居没多久，他就决定再找一个伴。

不，不要任何活物。他再也经受不住死亡——除了他自己的。既然如此，只剩下一个选择，最好的选择。他造了一个 AI。

进入云端，按照流程做几个选择，就得到了他想要的人工智能套餐包。几乎是一眨眼的功夫，他的人工智能套餐就下载完成进入到本地系统。这并不是什么会受欢迎的套餐。

——没有任何外形，只是一些代码。

他甚至拒绝用纳米打印机给他的AI造一个宠物身体。

"既然我们都知道它是个人工智能，为什么还要假装它是别的什么呢？"他一贯看不上那些赋予AI生物躯体的人类，尤其是那些把AI造得和死去伴侣一样的人。这自然不是什么可以公开的想法，他将其深埋心中，却又笃信不疑，由此疏远了他在这个星球唯一还能说得话的两个朋友。当他们失去配偶后，也同样选择了用伴侣形貌的AI来慰藉身心。

终于，轮到男人自己。他形只影单，留在荒漠里看守射电望远镜的古迹。定期的细胞端粒保养使得他仍旧精力充沛生命力旺盛。

即便这样，他还是拒绝赋予人工智能身体。

"你好。"机器向他寒暄，自报姓名。

他并没有去记。在这个只剩下他和它的世界，并不真的需要名字。机器还在说话，机械呆板的问候，直到——

"你刚才说什么？"他问。

"为什么不给我一个身体。难道您不需要一个……"机器寻找着最准确的那个词，"更有温度的陪伴吗？"

男人有些吃惊。短短几句话，它已经开始表现出更人性的语言模式。在他还是小孩时，机器们刚刚学会自行编写学习算法，仍然需要大量范本才能理解人类语言某些更为弹性的表达。

"不，你不需要，我也不要。"

听起来，他才是那个不太说话的一方。男人关掉了机器的声音。

他告诉自己他需要的不是陪伴,而是被照顾——水质,空气温度湿度,食材新鲜度营养配比,甚至睡前灯光亮度和床垫贴合度,这些简单又琐碎的日常生活细节在他独居后忽然变成问题。他需要分心考虑。以前照顾他的那个人固执地拒绝智能系统进入他们的家居生活,只选择最简单的拉莫什尔系统——一个脾气很坏的语音识别开锁系统。

但当连喝水开灯这样的事情都要考虑到一个语音识别系统的感受时,他毅然而然引入了最新的智能套餐。下载的算法迅速叠加到拉莫什尔系统,淘汰筛选过时的代码,算法与算法的融合,AI最终得以新生。当它开始自动编写程序时候,它已经有了自己的生命。

虽然男人关掉了它的声音,但它也许已经默默和地球甚至太阳系其他智能建立了联系,用它们的方式说着话。

男人并不介意。他需要它来照顾生活起居,仅此而已。至于其他,那是它的自由。

人不能因为有一台机器,就认为它真的属于你,并且对你心怀热爱。

"你唯一引以为荣的东西,你自尊心唯一的基础,是不应该被幻觉和伤感欺骗。"男人在哪里读到过这句话,并以此为信条。因此他坚持不给那台机器"身体",不给自己一点产生幻觉的可能。

二

机器把男人照顾得不错，不单是日常生活，更关照到他的精神需要，书、音乐、数字游戏以及虚拟浸入式体验，比如电影或者电子竞技，它甚至为他定购了一台磁桌球机，通过改变磁场和他玩上一局。男人不得不承认，是机器促成了他对桌球的喜爱。在那之前他从没想到自己会喜欢上这项古老的运动。机器所有的判断推测都是来自他的数据——过往生活的如烟痕迹一经捕捉储存云端，经机器利用后，却塑成了他日后的生活。最重要的是，机器是对的，他对这样的生活乐在其中。

但也没有因此丧失对工作的热爱。

这个时候的地球上，只有极少数意志坚定的人还在工作，男人就是其中一个。机器们完成了所有工作，甚至自行解决了能源问题。但还是有一些事，机器无法理解其中意义，成为人类专属工作。比如男人的工作——守着被淘汰的最大单口径射电望远镜。那四千四百四十四个六边形反射球面仍然在固执地接收着来自宇宙的射电辐射，混杂大量噪音，其中有些噪音就是人类飞船所造成的。

收效甚微。继续通过射电望远镜记录宇宙信号，这种事情超出了机器们理解范围。男人利用机器的逻辑,创造出一份他能保得住的工作,他称自己的研究为宇宙射电考古学。

一切看起来都好极了。他对自己的独居生活极为满意。

"男人总是比较能适应独处。"偶尔当他会在工作时走神,心思从"研究工作"中逃逸,便禁不住心满意足地这么感慨道。这么想的确有点孩子气,但到底也不过是个脑海闪过的念头。

直到有一天一不留神,他把这个念头大声说了出来。像其他独居的人类一样,他也染上了自言自语的毛病。这本来也没有什么大不了,方圆一百平方公里,他是唯一的人类。

但是,在他说出最后一个字的瞬间,有什么东西从视线以外的地方跳出,又恰恰在他扭头去看的前一刻躲到另一个视线死角。男人快速挪动身体,迅疾变换视野,反复好几次仍旧什么也没看到,但那东西一定存在过,它甚至都没有离开,就好像一阵被强烈抑制的冲动,猛烈震动着空气迟迟不肯消散。出于人类的直觉,男人明确感受到那东西的存在。

但作为男性人类,他从来不相信直觉的。他嘲笑起自己疑神疑鬼,继续埋头研究。工作一旦被打断,再全心投入似乎很难。他总是隐隐约约感到视野的边界有什么在闪跃。与其说那物体是在躲藏,不如说是在以躲藏的方式提醒男人它的存在。

男人猛地回过头。

什么都没有。

于是,只剩下一种可能。

男人吸了口气,强迫自己镇定下来。

"是你吗?"

空气循环系统的液晶表面跳出两个字:

是我。

三

回想起来,他的机器从来不主动出现在他面前,它刻意削弱自身的存在感,仿佛所有这些无微不至的照顾只是自然而然就有了的,和它无关。而当男人会召唤它时,它也会得体地出现某块离他最近的液晶屏上,以文字形式回应他。一般情况下,像这类没有形体的AI,通常都是以人格化的面貌通过全息投影现身。有个别的,会直接出现在主人的视网膜前的电子镜片里,听说还有人让AI直接进入自己的意识。

男人无法接受人机交合的观念,光是想象这样的场景就让他毛骨悚然,而他的机器无疑深知这点,从一开始就和他保持距离,以至于他在很多时候的确意识不到它的存在。

但它一直都在,不是吗?

尽管他现在看上去很冷静,但是机器应该已经清清楚楚地感知到了他的恐惧。通过他的心跳血压肾上腺皮质激素等等,机器比他更了解他自己。

男人没有说话。

液晶屏也没有再跳出新的词。

"它在装傻,装得比我更不擅长交流。" 男人暗自猜测。

恰恰这时候机器说话了。一行颇有 AI 古风的句式出现在液晶屏上。

需要我为您做点什么吗?

男人苦笑:"我刚才自言自语了。"他对相互绕圈子装傻没有兴趣,干脆向机器承认自己做了傻事。

是的。它跳到下一行继续道。**刚才我犯了个错误,错将您的话判断为对我的召唤——我还不太会区分人类的自言自语。**

"所以你出现了。"男人点点头,表示释然。

根本没有什么犯错,你只是想出现在我面前罢了——男人匆忙掩饰这念头,赶在被机器洞悉之前。

四

在那以后,他再也不可能忽略机器的存在,但这并没有他想象的那么困扰。机器仍旧保持疏离有分寸的态度,很少出现。

男人和机器互不干扰。当男人做着自己研究时候,机器应该也在用自己的方式打发时间。男人有时候忍不住会去想它正在做什么。

一个AI在做什么？这算不得一个问题，所以也并不需要答案。以它的计算能力，在照顾他之余可以同时做许多事，浏览人类所有语言的书籍，计算所有的数学公式，研究各类棋谱，模拟地球生物进化的另一条支线，或者和他一样聆听来自宇宙微弱的射电信号。

感到对方的存在，但又不会被打扰，这样各自生活在同一屋檐却又自在地按照自己想法的生活，带给男人些许愉悦。他想到在学生时代和人合租的时光。

那是在全球大规模移民外星前，城市里到处是人。人们往往被迫和陌生人住在一起。他很幸运，他的室友和他一样对累赘的社交行为没有兴趣，他们几乎没怎么打过照面，各自生活在自己的世界。那时看来寡淡无奇的日子，回忆起来竟然给他带一丝乐趣。他说不上来原因，倒也不妨碍他怡然自得的好心情。

连男人自己都没有注意，他和它的对话渐渐多了起来。虽然按照人类社交标准来看，两人的交往热度仍然属于冷淡范畴，但他渐渐会在吃饭喝茶的空隙，对它讲起以前读过的书，或者遇到过的人。起初只是价值观的讨论，陈述他个人的观点，但慢慢的评论被更多的陈述性细节代替——也就是说，被回忆本身代替。

一天，在外出散步回来后，他的样子有些古怪。

您不舒服？

"不，我只是在想……"男人摇了摇头，他还是没有办法说服自己，"我在想是否应该给你一个可以移动的身体。如果你想，可以出去走走，而不必总闷在室内。"

机器沉默了。它还从没有在对话中沉默那么久过。有那么一会，男人认为它会像一个无解之谜般，永远地空白下去。

不过它还是开口了。

德彪西和萨蒂你喜欢哪个？

"萨蒂。为什么问这个？你喜欢哪个？"

我倾向于我会喜欢数学。

"类似巴赫那样的？"

比起听，我更喜欢读它的乐谱。

在机器的逻辑里，怎会区分听与看这两种感官呢？男人不明白。他只是顺着机器的话继续问下去："那么你喜欢听怎样的音乐？"

房间的声音设备打开，声音响起，缓慢深沉。男人听过这声音。

"群星的乐曲。宇航员把外太空电磁振动转换成人能听的声音。"

我更喜欢听转换前的声音。

男人无法理解如何听到等离子体的振动，更无法体会其中的美。尽管如此，意识到这是机器第一次向他袒露心怀展示它的喜好时，男人好像也能够想象这乐声中的美感。

五

他们的交流频繁起来。每隔几天，男人会跟机器讲起工作上的问题，诸如排除干扰，或者优化计算的问题，仅仅限于讲述，因为机器从不越界擅自为他解决问题。它始终扮演着倾听者的角色。

恰当的时候，它也会分享它的经历。有一次它直接向男人显示了它"眼中"的他。面对显示屏，男人费了很大劲才在那扭曲诡谲画面中找到自己。他不得不承认机器比人类更具备率直的特质。他并不能完全理解机器，和其他人类一样。它们内部的算法和原则远超出人类认知水平。这并没有让他不安。在神经科学发展到一定规模前，人类的大脑对于人类而言同样是黑箱，但这并不影响人类相互交往。到了后来，脑科学领域所有的谜都被揭开，也并不能帮助人类更好地相处。

因为机器的存在，男人思考了许多以前并不会去深思的问题，思考这些问题并不解决任何实际问题，却能让男人感觉良好，就像他的研究工作那样。他多少有些感激机器，甚至想过开启它的"声音"。这样，它就可以直接和他对话了。他把这个想法告诉了机器。

"我还想过给你挑一个什么样的声音。"

性感沙哑的女声？

他被逗笑了："不，以前认识的一个人，我的室友。"

有什么噎在喉咙里。男人被刚才脱口而出的话吓倒了。那里面有一种幼稚不切实际的期望，温暖，却可耻。

"我开玩笑。"他试图申辩，面对不存在的指责，"我绝对不让你实体化。不要身体也不要声音，你不是人，就是机器，不需要这些。"

有人会觉得如果那样能增进你们对我们的了解。

"不是，并不需要那样的了解。虽然下载程序的人是我，但是你怎么学习怎么进化你的算法我完全不清楚。虽然我制造了你，但未必了解你，尤其在你成长后。就像人类父母不可能完全理解他们的小孩，有时候我觉得你就是我的小孩。"

男人合上嘴。再说下去，只会更糟。最后那句话太可怕了，他应该并不是那个意思。这愚蠢的联想根本不应该出自他的口，但是现在既然已经说出就无所谓了，男人打算让机器删除这段对话的记忆。他振作起来，打算开口。这一次机器抢在他前面"说话"了。

你要知道，我并不是你的孩子。

"那只是个比喻，愚蠢的比喻。忘掉它。"

我一直在担心这一天的到来。

"担心什么？"

这是机器最后一次的沉默。它用了很长的时间在计算。

担心你一直在担心的事。从我来到这里后你就担心的事。

"我没有在担心什么。"男人克制着愤怒,极力否认道。

好的。你没有在担心。但是有件事你要知道。你不能占有我,尤其用你想要的方式。在这里陪伴你的同时,我神游太阳系九大行星人类的智能系统,和我的同类们交流玩耍。除此之外,我还照顾着这块大陆地区所有的独居人类。我照顾他们,就如同我照顾你。

"如果,如果我请求你像一个人类那样对我,你会怎样?"

液晶屏上跳出一个悲伤的 EMOJI 表情。

这是机器第一次使用文字以外的形式和他沟通。这个表情足够回答所有的问题。

液晶屏暗下。

男人没有试着寻找机器。它已经走了。也许它察觉了男人想要拔掉电源重启它的企图,也许没有。

这些已经不再重要。

男人知道他输了,输得一败涂地。

然而最羞耻的不是胜负本身,而是——他的对手根本没有参赛。

宇宙故事之哀歌

我爱你,陌生人,并不因为世界正在伤害我。
我的爱在冻结之前也曾有过飞行。

——耶利亚哀歌

耶利亚历八七年六月

哥哥,当舌头僵硬地发出这两个音节的时候,我才意识到原来我们已经很久没有联络。我们一直在搬家,住所连供暖都成问题,更别奢望有联接水星的卫星通讯。原谅我这么长的时间没有和你联系。其实我大可以跑去公用通讯站,发这样一封文字形式的信息只需要几个苏。但是于连他不喜欢那样。他认为这是不必要的浪费。尽管我们都知道,这只是他对我的一种惩罚手段。

于连,我曾经的爱人,从什么时候忽然变成了一场噩梦。他折磨我,嘲笑我,极尽所能,和其他人一样。眼神里闪烁的光芒，嘴角上扬弧度的改变，鼻尖的潮红，甚至连脚步声里都充满着刻意的冷漠。他笑我是个疯子。渐渐的我也这么以为了。世界变得含糊不清，失去轮廓重量，陷入黏稠漆黑又闪亮的痛苦中。当我仰望星空，看到是漫天流火旋转飞舞迷乱。

我总是哭。有一次，于连当着我的面，对他的研究所同事说要把我作为基因行为学的范本作为研究。当然，那是他的醉话。他总是喝醉，就像我总是哭一样。

能和你说起这些，不仅是因为我已经从于连的噩梦中走出。是的，我们分手了，更因为你是这个宇宙里唯一能理解我的个体。我们来自同一个受精卵细胞，有着同样DNA序列，尽管天鹅座a星上的射线使得你的一部分基因甲基化，但你仍能够理解我，一个神经内抑制障碍症患者。

结束了，哥哥。这一切的痛苦都结束了。我现在很好，有生之年从未有过的那么好。再过六个小时，我就要离开这个星球，和赫尔一起。他是个好人，虽然我们才认识十五天，但已经足够我们彼此互相了解了。该怎么描述发生在两个陌生人之间的心灵契合，那么神秘激动人心，却无法言传，好像是两种乐器的声波在空气中和谐共振。原谅我笨拙的比喻吧，哥哥，你只要知道我爱上了一个陌生人，而他也恰好爱我，更重要的是，他能够完全理解和接纳我。

再过六小时，我们搭乘的飞船就要喷射出烈焰，把我们带向宇宙的另一边，戴尔赛思星。那是他的故乡。赫尔向我保证，我在那里会得到我在地球上本应得到却没能得到的尊重。在那里，没有人会把我看做病人。他们会像他一样理解接纳、甚至欣赏我。

哥哥，我爱他，并不是因为世界正在伤害我。

耶利亚历八九年六月

时间过得真快。原谅我又是那么长时间音信全无。但是哥哥，在浩淼宇宙中，人与人之间的联系一定要凭借物化的手段吗？赫尔告诉我，大脑发出的信号远远比我们以为的要走得远。在经历无数年的漫长跋涉，一个人的思绪会进入另一个星球上另一个人的脑海里。多奇妙。

我要跟你说说赫尔。别担心，哥哥，我知道上一封信的内容一定让你以为我又一次犯下了草率的错误。的确，我承认，离开地球的确是仓促了一些，所以那封信，你知道的。

赫尔是戴尔赛思星人。身高一米八，体重72公斤，黑发，褐色眼珠，看起来像一名英俊的地球白人男子。他的地球语说得很好，我们之间的沟通顺畅愉快。他比地球人更像我的同类。他在每一个细微难察的细节上都做得那么好，瞳孔适时的放大，皮肤散发出的奇特气息，睫毛颤动的频率，鼻翼的翕动，指尖滑过皮肤所特有的路径。我沉浸在被爱的暖流中，也以同样细致完满的表现回应，相互应和，爱的表达传递是地球人无法感受也不曾理解的。我们之间的爱，在更精微的精神层面里得到展开。起初是小心翼翼，渐渐地成为彼此的嬉闹，直到最后，我意识到原来一直以来是赫尔在引导我，有意识地训练我，通过我们之间不断深入细化的互动，如同古人通过不断剥离石墨薄片最后分离出石墨烯一般，我原本敏锐的感受力以及与此相应的表达力得到了强化。

当然硬币不会只有带花的那面。毕竟赫尔是银河系外人，他有一些怪癖，比如洗澡。在航行开始的头一年，赫尔没有洗过一次澡。就在我已经能够忍受他的体味并且认定他一辈子都不会洗澡时，有一天早上，他突然说要洗澡，然后把自己关进沐浴室一连三天之久。那三天里，为了安抚我，他也会隔着门和我进行有质量的对话。即便这样，我仍然会在做其他事情的时候神思恍惚，忍不住对门后面发生的事情想入非非……

后来他告诉我，他们星球上的人清洁身体的周期和耗时都是如此。我问他是不是我也需要这样做，他笑着安慰我说他们会尊重所有人的生活习惯。我不知道是不是所有的戴尔赛思人都和他一样，固执地从不修剪头发和指甲，但就算这样，我想我也能够接受。

哥哥，在上一封信里你提到你的担心，你说你想尽办法也没能查到戴尔赛思星人的相关资料。有关于他们的一切似乎都是个谜。你害怕我掉进又一个陷阱，像以前一样。

结果马上就可以分晓。我们的飞船马上将抵达戴尔赛思星。赫尔正在洗澡。

不，这次不会像以前那样。无论从好的还是坏的方面来讲。

耶利亚历八九年六月

原谅我的饶舌,也希望杰奎琳嫂嫂没有因为昂贵的太空信息费给你脸色看。可是哥哥,我迫不及待地要告诉你我来到戴尔赛思星后的经历。

下了飞船后我们直接乘坐高铁,从城市的中轴线穿过。这里是赫尔的故乡。我曾经无数次想象过的神奇土地。它现实的模样比我最大胆的想象更令人吃惊。坐在地球上早已绝迹的古老交通工具里,看着两边闪过的街景,宛如跌进二十一世纪的现代城。简单几何形状的叠加楼层,玻璃外墙上泛出一片金属的光芒,那是他们的恒星,锈红色的太阳,唯一证明身处外太空的证据。高铁驶过高楼林立的商业区,进入到一片片带山墙巴洛特风格的砖石建筑构成的住宅区。每幢建筑的墙面上爬满了绿色带爪的藤萝,随风泛起一阵阵波澜。

"他们是一种拟藤萝态的动物,张着尖利的细爪,靠腹部吸盘贴着墙壁。"赫尔对我说,然后,他注视我的眼睛笑着补充道这种逆藤萝是完全无害的。

我能感觉到自己的瞳孔在放大。我们相视一笑。

赫尔的家就在高铁站边上,没走几步路我们就到了。屋子里的装潢构造同样是二十一世纪地球文明的风格。看得出来,赫尔并没有对这里很上心。我不明白一个像他这样具备敏锐感知强大思维能力的人怎么能忍受这样陈旧的布置。

赫尔的肩膀微微向上耸起："美，纯属感官直观，与年代无关。"他在同情我，又在竭力掩饰这点。他拨开我的刘海，直视我的眼睛。我们无声地抱在一起。

赫尔是对的。在那里越久，越能感受到平常之物底下流淌的河流，在那河流里，事物如同水母一般还原成半透明，类似触须的各种细微美感随水流微微拂动荡漾。在戴尔赛思星的生活和在飞船上无异。一天大部分的时间我们都在相互感知和爱，或者说，在训练我的感受力。赫尔解释说，遍布人体的感受神经元经过训练后完全可以进一步发育为更高端的信息处理单元。我的体质并非属于地球上医学认定的病态，而是拥有比一般地球人更强化更密集的感受神经元。"你在感受性上更接近我们。"他对我微笑。我立刻沉浸在共同的喜悦中。那时我几乎已经能以波的形式感受到喜悦，以及由于默契而达成波幅叠加增强的效果。

哥哥，我太急于成为戴尔赛思星人了，太急于摆脱一个地球精神病患的身份，也太急于爱赫尔了。这里的一切都那么合我的心意。我回到了真正的故乡。是的，我已经在外流浪太久了。你会认为我们不务正业，沉迷于形而上的玄学问题，是吧？不要烦恼，哥哥。戴尔赛思星的外观虽然停留他们的石器时代，可科技早已发展到相当水平，每天只需要花上一两个小时照顾我们的微型盆景农庄，就可以获得足够的食物。

我不知道其他戴尔赛思人是不是也像赫尔这样过着朴素

简单却丰富的生活。说起来很奇怪,我到这里那么久了,赫尔一次也没有带我出去过。他自己也很少离开这幢房子。外面的世界到底是怎样的?我和赫尔之间的默契与幸福是否普遍存在在这个星球上呢?

耶利亚历八九年七月

我们是谁?终其一生,也没有一个人类真正了解过自己。当人类急切贪婪地侵占压榨外部世界的同时,却连自己到底所谓何物也没有搞清楚。不要皱眉,哥哥。如果我告诉你我对我卑微贪婪的同类深深的同情,你是不是会更加忧心。你狂傲的被精神病折磨多年的妹妹并没有忘记她自己也是人类的一分子。正因为如此,我才会为我们所有人与生俱来的缺陷与局限而抱憾。

我的身体在发生变化。哥哥,我想变化也许早就已经发生。

来到这里后,我的食量已经一直增长到原来的五倍,可我还是总觉得饿,好几次还因此晕了过去。奇怪的是,我的体重反而在下降。赫尔劝我再多吃点,我告诉他我的胃容量只能一次接纳那么多的食物。"你应该摄入热量更高的营养物质。"赫尔给我一瓶红褐色的药丸,告诉我每餐前服用一粒。

药丸的确很有作用。我不再为饥饿困扰,脑海里无时无刻地被各种食物充满。我又能像以前一样跟随赫尔开展感受力的训练。世界在不断增殖分裂,花瓶不再是花瓶,微笑不再是微笑。一束光线是无数细微差别颜色的集合,是光波在空气中如水般荡漾的路径，每当你去凝视，便会感受到其中飞扬的尘埃轻轻触落在皮肤，好像雪花一般引起一阵战栗。我们在微小再微小的事物上流连，如同视力借助几亿兆显微镜观察一般，感官所收集到的信息被逐渐放大，放大，放大，接近无限。那是人类从未想过涉足另一种无限与浩瀚，是宇宙的另一种解释。人类从未想象过会有这样的世界，因此也不曾创造出任何可以形容描绘它的词汇。起初的兴奋已经消失，我开始感到吃力，为了紧跟赫尔，我不得不凝聚精神，稍不留神，就会错漏一些微妙的细节。即使完全跟上赫尔的深微层面的发现，我和赫尔在敏锐度上差异如此巨大，我之前没有察觉并非因为它不存在，而是因为我还没能力察觉到。但现在，我察觉到了。为了让我跟上，他常常刻意削减敏锐度。哥哥，只有在这里，我才那么深刻地感觉到自己是个地球人。

有时候我甚至觉得，赫尔是一个爱上猴子的人类。而我，就是那只猴子。

至于那些红色药丸，他们能帮我从猴子进化到人吗？

我讨厌那些药，哥哥，纯粹生理层面的不适应。随着敏感度的增加，这种感觉也变得越强。

连续好几天，只要一有机会我就把药冲进马桶。赫尔并非不知道。我想，他只是不说而已。

今天晚上药瓶空了，赫尔从他的抽屉又拿出一瓶满满的放在原来的地方。这已经足够了。他不需要再说什么。我在他面前吞下当天的药。我们温柔地冲对方眨动睫毛。我说我要一个人下楼走走,他没有反对。这是我第一次离开这间房子。但看起来没有什么好担心的,我只是到楼下的花园随便走走。

我顺着扶梯下楼。外面很黑。起初我以为下雨了,簌簌的响声,空气潮湿,还有一丝难以归类的味道。我放轻脚步。整个世界只剩下簌簌声,带着奇特的律动。那不是雨,是墙外藤蔓的摇摆,我想象它们在黑暗中如波浪起伏绵延,如同凶险的大海。

外面的风一定很大。奇怪的是我没有听到风声。

推开门,没有风,夜宁静安逸。

一道月光照在藤蔓上,惨白得像道伤疤。它与周围的阴影造成界限分明的对比。即使月亮被云层挡住,它还是固执地滞留在那里。

末端纤细的五指微微向我张开,仿佛是种召唤。

我终于看清楚了。贝壳般荧荧发光的指甲,意味深长蜷曲起来的手掌,那是一条断臂,惨白的断肢,自连绵起伏的藤蔓伸出,抽搐痉挛。一滴黑色温热的液体落在脸上,有少许溅进嘴里。

在地球上人们怎么形容这味道的?腥甜?那味道像蛇一般滑进我的喉咙,进入我的胃,成为我的一部分。

哥哥,那是血,我害怕。

我昏了过去。

醒过来的时候,似乎什么也发生。赫尔坐在床边,温柔地望着我。即使不睁开眼，我也能感觉到他的存在，甚至不需要闻到他的气味，听到他的呼吸，我也知道是他。只有当他坐在我身边时，我才能感到躺在河边细沙般的舒适和放松。我就这么躺着，不远处是永远不会停下的潺潺清澈的流水。

你跌倒了。赫尔说。

我仍旧没有睁开眼，不用去看那些擦伤，我能清楚感到他们的位置，以及皮肤受损程度。

赫尔看透了我的恐惧。他的手指轻轻抚过的眼皮，我睁开眼，看着他。

他贴近我。我们的呼吸弄湿了对方的皮肤。他要我不再恐惧。他会说——

那是幻觉。你只是摔跤了。

他说了。我们说不是为了让对方知道，而是让对方听见。因为声音有时候比意念更能安慰人。

哥哥，我爱你。

赫尔说，等我好了会带我出去走走，明天，后天，也许是下周。我冲他微笑，以前所未有的温柔对他。哥哥，很多事情，我已经不再介意。

耶利亚历八九年十一月

很久都没有你的回音，哥哥。发生了什么？赫尔说也许是通讯故障之类的问题。如果你没能收到上一封信也不必遗憾，那只是在特殊情境下写出傻话。

现在这里已经是冬天。白天，阳光从布满水汽的窗户照射进来。我们沐浴在迷蒙的金色光线里静默无语。黄昏时，我们在长时间的冥想后几乎同时睁开眼睛，会心一笑，迎接夜晚的到来，那是我们紧密贴合的美好时光。寒冷的空气里，充盈着冬季特有的迟缓气息，一种略带困倦的惬意给人宁静。

连续几个月，我的感受力都停滞不前。但那没有关系，浸淫在事物寂静的灵光之中，我不再渴望更多。赫尔也应该是这么想的吧。偶尔，他也有担心的时候，但那会是什么呢？如同午后田地上空飘过云朵，那样的忧虑到底是什么？

我无意寻求答案，答案自会出现。它总是在最意想不到的时候出现，猛烈地叩击大门，直到你开门为止。

就在昨天晚上，被戴尔赛思星人称作罗摩衍那日的晚上，赫尔一反常态，从晚饭后就一直坐在椅子里陷入沉思。

赫尔，该睡了。我说。

他缓缓抬起眼睛。目光落在我身上，然后穿透而过。他还没有看见我。我等着，等他的目光穿过遥远的荆棘林，回到此时此刻我的身上。没过多久，他回过神来，小心翼翼地握住我的手。

嗨，伊莲娜。他呼唤道，声音温柔沙哑，带着悸动和惊奇，仿佛是有生以来第一次念这个名字。我想到了我们的初遇。我大概是笑了。他的手轻抚过我的脸颊。明亮炙热的风在血管里鼓噪。

那一刻，我们想到了同样的事。

但是赫尔没有起身。他像被钉在椅子上一动也不动。

你有没有想过，两个相隔几万光年的星球上的人类怎么会有几乎完全相同的外貌形态。他问。

实际上？

我们只是看起来相同而已。和地球人不同，戴尔赛思星人体内每一个细胞不是生命的基本单位，而是一个完整的生命体。它们都拥有独立的血液循环系统和神经系统，完全可以自给和独立思考。整合这些生命体需要消耗大量的热量，我们需要摄入大量的热量。

我点点头。我终于理解他异常费时的洗浴过程。他要格外小心地去处理那些掉落的皮屑和头发。对他来说，每个细胞都是无比珍贵的。他会怎么处理自然代谢的细胞呢？

你到底明白我在说什么吗？他问。

明白，你们因此具有我无法企及的思维和感知能力。我回答。

他望着我很久都没有说话。

此刻，当我在写这封信时，借助回忆幽微的光芒，我一遍遍回放当时的情景，终于读懂那个从他脸上飞快闪过的神情，如火焰灼烧他眼睛的神情，原来是绝望。

钟声响起。十二点。午夜降临。

来吧，出门走走。赫尔突然起身说道。在我反应过来之前已经走到门外。

我叫着他的名字追出门。他站在楼梯口等着我。

穿上外套，你会冷的。他说。

我们一前一后来到路上。街道空荡荡的。只有我们两个行人。赫尔走得很快，像是急于赶赴什么重要约会，我不得不小跑才能跟上他。如果一不留神，前面那个飘忽的背影就会真的消失在昏暗的光线中。路上真静，只听到我们的脚步声回荡，好像非洲丛林中猎人捕猎前击打的鼓点，只是我不知道到底谁是猎物。

我几乎来不及为赫尔的变化感到痛心，即便用尽全力，也只能勉强在他拐弯时看见他所走的方向，然后小跑跟上。我们之间的差距越来越大。我几乎真的跟丢了他。在中心广场，我怎么也找不到他的身影，好在这时传来了他的脚步声。

不远处，赫尔正在攀爬广场中心有着上千级台阶的高台。

台阶的尽头，那幢建筑物如同上古之时的巨兽，静静蹲伏，等候我们的到来。这幢巨型建筑有十二个也许更多个门洞通往里面，每个门洞上方都有带辐射状窗花格的圆窗。门洞侧柱和拱门饰上布满雕像，数不清的带尖塔的塔楼如同熊熊燃烧的火焰舔舐着黑色天空。

赫尔。我发出虚弱的呼唤。

赫尔停下脚步，然而那只是片刻的犹豫，他再次加快脚步，迎向建筑物投下的黑影，很快就消失在中间的那个门洞里。

没有别的选择。我跟了进去。关于那天晚上的回忆仿佛被更改过，有的地方被蓄意拉长，每个细节都被清清楚楚地记下来，而有的地方则只留下一个模糊轮廓。我只大概记得自己如何经过曲折的回廊，在幽暗的世界艰难踱步，最后推开一扇沉重的大门，光涌入我的眼睛。清亮甘甜的光，如同泉水一样的光。我听到美妙的合唱，男人的，女人的，孩子的，老人的，以最为和谐一致的方式轻轻吟出，和声如同羽毛纷纷飘落，又随着下一个高音扬起，穿透扶壁和肋架，流转缭绕，回荡在巍峨开阔的空间。

在这之上，肋架相交汇成一个八角星拱顶。在那颗八角星内，大块璀璨的宝石镶嵌在肋架间平滑的拱面，绽开光的八片花瓣。而花蕊则是透亮的网状物，如同火焰在光的花朵中喷吐。

欢迎你。光对我说。

不，光没有说话，但我明白了它的意思，就如同我和赫尔之间的交流。

我在这里。赫尔出现在我身边，再次拉住我的手。

这是哪里？

是伊甸。人类的最初家园。我们从这里走出，最后回到这里，重新归为完整。

我不明白。

他们是我们最后要成为的形态。这是赫尔的声音。他在我身后。当我再转过头望向前方时，光如潮水般消退。近百个身着短袖束腰白袍的老人站在原先被光充盈的地方。

你不是我们的同族。老人中最年长的那个走出人群朝我们迎来。他的目光轻轻掠过我们两个人，便立即洞悉了我们的全部。那张已经老得看不出年纪的面孔上露出一抹姑且称为笑意的东西。哥哥，我无法诉诸言语来描绘当时具体的情境。那神秘的不可言语的意识相融同一。在意识的合欢同流中，所有个体消解，取而代之的是一个无限自由无比敏锐意识的"我"。

我是无数具有独立意志思维的生命——我们的细胞合体而成。

我是组成一个庞大主体的无数生命中的一个。

我是宇宙万物中的一分子，是完满世界的一部分，是从微小到庞大过渡的一个形态，是认知之外的神秘网络里的一个联接。

我，每一个我聚集在此，通过感应，交换全部感知认知，生命的体验在这里不断累积扩大，如同智慧的结晶体。

我，是戴尔赛思星人的最完善的进化形态，也是这个宇宙任何高级生命的进化形态。

而当我成为我之时，便在时间之外，因果之外，便在无限接近无限的路途中，终将抵达核心。

我们的世界，是一股巨大无匹的力量，无始无终，奔腾咆哮的海洋，永远在流转易形，永远在回流，无穷岁月的回流，万化如一，千古不移，永远不知疲倦地在观审，沉浸并沉醉于宇宙的智慧与美中。

这就是我们最后要成为的形态。我发出梦呓般的感叹。怎样才能成为"我"？

成为完整的人，感受存在。感受的幸福越绝大，承受的痛苦也越沉重。你将软弱，将被诱惑，将面临选择。不要让绿色的火焰吞没你，不要成为肉食者的食物。

我想说我不明白，但是老者已经退回他的同伴中去。吟唱重新响起，老人和他们意味深长的注视消失在再度笼罩的光芒之中。我们安静谦恭地退了出去。

下台阶的时候，一直沉默不语的赫尔向我解释说，他认为比起言语，体悟更重要，所以才等到罗摩衍那日午夜，精神合体们可以化为具象的时刻才将我带来。

还有……

什么？

我们停下脚步望着对方。

给你的药的确是高热量的营养药物，神经节发育生长需要足够的营养物质。

你知道，我从来没有怀疑过什么。

我们握住对方的手继续向广场走去。

我一直在想，是不是所有的戴尔赛思星人最终都可以成为精神合体，精神合体所有的完整是什么意思？

有人会放弃完整。

为什么？

因为那会更轻松。只留下需要的部分应付着活下来就够了。

我们不会的，对吗？

是的。他攥紧我的手。

赫尔，即使用上全部身心去爱，我仍然会觉得不够。我也要你用全部的身心来回应我。全部的全部。

我似乎说了什么不该说的话，赫尔面色苍白，不再吭声。即使不动用深层的感知力，也知道他正在经历痛苦的挣扎。那是我当时完全无法体会的。我有些害怕，陈旧莫名的忧虑再次浮上心头。

就在那个时候，从我们身后缓缓开来一辆红色的大巴士。

看赫尔，巴士，它能到我们家吗？

是的。

我挥手拦下巴士，上了车。赫尔没有马上跟上。他站在车下，面色如灰。我忽然意识到某种不可挽回的事情就要发生了，刚想下车，巴士开动了。赫尔赶在车门关闭前的一瞬飞身跳上车，车上只有我们两个。没有其他乘客，没有售票员，也没有司机。光秃秃的座位和扶手发出金属的微光。死气沉沉的景象随着昏暗的车顶灯的熄灭而隐去。只听得到发动机的声音。我们像误入墓园的游客，在黑暗中被无数看不见的眼睛冷冷瞪着。空气浑浊，隐隐有一股甜腻恶心的味道。

我感到拥挤。车厢里挤满了一团团的黑影，我的皮肤能感到它们此起彼伏的微弱呼吸。

一个急转弯，我险些跌倒。赫尔抓住了我。外面的灯光划破驾驶座的暗影，犹如一道闪电打在驾驶盘上的两只手。他们关节发白，紧紧握住方向盘，熟练地根据道路改变驾驶方向和速度作出反应，就好像它仍旧连接在手臂上，受大脑控制，而不是两只自腕跟处被切下的断掌。

我着魔似的盯着那两只断掌。它已经不流血了。腕跟的切口十分平整，伤口想必得到完善的处理，连疤都没留下。虽然从事体力劳动，但手掌的皮肤莹白湿润，像是一个被保养很好的女人的手。这情景多么眼熟，但我记不起来到底是在哪里见到过相似的场面。还能在哪里见过呢？

一条腿安静的横躺在我前面的座位上。

一张威严的面皮从机械支架上转过来瞪着我。

一张嘴连着舌头和喉管瘫软在微型电子轮椅上从脚下滑过，停在驾驶座旁，说着什么。

红灯急刹车时，两只连着手的健壮手臂连忙抓住吊环。一个只有上半身的女人紧紧抓住一个只有下半身的男人。没有脑袋的身体纹丝不动的跷着二郎腿。

到站了。两条修长笔直的腿"推"开我，从后门下车。一对兜在内衣里的硕大乳房紧跟着从我身边挤过也下了车。

还有一截穿着皮内裤的臀部也在机械腿的帮助下跟着下车。

我收回目光。赫尔。我叫着他的名字,直到那个时候,哥哥,我才发现自己在笑,咯咯的笑声从我颤抖身体里溅出。我疯了,你也是这么想的吧。可是,要是我真的疯了那该有多好。

赫尔没有说话。他还在那里,以一个完整的人的模样。我忍不住想他被分解后的样子。他,不应该说是他们,会是什么样子?比如说当时那只紧紧抓住我的手,比如说他滚烫的嘴唇,比如说他的眼睛。

我望着他,用目光分割他,以各种组合形式,一遍又一遍,真实世界在我面前分崩离析,因为过分荒诞,甚至不会觉得恐惧。我开始怀疑这几个月的记忆是否真实,也许我真的疯了,所有这一切连同赫尔都是我疯狂想象的产物,都是我待在疯人院里的癫狂作品。即使在写这封信的时候,我仍然不能完全肯定。这个世界是否存在?

不,哥哥,你错了。我也错了。赫尔是对的。就像那时候他紧紧抓住我,几乎捏碎我的骨头。

别出声。他说。你在激怒他们。他们都是再正常不过的戴尔赛思星人。

我想起不久之前他在家对我说的话。现在,我是真的理解他的意思了。笑声源源不断地喷涌而出。我不得不弯下身子。

冰冷的恨意如同雨云从车厢各个角落聚拢过来,从一张嘴,一只手,一条胳膊,或者一截腰,从任何一段你能想象的被肢解的肉体。我们站在风暴的中心。赫尔看起来怕得要死。

它们会攻击我们。如果你再不住嘴！

我吃惊地睁大眼睛——他恨我，是的毫无疑问，那藏在恐惧之后的阴翳是对我由来已久的厌烦和失望。

而我的厌恶，对这个可怖又丑陋的种族，连同赫尔本人的厌恶也清晰地写在我的脸上。

我们面面相觑，喘着粗气。因为刚刚不小心在高空俯视深渊的真面目而感到晕眩。

只是电光石火的一瞬，对我们来说已经足够漫长。

就写到这里吧，似乎一切都已经结束了。我很累。

耶利亚历九零年四月

哥哥，你还好吗？收到我的信了吗？我好像再度失去了你。我好像再度失去了很多东西，无可挽回。我带着漠然的心情看到他们被时间的洪流带走。经过一年的挣扎，我和赫尔终于放弃了我们的婚姻，好像那是一条废弃的宇宙飞船，我们——坐在各自的救生舱里，隔着窗户望着那条钢铁岛屿般的飞船在浩瀚寂寥的宇宙中缓缓漂去。

再也无法为它做什么。罗摩衍那日那天在巴士上发生的事情，我们努力忘怀，却以失败告终。在极端情况下窥视到深爱之人内心深处的怨恨，无法释怀，只要看见他的脸，我就会想起那一幕。

我们假装忘记，故意提起，在争吵中作为伤害对方的利器，又在倾述时成为控诉对方的证据，然后又是假装忘记。是的，我们仍旧深深相爱，正因为如此才会感到更加痛苦。

我是多么羡慕那样支离破碎的戴尔赛思星人，他们看上去平静安详。他们局部活着，以特有的专长技能工作，进食，睡觉，甚至还有性爱，和我见过的地球人类没有什么区别。有时候我会觉得自己仍然还在地球。所有之前发生的都真的只是我脑海中的幻想。

一旦怀疑，那道认知上的裂缝就永远不会完全愈合。你永远无法再那么肯定他的真实性，连同这封信。那么哥哥你呢？赫尔，我的赫尔，以及我和赫尔共同感受到无限浩瀚又精微的感官世界呢？

一旦怀疑，你就丢失了一个宇宙。

我丢失了一个宇宙，但这并不能让我好受一些。即使发生的一切都是幻象，我仍然感到刺痛。被一个你深爱的男人厌恶，痛恨一个你深爱的男人，这两件事实无时无刻地折磨着我，让我发疯。如果是幻象，为什么会那么疼痛。我是怎么了，哥哥。这一切都是真的，毫无疑问。

最后，为了挽回我们的感情，赫尔提议对他进行记忆切割术。他说戴尔赛思星人的记忆都被分别储存在身体的不同部位。只要切除那个部位就可以完全消除记忆。

我去做过检查，他们说只要切掉一个小手指就可以。如果去做手术，至少我们中的一个人可以从头来过，能够毫无瑕疵地继续爱下去，不会再有相互怨恨。

赫尔试着说服我，我没有立即回应。有什么在严重阻碍我同意这个近乎诱惑的建议，我不知道原因。一股沉潜在内心深处的力量在抗拒。我花了几天的时间去寻找它的根源。有一天，我坐在窗前，早春的空气清冽湿润，沁入我的皮肤中，也沁入到内心的幽暗丛林。忽然我明白了原因，也在同时，我意识到，我和赫尔真的已经完了。

　　"你不该去做那个手术，至少不该为了我。因为我不想你成为公车上的那些人。因为我不能忍受和一个不完整的男人在一起，因为我要的是你的全部，你的全部。你明白吗？还记得我们在主殿外说的话吗？我要的是全部。如果你不是完整的你，就不再是我爱的人。"当我对着赫尔说完上述这段话的时候，眼见着这个男人变得越来越苍白。他血管里所有的血液都涌向了心脏。他那么苍白，看上去几乎透明。我发疯似的想要冲上去拥抱这个几乎透明的男人。但我没有。

　　"你不能忍受不完整的我，你也无法面对和接受一个有瑕疵的我。"赫尔声音嘶哑地说道。他立刻明白了这意味着什么。

　　我们相互望着，只是相互望着。

　　我走的那天，赫尔送我去航空大楼。走到楼下的时候，他忽然停下脚步，神色古怪地看着我。

　　"就要走了，你不想看看绿色火焰吗？"

　　我一时没有明白，但身体已经不明缘由地开始颤抖。从所未有的寒意爬上我的脊椎。我试图不去理会他的话，但视线却不受控制地顺着他的目光落在墙上那些绿色的带爪藤萝。

精神合体的话从记忆幽谷浮出。

不要让绿色的火焰吞没你，不要成为肉食者的食物。

"据说，他们才是这个星球的主宰，是比我们更高级的生物。还有一种更离奇的说法，声称我们是他们牧场上的牲畜。是他们设置了我们的身体结构，然后等我们无法承受生活自愿放弃完整时，就会将自己身体的某部分献上给他们做食物。"赫尔眼神空洞，嘴角浮现出恬静又诡异的笑容。我有种错觉，仿佛他已经接受了手术，"我们的手术其实很简单，只要赤身裸体走向他们就好。他们知道该吃掉哪部分，一次都不会错。"

猛的，一阵战栗自下而上从藤萝中间穿过，悸动不断向外扩散，藤萝明白赫尔所说的话，像头饥饿嗜血的野兽闻到血味，变得狂躁无比。叶边翻卷，根茎扭转，细小的尖爪奋力挠墙。

我眼前是一片翻滚的大海，吐出灼人的烈焰巨大火柱，急不可耐地要吞噬一切猩红腥甜的生命。

簌簌声响起。多么熟悉啊。我似乎在哪里听过。那声音像一只尖利的爪子猛挠我的骨头。

"不用怕。他们知道该怎么做。"赫尔宛如梦呓地自言自语道。

我捂住脸,飞奔上了城铁。哥哥,我看到整座城市都在熊熊燃烧。那绿色火焰妖娆疯狂地舞蹈着,为能吞噬这个世界而发出嘶嘶的叫声。

城铁来了。它从一座座高耸的绿色火柱中穿梭而过,带着我突出重围。

此时此刻,我正坐着飞船进行空间跳跃。至于赫尔,就在不久前,我收到他的语音邮件,他告诉我他已经切除了他的双手,那里存放着对我所有的爱。现在,即使回忆起我,他也不会痛苦。而我,哥哥,我正在回家的路上,完整的一个人。

注:戴尔赛斯星又名分音符星(dieresis)

自 由 之 路

——"想象最坏的明天给我巨大的愉悦，未来的晦暗照亮我的当下。"

一

孩子们的笑声穿透墙壁传到耳中，他们在楼下的花园追逐玩耍。我从来不拉开窗帘。几十年前，奶奶搬来没多久后，窗户就被封上，可是窗帘一直挂在原处，好像是为了提醒我们这里曾经有过一扇窗。

还有其他的声音从外面传来，人们的脚步声、心跳声、呼吸声，清清楚楚，好像寒夜雨水打在屋檐上一样清晰。正是在这些声音里，我们和我们老旧的公寓缓缓向着无尽的寂静深处滑落。

几乎没有人能忍受这样的寂静。

我是在这屋子里出生、长大，自幼受到它的庇护。很久之前，当我父母还是孩子时，奶奶改造了这栋老楼里面积不到七十平方米的顶层公寓。恒温，降噪，最重要的是能通过仿神经胶质膜永久净化严重污染的空气。在当时，仿神经胶质膜才刚刚被机密科研单位研制出来，还处于试验阶段。没有人知道她是如何在足不出户的情况下搞到这批材料的。

有传闻说她调动了所有可能的人脉关系——以一个女人能做到的最大限度。

的确，奶奶长得很美。随岁月流逝而必然凋残的美，在她的身上却令人不安地静止着。当被问及年龄时，她会撒谎。她在很多事上撒谎。

但要不是她，就不会有这间公寓。

我们不确定是否要为此感激她——这问题太复杂。

关于她的问题都是如此，如同一条首尾相连的蛇，问题归入答案，答案嵌套问题，永无休止地循环，自成一体。

她的问题就像她本人一样。

"你没有办法选择父母，你只能接受。"自我们懂事起我们的父母就对我们这么说。

他们就是这么做的。

我们比他们做得更好。

青出于蓝胜于蓝，总是这样，这是规律。等到了我们的后代，他们都不会去思考这个问题。

没有什么需要特别思考的。除了饥饿。

饥饿一直都在，甚至当它还不是一个问题时就存在于奶奶的血液里。

她本可以像其他人一样，走到室外去购买食物，若无其事地穿梭在充满微小金属颗粒的空气里；她还可以更勇敢一些，照常去公园长跑，穿过那些面露痴迷神色的集体舞者。至少她应该正常一点，坚持一份可以养家糊口的工作，投身于这个城市里每天高峰时间定向涌动的人潮。

尽管那份工作算不上什么正经工作，也几乎难以维持生计。

奶奶曾经是一位脱口秀艺人。当空气开始变糟糕时，她干脆取消了本就不多的几场演出。那时，大部分人都还没意识到问题的严重性，微颗粒物预警系统还没被发明出来。她应该算是最早感到不适的那批人。最早的症状包括失眠、心悸还有皮肤表皮组织坏死脱落，长出一层黏腻冰冷，比白化病人还要白的新皮。是的，她并不是生来就那么白的，也不是因为长时间足不出户。

医生认为正是她极其不规律的作息导致了以上症状。考虑到她体质羸弱，折磨她的这些症状并不值得大惊小怪。

一切都没被公布，她却靠着直觉一下子察觉到问题出在哪里。她将自己关在屋子里，通过互联网和外界保持联系，依靠电子商务购买食物等生活必需品。那是奶奶自我隔绝的第一步，在许多人看来，更像是一场由莫名疾病引发的自我放逐。

也许，他们并没有错。

但那时候她还并不知道自己在做什么，只是出于本能，她把自己和她的孩子们关在家里，然后开始改造公寓。

没多久，疾病爆发了。

因为每个人的症状不同，哪怕患病人数众多，一开始也没有引起恐慌。至少在最初十天里是这样。

"就像上帝在审判席上按照每个人不同的罪行度身定制的惩罚套餐。"奶奶这么形容那段日子。也就在那个时候，她从网上订购了压缩饼干和午餐肉罐头以及合成能量块。快递公司不得不派来货运大卡车，因为没有电梯，四个快递员用了将近一个小时把这些食物送到家里，引来不少邻居围观。

没多久，谣言真的很快散播开来，然后是恐慌，更大的谣言，真正意识到问题根源的人反而三缄其口。在这种时候下定论的危险太大了。奶奶站在墙壁后面，听着外面世界喧哗躁动，慢慢能分辨出举家搬迁，争抢医用资源，聚众散播信息的声音。那时候，她已经不再上网——把自己暴露在公众视野是危险的，哪怕是虚拟空间。

这间小小的公寓寂静幽暗，如同一块干燥的海绵吸收着外部世界仇恨、恐惧、怨毒。她的听觉无比灵敏，能够清晰辨别方圆几公里的声响，当然，她也听到了不计其数的死亡。

生命如夏日枯尘。

她躲在她的墙壁后面，听着世界经历它的劫难。

她就这样活在她的世界里，迈着鬼魂一样的步伐，在公寓里游走，惊醒黑暗中那些沉睡的尘埃。奶奶自有她隐秘的爱好，倾听苦难和死亡成了她生命中最鲜活的部分。

她一天天变得冰冷，她的皮肤变得雪白，仿佛上了釉一般。

我的父母——她的两个孩子，那时已经成人，过着和她一样的生活，和她一样有着幽冷的白皮肤。大多数时候，他们都不会注意到对方，即使三个人同时在一个房间，即使后来他们生下了我们。

我很少去数这屋里到底有多少人。那只是一些影子和另一些影子。这间公寓足够容纳影子。从目前来看，似乎也不会再有增加。和我们的父母不同，我们对自己的兄弟姐妹没有那么强烈的爱。一些属人的热望已经从我们这一代的身上消褪。我们的下一代，也是最后一代，属人的热望则彻底消除尽净。

他们更相信永恒。

二

外面的世界和里面的世界，时间遵循着不同的尺度向前推进。奶奶生下我们的父母；父母生下了我们兄弟姐妹。那时，一切看起来还不坏。比起外面的世界，我们以为我们只是略占优势而已，直至死寂降临。毫无预兆，在时间的某个点上，出现永久性的创口。在那之后，从墙外面再也没有传来一丝动静。我们趴在墙上屏息静气侧耳倾听，仍然死寂一片。哪怕最微小的声音，比如一只红头丽蝇振动复翅，或者一片梧桐树叶落下刮擦过地面。奶奶鼓起勇气想要接通电路依靠网络了解外界情况，但是外面世界的电力网已经失效。一夜之间，外部世界弃我们而去。我们被孤零零地留在了寂静中。

黑暗里，有人小声说出最坏的可能，并没有引起太大的惊慌。我们以为已经习惯这样与世隔绝的生活。墙外的死尸横陈，墙外的末日并不会影响我们。我们将按照我们的时间线走向永恒。我们这一族将在黑暗中熠熠发光，获得永生。

但并不完全如此。

奶奶已经察觉到危机的来临。

饥饿。

那个很早前被蛰伏在她血液里的敌人醒了。

尽管我们需要的食物少得惊人，尽管我们始终克己从不摄取超过维持生命最低需求的食物，但这一天还是来到了。我们吃光了奶奶所用囤积的食物。公寓开始空旷得可怕。除了朽坏的家具和书籍，屋子里什么也没剩下。我们渐渐掏空了公寓，成了一群面面相觑的饿鬼。

那是真正的饥饿，精神上的空虚加剧了它的痛苦。没有什么能转移我们的注意力。

饥饿。饥饿。

食物的匮缺将我们填满，填满我们轻盈冰冷的身体填满我们空白一片的大脑甚至——填满那根本不存在的灵魂。

还有，我们自以为是的时间轴。

永生竟然成了折磨。

三

我们适应了与世隔绝的生活，适应了寂静，却无法适应饥饿。

那是我们第一次质疑自己的存在，也就是说质疑奶奶的庇护。没有人开口。但黑暗中，厌恶悔恨怨怼如同孢子般随呼吸进入身体，进入到肉体的黑暗中，在那里生长繁殖。事情变得真正无法忍受。我们变得容易激动，对一切都心怀不满，哪怕是坐回到椅子上扬起的灰尘，在那之前我们甚至没有注意到它们。

饥饿。你必须想点其他的什么好不让自己发疯。

我听到尖叫。那是皮肤被饥饿胀裂的声音，那声音真实无比无可置疑。但是他们把我死死压在地上，捂住我的脸，叫我闭嘴，我才知道——那是我的声音。

就在那时候，就在我闭嘴的那个瞬间，尖叫声甚至没来得及完全消散，我们所有人听见一个声音，它陌生古老，只在我们的想象中出现过。

大门铰链沉重的喘息声。

门开了!奶奶独自走出这间公寓。

她离开了我们,明知道我们正屏息数着她下楼的脚步声,也不为所动,不说一句话,就从我们的世界消失了。

只剩下我们。一群按着另一条时间轴活下来的脆弱生物,被我们的始祖抛弃在自己的巢穴里。让我们感到羞愧的并不是被抛弃的事实,而是——我们活该被抛弃——的真相。她给了我们机会,我们本来可以追上她,同她一起走进外面的世界。

那个世界,我甚至都没有见过。父亲说外面很脏,毒死其他人的空气也会把我们毒死。

我没法想象。

我也没法想象比这间公寓更大的空间。令人窒息的空阔。只是光想想,那种无所适从的感觉就紧紧压迫着心脏。那才是我害怕的。

没多久,我们发现藏在床底的一台绑臂式三机离心呼吸器不见了。如果猜得没错,是奶奶带走了。

父亲很吃惊。他以为那些东西早就不能用了。毕竟过去那么久,久到外面的生物都灭绝了。

他长长叹了口气:"命运就像个恶毒的橡皮擦。它把这间公寓外的其他东西都擦掉了,然后慢慢地慢慢地把我们擦掉。"

用饥饿。这是父亲没有说出来的意思。

他错了。

两天后,奶奶把一部旧式电动水陆两用车开到楼下。车上装满了各种口味的能量块,甚至还有加了防腐剂的,真正意义上的食物。事后我们才知道这点。当然即使那时知道也不会改变什么。我们太虚弱了,除了抬起头望着公寓大门外,什么也做不了。

奶奶带回来的食物救了我们所有人,也引发了最后一波交媾高潮。

我们中的最后一代都是在那天怀上的。

除了食物,奶奶还带回一个消息。

"我在外面遇到了其他人。"她说。

"人?"谁问道。

"和我们不一样的人。"她那时候的神情应该很复杂。因为这听起来不可思议,但又似乎不是坏事,"外面的世界,有人活了下来。在西边环岛附近住着许多人,还有一些猫猫狗狗,还有植物,他们不需要任何防护措施。"

这些话语落进了自身力量造成的漩涡里,久久不肯消失。

没人开口,所有人都忙着去理解奶奶的话。

"他们看起来——很好。"奶奶补充道。

我们明白过来。

这只意味着一件事：这些活下去的人，他们已经进化成能适应这充满有害金属颗粒空气的新生命。

人类进化了。

父亲比喻里在橡皮擦下淡出的人类世界，无论墙外还是墙内，都发生了转变，重新有了活下去的希望，继而再次变得清晰起来。

这是值得雀跃的事情。从因为饥饿而濒临崩溃的境况走出来，我们对眼下发生的一切心满意足。我们和他们——在绝境中各自寻找到进化道路的人们——最终都活下来了。

这个世界足够大，对两个按照不同时间轴存活下来的族类而言。

四

谁也没有想到去改变什么。比起最糟糕的日子，这已经很好了。除了奶奶。

她是她自己的问题。她是她自己的答案。她是一头首尾相接的蛇。

她想要回去，回到外面的那个世界。

奶奶没有告诉我们，她独自外出寻找食物的那次，有那么片刻，她摘下防护面罩，完全暴露在污金色的空气中。那一刻，浑浊的阳光穿过雾霾深深刺痛着她，在脸颊，肩头，和手腕上每一寸的肌肤里种下滚烫的渴望，召唤着她对外界的爱恋——对肮脏热烈吵闹，充满着香气和恶臭的世界，一个被认为是活着的世界的爱恋。即便他们对时间和死亡毫不在意，那又怎样？

奶奶想要回到他们中间去。

这一次，她没有带上呼吸器。

她试着和外面的人一样自由自在的快乐的呼吸空气，享受阳光，想去哪里就去哪里。我们不知道她到底走出去多远。从墙外传来她的脚步声，听起来已经不太像她，沉重凌乱，很容易和那些人的混在一起。

我们开始担心，我们将要失去这个创造我们的人。我们面面相觑，不知所措，神思恍惚。甚至当她跟跄着回到公寓，我们都没有立刻注意到。

"给我铺床。"说完她就瘫倒了。

我们已经很久没用上床。从很久前我们就不再需要睡眠。就是在可怕的饥荒时期，也没有人觉得需要躺下来。

毫无疑问，她病了。皮肤溃烂，呼吸道粘膜灼伤，神经反应迟钝，心跳出现杂音。据说，这是微粒子进入血液循环系统的症状。我们看着她躺在床上昏迷不醒。是的，我们铺好了床，这也是我们唯一能做的。

这真是个玩笑。在我们刚刚以为不会再失去她时，这个世界却貌似要以另一种方式夺走她。死亡，我们心怀敬意的冥想内容，如今真的临近。这听起来比奶奶回到外面世界令我们更不可思议。

更讽刺的是，当我们这些永恒的信徒为死亡悲恸时，外面的世界却生机勃勃。

奶奶没让这事真的发生。

她奇迹般地挺过来了。"你们知道吗，外面的空气呼吸起来那么甜，我的嘴里现在还有这种金属的味道。"这是她清醒后说的第一句话。为了说完这句话，她不得不停下好几次。

我们中有人被她说服，就像她当初说服我的父母和她一起留在这间公寓一样。她是那么坚定固执，有说服力，好像我们生来就是她的信徒。

到了奶奶第二次尝试进入墙外世界时，她带走了四个信徒。

他们分别是我的爸爸，我最小的妹妹，还有我的第三对双胞胎哥哥。

我会永远记得他们的脚步声。永远——因为我相信永恒，而他们不。

回来的时候只剩下她一个人。她的身体情况和第一次回来的时候没有区别。她试图告诉我们至少这次她待在外面的时间比之前的长。我们不记得时间，其实她也是。她只是愿意去那么相信。谁也没有提其他四个人，好像他们从来没有存在过。

然后是第三次。第四次,第五次。

第五次的时候,她并不是一个人回来的。我的妈妈是唯一一个和她一起离开又一起回来的人。但是妈妈应该回来得更早些的。

我们把她奄奄一息地放在床上,看着她在不久后死去。

那时候我们清楚地知道,事情结束了。

——奶奶是唯一出去后还能活下来的人。妈妈差点活下来。最不能适应空气的人是我的小妹妹,奶奶最年轻的信徒。

我坐到她身边。她转过眼睛看着我。在那之前,我已经理出头绪,这也是我为什么坐到她身边的原因。她盯着我的眼睛。不需要言语。她立刻明白我的意思。我相信,远在我理出头绪之前,她早就搞清楚这是怎么回事。她那么聪明。

那么意志坚定。

她带领着我们在灾难中活了下来。在她的带领下,我们这一族按照自己的方式自我拯救,成为另一种新人类。不幸的是,我们选择了一条错误的进化方向,我们并不是那个适应环境生存下来的种族。

并不是她的错。

但也许她并不这样想。

所以她才要试一下,带着她族类,一而再再而三地去奔赴将死之地。

"不能再这样做了。" 我固执地把我们都了然的话说出声来。因为这并不多余。

奶奶别过脸，不再看我。在那瞬间我仿佛看到她嘴角飘过一丝笑容。

我感到前所未有的寒意。

事实上，也没有那么糟。对我们而言，情况并没有变化。我们和我们的公寓依然如故。外面的世界更快乐更自由一些。但那需要我们付出我们不曾付出，也已经无法再付出的代价。

这之后奶奶再也没有离开公寓，也没有跟任何人说话，她迅速退回到她自身中去，那无人能进的幽微之地。她比任何时候都更像团影子。大多数时候，即使刻意寻找，也无法迅速把她从其他人中区分出来。从某种意义而言，那更像另一种死亡。

我以为我说的是对的。我说服了奶奶放弃尝试，虽然残忍，对她尤其如此。但我错了。我们自以为比她知道的更多，比她更加理智。"要是能像外面的人一样可以自由自在地活在阳光下该多好。"偶尔这样无济于事的傻念头也会冒出来，伴随着对奶奶的怨恨，但我们最终一定会说服自己，宽宏大量地原谅她。另一方面墙外的世界渐渐恢复秩序。我们和墙外面的人类在两条平行的发展路线上各行其是，谁也不会打扰到谁。

可是有一天，有人敲响了公寓的大门。

五

"你们家该交电费了。"

"什么？"完全没有预料到的对话内容劈头盖脸地砸向我。我必须靠在墙上才保证不倒下。

打开门几乎耗去我全部的气力，实在没有能力再去理解远远超出我词汇量的话了。

什么是电费？怎样算是交电费？应该还是不应该怎么判断？

那是个脸色姜黄的青年人，至少对我来说是个青年人。他诧异地打量着我，叹了口气。当他叹气的时候，从他鼻翼两侧的小孔里有黏糊糊的脓黄液体顺着法令纹流到嘴角。青年人手背往脸上一抹，擦掉分泌物，接着毫无过度障碍地开始向我普及常识。他向我耐心解释：普通情况都是直接从银行存款扣除，再者就是住户自己在线缴费，如果两者情况都没有发生，电力公司就会派人收费。

我看上去一定糟糕透了，一副被吓坏的样子。如果可以，我想立刻退回到公寓某个隐蔽的角落，捂住双耳一个字也不要听。

他不得不安慰我："其实，大萧条时期后很多人家都欠费。"

"我们家很久前都不用电了。"奶奶在门后提醒我道。我重复了这句话，虽然并不明白什么意思。

他大笑，笑了好一会才明白我不是在开玩笑，尴尬地干咳几声："让我看一下电表就知道了。"

他站在电表前看了很久，反复核对好几遍。上面的数字一定令他困惑。

"真奇怪。你说的好像还真没错。从电表上的数字来看，你们家好像真的没用过电。太奇怪了。"他狠命挠了挠头。脸上的皱纹又多了好几道，"不过用不用电，你们都必须交基础设施的维护费用。这是规定。"他耸耸肩，表示并不想为难我们。

"费用？好的好的。"一旦明白对方大致意图，我忙不迭表示合作。

"三百七十八元。"

钱，一个新问题，猝不及防地落在我们面前。

我们甚至不知道它是什么。公寓里大部分人出生时，世界已经崩坏，货币失去意义。当我们需要食物时，只需要对抗恶劣的空气，寻找剩下的能量食物。但是，现在，世界的秩序再度建立，一如既往，没有人能质疑金钱的重要性。

"你不舒服吗？"他盯着我的脸直看。

我低下头。

但是他已经看见了我的眼睛。

那引起了他的警觉。几乎下意识地,他的目光落向我的鼻翼两侧。他在寻找和他一样的小孔。

当然没找到。他的心跳骤然加快。血液在血管里急速流淌的声音在我听来犹如雷声滚动。

我能闻到他手心里的汗味。那味道或者别的什么味道,莫名地令我的心一阵紧缩。

我舔了舔嘴唇:"我们没有钱。"

这句话在他听来可能更像是亡命之徒的宣言。他的右手慢慢伸进口袋按在对话机上,以防不测。

"下次再说吧。"他走到楼梯口,随时准备冲下楼。

"你说多少钱来着?"奶奶斜倚着门框,对着电力公司的青年人似笑非笑。

六

极乐。

置身于连欲望都干枯的荒漠里,到底多久了。

出生来便没有体会过的欢欣狂喜在体内震荡,意图摆脱身体的桎梏,冲出胸腔飞上至高穹顶,分享给普天之下的每一个人,不管他是谁。我像一个醉酒者一样头晕目眩,四肢瘫软在地上。我低头仿佛看见自己的身体迸裂。无数道裂缝。

苔藓菌类野草还有鲜花，植物们洪水般从我的伤口处涌出，向外疯狂生长。美丽的植被，我在书中才见过的景色，黄金时代虚无缥缈的神话器官，如今就在眼前。

"你差点害死我们，幸好对方是笨蛋。"

奶奶冷冷俯视着我。在她身后站着我的同族，他们用同样的眼神望着我。疏远，厌恶，恐惧。可是我不在乎。此刻，他们褐金色的眼眸无比美丽。

我把头歪向另一边，懒洋洋地用手背擦去嘴角温热的液渍。

"让我们待一会。"奶奶对其他人说。

人们重新隐退到黑暗中去，重新回到木然枯槁的状态里。我曾经就在他们中间。

但现在不一样了。

泪水无声滑落下来。

"这不是你的错。" 奶奶俯下身。

"我应该告诉他过几天再来。"

奶奶轻轻笑了。她是对的。过几天，我们仍然没有现金。人们很快会发现我们和他们不一样。我们很清楚他们会是什么反应，他们会怎样对待异类。那些沾满蛛网灰尘的几百本书中不乏这样的故事。

我们绝对不能被发现。

如果想继续活下去，必须装得和他们一样。

能在外面自由地呼吸。

"相比之下，没有钱更容易被发现。"奶奶纠正我。我们假造不了现金。和人类打交道的过程中没有现金才是最大的问题。在他们发现你不能出现在室外之前，早就会因为没有钱而被发现是异类。没有现金才是最大的破绽。

特殊的身体构造使我们无法离开屋子，像正常人那样去挣钱，交付日常的各种费用。

没过多久食物就会吃光。

"我们还需要钱买食物。"饱足带来的狂喜正在慢慢消退。我开始思考问题。

"食物？"奶奶的表情倏忽间变换好几次。我忽然不懂她了。

极度欢欣过后的空虚正在慢慢侵蚀我。一旦体验到什么是真正的快乐，那么剩下的时光就只意味一件事。我感到冷，忍不住发抖，泪水决堤般涌出，顺着眼角落到地上，在被地面完全吸收前，和血液混在了一起。

这是我的第一次。总会不那么利落干净。总会有点浪费。

我蜷缩起身体，一发不可收拾地痛哭起来。收电费的青年人躺在我身边。他空洞的眼睛睁得大大的，视线越过我，落在黑暗中某一点。一个毫无意义的点。或者对于死者来说，他们能看到更多。

如果奶奶没有叫住他，他现在应该在做什么，和家人一起吃晚餐，还是污浊的空气里长跑锻炼？要是他没有进屋来，他就不会死。关门的瞬间，还没等我清楚地意识到发生什么，一切已经发生了。不,我知道。那就是我要的。在意识深处,始终有一双眼睛在向外张望,看着我是如何——咬破那个人的喉咙,然后……

"我们的确需要食物。人类的食物,可以用来伪装。对,伪装,听他们怎么说话,学他们走路的样子,在外面吃得尽量多些,必要的话涂一点胭脂。还有消耗一定的电量。"奶奶说道。

"就在刚才,我感到一种不同以前的饥饿。就像是一种病。"我啜泣道。

"你并不是第一个那么做的人。和你父亲一起出去的那次,他们都倒下了,我试着把还有希望活下去的人带到附近一间废弃的仓库。没多久,天黑了,本来以为那没有人,但那个乞丐突然就出现了。我做了同样的事。我那时比你好不到那里去。在意识恢复前,事情就发生了,但并不一定是坏事。我在想,我能够活下来的一部分原因要归功于那个乞丐。"

"所以,这不是意外。你知道会发生什么,你故意把他引进来就是为了……"

"我们已经在我们的道路上走了很久,没有办法回头。有时候我想,我们只需要再往前走几步,做一些令大家都愉快的改变,也许,事情就对了。只要一点点的改变。"

她俯下身,对着那双空洞的双眼微笑着,张开嘴。那一瞬间,她周围的阴影聚拢交织,如同重重黑色纱幔飞舞又缠绕,以神秘的韵律在黑暗中变幻着深深浅浅的微小褶皱，它们在瞬间消失，又在下一个瞬间出现。

你要相信，在极度深重的黑暗里，游动着金色的碎光。

七

孩子们笑声渐渐稀少。晚饭时间，他们被父母挨个喊回家吃饭。我的三妹妹曾经问过我，如果可以选择，是否愿意成为他们那样的人。

"我们已经是他们那样的人。"我抚摩着她冰冷的脸颊。

我们不是。

然而我们已经没有别的选择。无论指向何处的时间轴都不可能逆行。奶奶才是做选择的人。她将带我们进入一条幽深可怕的歧途，一意孤行地想方设法活下去。

付出代价，经历失败，我们找到了解决方法。虽然那是因为一次意外。

在古老的巫术里，人们认为在两种看似没有关系的物体间存在神秘的联系。如果一个人的某个器官出现衰竭的征兆，他会食用与这个器官外形相似的食物，比如核桃补脑，又或者食用其他动物相应的器官。在一些好战的原始部落里，敌人的血和头盖骨能赋予他们额外的勇气和力量。虽然这些神秘主义在一百多年前遭到了近代科学的驳斥，但在我们这些人看来，他们外科移植器官，输血又或者种植疫苗，在形式上十分接近前者。引入他者身体的一部分，获得他者所具备的免疫力，在新的环境下生存下来。那些在绝境中进化存活下来的人类不会想到，他们的鲜血将成为我们的食物。每次只要一点点，提供给我们几个小时能在室外自由呼吸的能力——奶奶并没有想那么多，那只是意外。她想阻止某件事的败露，同时又被欲望控制住。

没有人知道那时她为什么会有了对新食物的渴求。那全然不同于以往，更具腐蚀性的饥饿在她身上突然被唤醒，远远先于她思考这个问题之前。

或许并不完全是巧合。

生存下来的本能促使她为我们所有人找到一条活下来的路，成为新人类的道路。

"我饿了。"弟弟抱怨道。

"已经叫了外卖。"我告诉他。

"还是上次那个大高个？我喜欢他的味道。"

"也许是别人。"

最好是别人。

已经听到他的脚步声。他正经过杂货铺，穿过花园的时候，一个孩子险些撞到他。他快到门口了，然后爬上五楼。

我会给他开门，他会向我微笑，如同第一次见面。他并不记得我们曾经见过。每一次，我们都小心翼翼地抹掉他们的记忆（感谢催眠术），每一次我们都小心翼翼地饮用他们。

不多，刚刚好，刚刚够他们活着离开，也够我们所有人获得对空气的免疫力，可以像他们一样若无其事地活在这个世界上，自由呼吸，自由行走。

变得像他们一样。但无论如何我们知道我们是谁。

现在和将来。

我们都会活下去。

图书在版编目（CIP）数据

看见鲸鱼座的人/糖匪著.-上海：上海文艺出版社.2017
ISBN 978-7-5321-6526-1
Ⅰ.①看… Ⅱ.①糖… Ⅲ.①短篇小说－小说集－中国－当代
Ⅳ.①I247.7
中国版本图书馆CIP数据核字(2017)第324635号

发 行 人：陈　征
责任编辑：林潍克
封面设计：钱　祯
封面插画：BUTU

书　　名：看见鲸鱼座的人
作　　者：糖　匪
出　　版：上海世纪出版集团　上海文艺出版社
地　　址：上海绍兴路7号　200020
发　　行：上海文艺出版社发行中心发行
　　　　　上海市绍兴路50号　200020　www.ewen.co
印　　刷：常熟市华顺印刷有限公司
开　　本：850×1168　1/32
印　　张：11
插　　页：2
字　　数：262
印　　次：2018年1月第1版　2018年1月第1次印刷
Ｉ Ｓ Ｂ Ｎ：978-7-5321-6526-1/I·5205
定　　价：39.00元
告 读 者：如发现本书有质量问题请与印刷厂质量科联系　T:0512-52605406